LA
FIGLIASTRA

LIBRI DI NICOLE TROPE

In lingua italiana
La famiglia oltre la strada
La figliastra

In lingua inglese
His Double Life
The Day After the Party
The Truth about the Accident
The Stay-at-Home Mother
The Foster Family
His Other Wife
The Stepchild
The Mother's Fault
The Family Across the Street
Bring Him Home
The Girl Who Never Came Home
The Life She Left Behind
The Nowhere Girl
The Boy in the Photo
My Daughter's Secret

LISA REGAN

LA FIGLIASTRA

Tradotto da Alessandro Cataoli

bookouture

L'edizione originale è stata pubblicata nel 2022 con il titolo "The Stepchild" da Storyfire Ltd. che opera come Bookouture.

Edizione italiana pubblicata da Bookouture, 2024
Prima edizione Gennaio 2024

Un'edizione di Storyfire Ltd.
Carmelite House
50 Victoria Embankment
London EC4Y 0DZ

www.bookouture.com

ISBN: 978-1-83525-685-5
eBook ISBN: 978-1-83525-684-8

PROLOGO

La bambina è immobile, con gli occhi chiusi, le ciglia scure sfiorano le guance pallide. Le piccole mani, con le unghie smaltate di un blu acceso con una striscia dorata al centro, sono abbandonate a terra. Tra i cespugli del parco, le gazze si chiamano l'un l'altra, due lorichetti arcobaleno svolazzano da un albero all'altro e un coniglietto solitario si ferma quando sente un suono, immobile in attesa che torni il silenzio. Un vento fresco e pesanti nuvole grigie oscurano il sole; è ancora inverno, nonostante manchino pochi giorni alla primavera.

La bambina è vestita con una salopette rosa di velluto a coste con sotto uno spesso maglioncino blu. A completare l'abbigliamento, degli stivaletti Ugg scamosciati rosa in tinta. I sottili capelli neri sciolti sulle spalle coprono la terra grigio-bruna della radura su cui è sdraiata, nascosta ai margini del parco, in un freddo angolo dove l'erba si rifiuta di crescere.

Un paio di persone portano a spasso il cane. Il padrone del collie bianco e marrone si preoccupa di cercare la palla verde preferita dal suo cucciolo; gliel'ha lanciata ma il cane non riesce a trovarla. Scruta tra gli alberi e i cespugli, ma non si china per individuarla; a casa ne ha altre di riserva. Il padrone del pastore tedesco, invece, sta cercando una fontanella per dare da bere al suo cane. Sa che ce n'è una da qualche parte nel parco, ma non ricorda dove.

Nessuno sta cercando una bambina. Non ancora.

Più tardi uscirà il sole e il parco si riempirà di famiglie con bambini piccoli che cercheranno un modo per passare il sabato pomeriggio. I bambini sfrecceranno dentro e fuori dalle radure, rincorrendosi tra loro, accartocciando le ultime foglie morte della stagione. I genitori li seguiranno e li osserveranno, preoccupati di non perderli di vista in quel grande spiazzo.

«Non allontanarti troppo.» dirà una madre.

«Resta dove posso vederti.» griderà un padre.

Ma, quando il parco sarà gremito di persone che potrebbero vedere, che potrebbero guardare, che potrebbero fare qualcosa... a quel punto sarà troppo tardi.

UNO
LESLIE

Leslie scivola sul sedile di guida della Range Rover grigia, godendosi l'odore di auto nuova che la pelle marrone ancora emana nonostante l'auto sia vecchia di mesi. «Non mi serve una macchina così costosa.» aveva detto a Randall quando lui l'aveva comprata come auto di famiglia, desiderando che lei avesse qualcosa di altrettanto costoso della sua elegante Jaguar argentata.

«Ma io te la voglio comprare.» aveva risposto lui. All'inizio le era stato difficile abituarsi a quell'auto a causa delle dimensioni, che le causavano molta agitazione alla guida; ma adesso, nonostante non l'abbia mai desiderata, ne adora il lusso silenzioso.

Lancia un'occhiata al telefono che tiene in mano e scuote la testa. «Guarda che ora è.» borbotta, infilandolo nella borsa.

Mentre avvia l'auto, squilla il telefono e il cuore di Leslie si affloscia quando vede che si tratta di Shelby. La fila al supermercato è stata più lunga di quanto si aspettasse ed è stata via quasi due ore. Preme un comando sul volante per rispondere alla chiamata, poi fa un respiro profondo preparandosi a scusarsi, pensando a qualcosa da promettere alla figliastra per non doversi confrontare con un broncio arrabbiato per il resto del fine settimana. Potrebbero fare shopping sfrenato su quel sito che le piace, per esempio. Oppure godersi il televisore grande per tutta la sera. Che cosa poteva andarle? Le alternative si accavallano nei suoi pensieri. A dodici anni, Shelby ha già imparato a padroneggiare l'arte di abbassare il labbro, fare un sospiro pesante e sbattere la porta. Sa come rendere noto il suo disappunto a tutti quanti in casa. Ma oggi Leslie non la biasima, perché le aveva promesso che avrebbe fatto in fretta.

«Ascoltami, Shelby...» esordisce prima che la ragazzina possa parlare.

«È sparita!» Il tono di voce di Shelby è acuto e tinto di isteria.

«Cosa?» chiede Leslie, incerta se Shelby stia davvero parlando con lei.

«Sparita, è sparita... Millie è sparita.» grida Shelby, e dal modo in cui le parole le escono soffocate si capisce che sta piangendo.

«Come sarebbe?» le chiede, faticando a capire quelle parole e concentrandosi per uscire dal parcheggio. Frena quando, dietro la sua auto, intravede una donna che spinge un carrello.

«Cosa vuol dire che è sparita?» urla. La sua voce passa da uno spiraglio del finestrino e la donna si ferma un attimo a guardarla prima di proseguire.

«Come può essere sparita? Dove si trova? L'hai cercata? La stai cercando?» Curva a sinistra e si allontana. È convinta di aver sentito male. Sicuramente Millie deve essersi nascosta, deve trovarsi da qualche parte. I bambini di tre anni non spariscono nel nulla.

«Sono andata...» Shelby fa una pausa, come se cercasse le parole, poi risponde tutto d'un fiato: «Sono andata in bagno e lei... non so, deve aver aperto la porta d'ingresso e se n'è andata, è semplicemente... uscita... e lei... l'ho cercata. L'ho cercata ovunque e qui non c'è. È sparita.»

Leslie ascolta Shelby abbandonarsi ai singhiozzi. Sposta le mani sul volante, che cominciano a sudare; si sente avvampare nel freddo dell'auto, con il cuore che batte all'impazzata e la mente che frulla. *Millie è sparita... è sparita... Millie è sparita.*

«Leslie, mi senti? Hai sentito quello che ho detto?» grida Shelby, la sua angoscia è al culmine. «È sparita, Millie è sparita.» La sua voce si alza sempre di più, mentre Leslie sente che la gola le si chiude.

Si immette nel traffico, con la mente affollata di immagini e suoni e dall'unica parola che ha sentito ma che non vorrebbe sentire.

Sparita.

DUE

SHELBY

Si siede sul divano avvolgendosi tra le sue stesse braccia nel tentativo di consolarsi. Se bastasse, tirerebbe su il cappuccio della felpa nera che indossa e se lo calerebbe sul viso, per estraniarsi da tutto questo. La polizia sta arrivando. Sua madre sta arrivando; i suoi respiri pesanti all'altro capo del telefono l'avvertono di quanto sia frustrata da questa situazione: il sabato pomeriggio preferisce rilassarsi guardando Netflix con Trevor, sorseggiando vino e mangiando formaggio e cracker.

Suo padre era tornato dalla partita di golf dopo che Leslie lo aveva chiamato, poco dopo il suo arrivo a casa.

«Dimmi solo cosa è successo.» le aveva ordinato entrando in casa, con il telefono ancora in mano.

«Sono andata...» aveva cominciato Shelby.

«Te l'ho detto, qui non c'è!» aveva strillato Leslie. «Ho cercato ovunque. Vai a dare un'occhiata in giro per il quartiere. Ho chiamato la polizia. Intanto controllerò di nuovo in casa.»

Suo padre aveva annuito e Shelby aveva intuito che era grato di aver ricevuto un'indicazione sul da farsi. È più facile sentirsi dire cosa fare che dover pensare da soli. Ora lui sta perlustrando il quartiere, con ancora addosso quegli stupidi pantaloni bianchi e la camicia a quadretti bianchi e rosa, bussando alle porte e chiedendo se qualcuno abbia visto Millie.

«Tu resta lì.» le aveva detto Leslie con fermezza, indicandole il divano. Aveva fatto come le era stato detto, mentre Leslie si era messa a correre in ogni stanza della casa e in giardino, chiamando Millie a gran voce senza sosta e poi telefonando a suo padre per chiedergli se avesse trovato qualcosa. Shelby sa che tutto questo è inutile. È rimasta sul divano, oscillando leggermente e desiderando di essere ovunque tranne che lì.

Sono le 14:00 passate e il sole è finalmente uscito da dietro le nuvole, proiettando su ogni cosa una luce brillante che appare in totale contrasto; il cielo non dovrebbe essere azzurro, dovrebbe essere carico di pioggia e rimbombare per i colpi di tuono e la grandine dovrebbe abbattersi sulle finestre. Invece il vento è calato e il sole riscalda l'aria come se fosse un normale sabato di fine inverno.

Shelby tiene gli occhi puntati sulle sue scarpe da ginnastica appoggiate sul tappeto celeste. Leslie gliele ha comprate un paio di settimane fa, sborsando i soldi per qualcosa che sua madre considera un "lusso ridicolo", ma Shelby adora quelle scarpe nere con i lati rosa. Non riesce ad alzare lo sguardo, a incrociare gli occhi marroni della matrigna, che cammina avanti e indietro in attesa della polizia, lanciando rapide occhiate alla figliastra. Shelby capisce che la sta guardando come se sapesse, come se sapesse senza ombra di dubbio che è tutta colpa sua. E ha ragione: è così.

L'auto di Leslie è parcheggiata davanti a casa in una strana posizione, le buste della spesa sono ancora nel bagagliaio. Shelby si trovava davanti alla porta d'ingresso quando l'aveva vista entrare nel vialetto con uno stridio di gomme. Senza spegnere il motore, Leslie era saltata fuori e l'aveva afferrata per le spalle, gridando: «Dov'è, dov'è la mia bambina?» In quel momento, a denti scoperti, Leslie non sembrava lei. I lunghi capelli scuri e il viso pallido la facevano sembrare piuttosto una strega furiosa e Shelby aveva avuto paura. Aveva percepito il suo tremito, l'aveva sentita digrignare i denti e aveva visto l'espressione preoccupata e impaurita sul suo viso. «Ti prego, Shelby.» l'aveva implorata Leslie.

«Non lo so, l'ho cercata. Ho guardato dappertutto, ma non sono riuscita a trovarla.» aveva risposto con voce stridula e flebile, perché non riusciva a riprendere fiato.

Leslie l'aveva lasciata andare bruscamente e aveva corso per tutta la casa, chiamando Millie, mentre Shelby era rimasta in silenzio, disperata, con lo stomaco che le si stringeva di fronte agli sforzi inutili di Leslie. Millie non era in casa. Non era in strada.

Poi Leslie era tornata alla porta d'ingresso spalancata, dove Shelby era rimasta immobile, incapace di agire, timorosa di muoversi.

«Spiegami cos'è successo.» le aveva chiesto, mentre aveva le mani occupate a chiamare il padre di Shelby e la sua attenzione era rivolta al telefono mentre lui rispondeva. «Randall, devi tornare subito a casa... Lo so, ma ascolta, ascolta e basta. Millie è scomparsa. Se ne stava occupando Shelby; dice che Millie è uscita, ha aperto la porta d'ingresso e se n'è andata, e non riusciamo a trovarla. È semplicemente... sparita. Torna a casa, subito. Devo chiamare la polizia? Devo chiamare la polizia? Bene, sì, sì, d'accordo.»

Aveva riattaccato il telefono e Shelby l'aveva osservata mentre componeva il numero per le emergenze con mani tremanti. Leslie era rimasta in silenzio per qualche secondo, con il petto che le tremava e le lacrime che le scendevano sulle guance, in attesa che le rispondessero. «Devo denunciare la scomparsa di mia figlia.» aveva detto. E poi si era allontanata da Shelby per ascoltare e rispondere alle domande sull'età di Millie, il loro indirizzo e da quanto tempo la bambina era scomparsa. Shelby aveva sentito Leslie dire al suo interlocutore che dovevano essere venti minuti, inventandoselo sul momento, ma si sbagliava. Millie a quel punto era sparita da quasi un'ora, da quasi un'ora.

Quando Leslie aveva riattaccato, si era fermata di fronte a Shelby e aveva fatto un respiro profondo. Per cercare di calmarsi, aveva intuito Shelby. Poi aveva sollevato una mano e aveva detto: «Spiegami, Shelby, spiegami esattamente cosa è successo.»

«Sono andata in bagno, al piano di sopra. Sono stata via solo un minuto, poi sono scesa ma lei era già scomparsa. L'avevo lasciata seduta al suo tavolo, ma deve aver aperto la porta, la porta d'ingresso.» Shelby le aveva prontamente rifilato la spiegazione che si era preparata. Era chiaro ora che l'aveva provata mentalmente un paio di volte.

Leslie aveva annuito mentre ascoltava la spiegazione, alla ricerca di indizi. «Ho detto alla polizia che Millie è scomparsa da venti minuti, perché mi hai chiamato dieci minuti fa e ho pensato... Ma da quanto tempo è scomparsa?»

«Più di venti minuti.» aveva sussurrato Shelby, abbassando la testa.

«Cosa?»

«L'ho cercata per un po', ho pensato che stesse solo facendo la scema, che si fosse nascosta o che stesse giocando o qualcosa di simile. Poi ho capito che era scappata.» Anche alle sue orecchie quella scusa suonava patetica, inventata, una bugia.

«Perché l'avrebbe fatto? » aveva gridato Leslie. «Non è mai capitato prima. Perché l'avrebbe fatto?» e aveva alzato lo sguardo verso il soffitto bianco e luminoso dell'ingresso, come se lo stesse chiedendo a Shelby, a se stessa, all'universo.

Shelby era riuscita solo a scuotere la testa mentre spingeva la verità molto a fondo, dentro di sé, in modo da non farla fuoriuscire accidentalmente. Leslie si era strofinata la fronte e aveva guardato oltre la porta d'ingresso spalancata, verso la strada vuota. «Devi spegnere la macchina.» le aveva detto Shelby a bassa voce.

«Cosa?» aveva urlato Leslie, e Shelby, per non dover aggiungere altro, aveva indicato il SUV che vibrava. Leslie era uscita di casa, aveva raggiunto l'auto, spento il motore e chiuso la portiera. Non sapendo cos'altro fare, Shelby l'aveva seguita e aveva aperto bocca per chiedere se voleva che portasse dentro la spesa, così almeno si sarebbe dimostrata utile e avrebbe fatto qualcosa. Ma Leslie l'aveva guardata e le aveva risposto «Vai dentro.» con un tono che Shelby non le aveva mai sentito usare prima. Aveva sentito vera furia in quelle due parole.

Adesso Shelby guarda il suo telefono, che tiene stretto in mano, con l'immagine di lei e Kiera che fanno le smorfie come sfondo. Sono le 14:15. Il tempo sembra scorrere più velocemente di quanto dovrebbe, ma sembra anche strisciare. Millie è sparita da... Deve sapere da quanto, deve poter dire alla polizia l'ora esatta, perché gliela chiederanno. Guarda di nuovo il telefono. Alle 13:15. All'una e un quarto è scesa al piano di sotto e Millie non c'era più, il soggiorno era vuoto. Aveva dato a Millie un panino all'avocado per pranzo. *Merda.* Avrebbe dovuto dare a Millie un panino all'avocado per pranzo. Leslie avrebbe notato l'avocado nella fruttiera? L'avocado verde scuro che aveva colto prima di uscire e che aveva premuto delicatamente in cima, dicendo: «È maturo. Se non torno per l'ora di pranzo, puoi preparare un panino per Millie?» Leslie avrebbe notato che l'avocado era ancora lì, ancora intero?

Avrebbe potuto andare in cucina e buttarlo via, ma se qualcuno l'avesse scoperta? *Millie non aveva voluto pranzare,* si ripete tra un pensiero e l'altro. *Millie non voleva pranzare e allora ho aspettato, poi sono andata di sopra in bagno e quando sono scesa lei... non c'era più.*

Suo padre rientra in casa. «Nessuno l'ha vista.» dice, con il sudore che gli imperla la fronte. «Esco di nuovo. Vado al parco.»

«Non è forse meglio aspettare un po'?» propone Leslie, con gli occhi puntati sul telefono. «La polizia sarà qui a momenti.»

«Vado a prendere un po' d'acqua.» dice suo padre, dirigendosi verso la cucina. Non guarda Shelby e lei si stringe più forte le braccia intorno al corpo. Ha freddo, è intorpidita, terrorizzata, arrabbiata e triste. È tutto e niente. Si dondola ancora un po'. Dopo le urla di Leslie e quelle di suo padre, ora tutto è stranamente tranquillo. Le chiamate importanti sono state fatte. Le persone giuste stanno arrivando e non c'è altro da fare che aspettare. È sospesa nel tempo, fluttuando tra il momento in cui solo poche persone sanno di Millie e quello in cui tutti sanno di Millie. Quando arriveranno gli agenti di polizia, la guarderanno e capiranno?

I poliziotti sono in grado di leggere una bugia sul tuo viso? Una volta stava guardando con suo padre un documentario sulle tecniche di interrogatorio della polizia, o almeno lei era seduta accanto a lui e fissava il telefono mentre lui guardava il documentario, e ricorda di aver sentito dire che chi sta mentendo spesso si tocca il viso. Si mette a sedere sulle mani,sopra al divano grigio, sfiorando la liscia pelle scamosciata con le dita.

Che cosa ho fatto? Che cosa ho fatto? Che cosa ho fatto? Le parole girano e rigirano senza trovare un punto d'arrivo nella sua testa.

Fa scorrere i piedi sul tappeto, creando una striscia blu più scura quando vi preme contro, come piace fare a Millie con la mano. Millie adora i colori blu e oro. Le piace farsi mettere lo smalto sulle unghie. Ha una fossetta su una guancia e gli occhi dello stesso colore di quelli di Shelby.

Millie... Millie adorava i colori blu e oro. Millie è.

Millie era.

Shelby è all'inferno.

TRE

RUTH

Piego la tovaglietta da tè a metà, poi in terzi e infine faccio un quadrato perfetto. Con un sospiro di soddisfazione, l'appoggio sulla pila al mio fianco e mi mordo il labbro quando la vedo traballare lievemente, perché man mano che è cresciuta, passando dall'altezza delle caviglie a quella delle ginocchia, dei fianchi e delle spalle, la pila è diventata meno stabile e si è appoggiata al muro. Sto piegando le tovagliette da tè sul tavolo della sala da pranzo, ereditato da mia nonna, con le sue gambe splendidamente intagliate e il piano lucido in legno impiallacciato. Rimango a guardare la pila per un attimo e aspetto di vedere cosa succede, ma sembra che si sia stabilizzata.

Preferisco che le pile che faccio con gli oggetti di casa siano stabili. Intorno a me, in questa stanza, ci sono tutte le pile ordinate delle mie collezioni. Tovagliette, libri, giornali locali, bicchieri di plastica, prolunghe, riviste, cesti per il bucato e tante altre cose. Sono una collezionista di oggetti quotidiani di ordinaria utilità, di oggetti inosservati ma necessari. Qualcuno, un terapeuta che mia madre aveva voluto che incontrassi, una volta mi aveva definita un'accumulatrice compulsiva, ma non mi piace pensare a me stessa in questo modo. Ho visto quel programma in cui riprendono gli accumulatori compulsivi e poi cercano di aiutarli. Le loro case traboccano di sudiciume e parassiti, cani e gatti che gironzolano e sporcano dappertutto e il disordine regna sovrano.

Casa mia, la mia casa, non è così: tutto è ordinato e pulito, anche se alcune stanze non possono essere utilizzate perché sono piene zeppe delle mie belle collezioni. Pulisco continuamente, rimuovo lo sporco, ristabilisco l'ordine, ravvivo gli spazi. Ogni volta che aggiungo un pezzo a una collezione o raddrizzo una pila, avverto il caldo bagliore della sicurezza intorno a me.

Vedendola da fuori, non c'è niente che contraddistingua questa casa da tutte le altre del quartiere. Già a pochi isolati di distanza, i grandi palazzi dominano le vecchie case, sovrastano le strade e si prendono tutto lo spazio, ma nel mio quartiere le case di sessant'anni fa sono ancora una accanto all'altra, parte integrante del paesaggio, invece di sovrastarlo. È una piccola casa rivestita di cartongesso, con il tetto a tegole nere e i muri color crema. Il vialetto nel mio giardino, che va dal cancelletto di metallo fino alla porta d'ingresso, è lastricato in modo impeccabile, anche se l'erba non è verde come vorrei. L'auto della mia defunta nonna, un Maggiolino giallo, è parcheggiata nel vialetto. La tengo in buono stato di funzionamento, con la certezza che è un mezzo sicuro per spostarmi quando devo, assolutamente, uscire di casa. I sedili sono ancora impregnati del leggero sentore di lavanda del suo profumo, e la sento lì accanto a me quando la uso.

All'interno, la casa è antica, a testimonianza del fatto che anch'essa apparteneva a mia nonna, ma la cucina in laminato verde potrebbe essere stata montata ieri.

Mia nonna era molto esigente in fatto di manutenzione e pulizia, e lo sono anch'io. Lei non collezionava oggetti come me, ma nel piccolo soggiorno troneggia ancora il suo grande mobile d'antiquariato in vetro e legno, pieno di statuette di porcellana a forma di pagliacci e animali. Quando era ancora in vita, la aiutavo a togliere tutti quei delicati soprammobili dalla credenza e a passarci sopra l'acqua per lavare via la polvere. A quel punto le sue mani erano ormai paralizzate dall'artrite che le colpiva una parte del corpo alla volta, eppure riusciva comunque a badare a se stessa. Era solita spiegarmi dove aveva preso ciascuna di quelle statuette, raccontandomi dei suoi viaggi con mio nonno, morto già da tempo. Nutriva un amore speciale per tutto ciò che aveva a che fare con i gatti. A me non piacciono i gatti. Mi piacerebbe avere un cane, ma non credo che riuscirei a sopportare il disordine, quindi anche se ne desidero uno, non vorrei finire per provare rancore nei confronti di quella povera creatura. Guardo i programmi sui cani e leggo i post su Facebook che riguardano i cani, e ogni volta che mi sento terribilmente triste, cosa che accade spesso, so che posso rivolgermi a Internet per tirarmi su di morale. I golden retriever sono i miei preferiti, ma mi piacciono anche quelli piccoli, come il barboncino bianco e capriccioso che il padrone ama agghindare come un essere umano.

Anche mia nonna amava i cani, ma dopo la morte del suo piccolo fox terrier non aveva avuto il coraggio di prenderne un altro. E poi è morta anche lei, vent'anni fa, quando io ne avevo appena diciotto. La ricordo come il ritratto dell'eleganza, con lunghi capelli bianchi come la neve che raccoglieva in un'alta acconciatura. Ogni giorno indossava completi in maglia e portava sempre lo stesso filo di perle. Io e mia madre ci eravamo trasferite a casa sua quando avevo sedici anni. Se fosse stata più in salute, se fosse stata più forte, avrei potuto dirle perché mi rifiutavo di uscire di casa, perché mi rifiutavo di andare a scuola, perché avevo cominciato a collezionare oggetti. Ma lei era già debole e sofferente e sapevo che non poteva farsi carico dei miei problemi oltre che dei suoi. Mi accontentavo di andarla a trovare in camera sua ogni pomeriggio e di raccontarle storie sentite in televisione che potessero farla ridere. Sento costantemente la sua mancanza e così ogni giorno spolvero il suo armadio, assicurandomi che il vetro sia trasparente e che si possa vedere bene l'interno. In questo modo riesco a sentirmi vicino a lei. Dopo aver sistemato il mobile, mi aggiro per la casa pulendo tutto il resto, con uno spolverino in mano e la musica che mi rimbomba nelle orecchie. Musica latina da ballo, piena di tamburi, fischietti e belle voci che mi fanno venire voglia di ballare. Quando non faccio le pulizie, cerco di mantenere un atteggiamento calmo e sereno in tutto quello a cui mi dedico, ma ci sono momenti in cui riaffiora un ricordo, un pezzo della mia vita che vorrei poter cancellare, e il passato che odio si riaffaccia e chiede di essere notato. Quando il panico mi assale, il respiro diventa irregolare e il cuore batte all'impazzata, ed è allora che le mie collezioni mi salvano. Disfo una pila e mi metto in ginocchio per incominciare l'accatastamento ordinato che so mi sarà d'aiuto. Ogni volta che accatasto qualcosa e realizzo una pila, il mio respiro diventa più profondo e il mio cuore rallenta. Avrei potuto ricorrere a pillole e a una terapia senza fine, ma credo che questo sia meglio. Sì, penso che sia meglio.

Prendo l'ultima tovaglietta da tè, la piego a metà e poi in terzi, la rendo un quadrato perfetto e la aggiungo alla pila addossata alla parete. Ammiro la collezione di colori e motivi che si fondono in un'alta torre di quadrati ordinati. Li ho impilati cinque volte ormai: ho fatto una pila, l'ho disfatta, l'ho impilata, l'ho disfatta, e alla fine il mio respiro è tornato normale e nel freddo della stanza sento il sudore che mi si asciuga addosso.

È stato un brutto momento, ma è naturale che lo sia stato dopo quello che è successo. Sono contenta di essere riuscita a trattenerlo fino a casa, ma una volta arrivata qui, con la porta chiusa a chiave, è cominciata quella sensazione di stretta al cuore e ho capito che non potevo evitarla. Guardo la pila di tovagliette e alzo velocemente la mano, facendola cadere ancora una volta, e poi ricomincio. Sei è un buon numero. È meglio essere assolutamente sicuri che sia finita, che il panico che mi attanaglia lo stomaco abbia esaurito la sua presa su di me.

A metà, in terzi, in un quadrato perfetto.

Quello che mi è stato fatto. Quello che ho fatto a qualcun altro.

Quello che deve essere fatto ora.

QUATTRO

LESLIE

Ore 14:30

Arrivano due agenti, le loro uniformi creano un effetto dissonante in casa sua, uno spettacolo che non si sarebbe mai aspettata di vedere. Uno di loro è anziano, capelli brizzolati e una leggera pancia, occhi azzurri e naso bulboso tormentato di capillari rotti. È accompagnato da un uomo più giovane, dall'aspetto quasi angelico, con un tripudio di riccioli biondi e occhi verdi.

«Sono l'agente Dickerson,» si presenta il più anziano «e questo è l'agente Willow.» dice indicando il collega più giovane, che annuisce e sorride.

«Leslie.» risponde lei, poi indica Randall e Shelby. «E questi sono mio marito, Randall, e la mia... figliastra, Shelby.»

Randall è sudato per aver corso in lungo e in largo per strada chiamando la figlia. I suoi ricci castani sono appiccicati e gli occhiali sono pieni di impronte di dita perché li sistema in continuazione. Almeno si è cambiato, e ora indossa blue jeans e un maglione blu navy che si intona ai suoi occhi. Questa mattina Leslie aveva riso di lui vedendolo prepararsi per la partita di golf.

«Sei ridicolo. Non devi certo vestirti così per essere preso sul serio.» gli aveva detto.

«No, ma questo abbinamento strappa sempre qualche risata e allora tutti si rilassano, e quando le persone sono rilassate, l'affare è quasi concluso.» le aveva risposto, sedendosi accanto a lei sul letto. «Hai qualcosa in programma per la giornata?» le aveva chiesto, accarezzandole delicatamente il braccio.

«Oh, lo sai.» aveva risposto la moglie agitando una mano in aria. «Shopping.» A lui non serviva sapere altro.

«Ci vediamo stasera per una pizza e un po' di vino.» aveva detto e poi se n'era andato, lasciandola con la figlia e la figliastra e una giornata da passare da sole.

Gli agenti chiedono a tutti e tre di rimanere in salotto mentre loro passano in rassegna la casa, controllando gli angoli che sono già stati controllati. Non ha idea del perché, ma sicuramente sanno cosa stanno facendo.

«Per favore, evitate di usare i telefoni, se non vi dispiace.» dice l'agente Dickerson, e Leslie infila prontamente il telefono nella tasca dei jeans neri. Non si era nemmeno accorta di averlo in mano.

Mentre aspettano, cammina per il soggiorno, contando i minuti. Vuole uscire a cercare Millie.

«Ha pranzato?» chiede a Shelby, perché non sopporta il pensiero che la sua bambina possa essere affamata, oltre che smarrita. *Si è solo smarrita? Si è smarrita, sì, si è solo smarrita, il che significa che verrà ritrovata presto.*

«Non ha voluto pranzare.» dice Shelby, stringendosi di più tra le sue stesse braccia come se in casa facesse freddo, cosa che Leslie adduce alla porta d'ingresso spalancata. Invece lei ha caldo, il sangue le scorre velocemente in tutto il corpo, il respiro è più veloce del normale. Non ha mai avuto un attacco di panico, ma sembra che questo sia l'inizio del primo. Guarda

Shelby, aspettando che le spieghi perché Millie, una bambina di grande appetito, non abbia voluto pranzare, ma Shelby mantiene lo sguardo fisso sui suoi piedi. Il rumore dei passi al piano di sopra è accompagnato da quello delle porte che si aprono e si chiudono. *Non è di sopra. So che non c'è.*

L'agente Willow torna in salotto. «C'è un modo per accedere al tetto?» chiede a Randall.

«Io non... ehm, Leslie, sai se c'è un modo per andare sul tetto?» le chiede. Aveva svolto un ruolo minimo nell'acquisto della casa perché era quasi sempre al lavoro; era stata Leslie a parlare con l'impresa edile e a dover prendere una miriade di decisioni relative alla sua ristrutturazione. «Hai fatto un ottimo lavoro.» le aveva detto quando si erano trasferiti; a lui, in realtà, non importava granchè, gli bastava che lei fosse felice, e lei lo sapeva.

«Nella stanza libera accanto alla nostra camera da letto, dietro una tenda, c'è una porta che conduce al tetto,» dice Leslie «ma non troverete lì la mia bambina.»

Millie ha paura della porta che conduce al sottotetto, perché l'ambiente è leggermente umido, affollato di cavi e tubi per il condizionatore d'aria, e non le piace nemmeno la stanza degli ospiti per lo stesso motivo. «Ci vive un mostro lì.» aveva detto seriamente a Leslie.

«No che non c'è, te lo garantisco.» le rispondeva sempre Leslie, ma le paure dell'infanzia sono dure da sconfiggere e Millie preferiva che la porta della stanza degli ospiti rimanesse chiusa.

«È sempre bene controllare ovunque.» dice l'agente, e scompare di nuovo, lasciandoli in silenzio.

Randall sta controllando il telefono, Shelby lo guarda, poi anche lei tira fuori il suo dalla tasca e rimane a fissarlo.

«Shelby, per favore, metti via il telefono.» dice Leslie, ed è grata a Randall che fa altrettanto.

Shelby rivolge un'occhiata accigliata a Leslie che guarda

fuori dalla finestra del soggiorno verso il giardino sul davanti, dove il sole tinge l'erba con una lucentezza di un verde perfetto. Riesce a percepire la rabbia che Shelby nutre nei suoi confronti: non avrebbe dovuto afferrarla per le spalle quando è arrivata a casa, non avrebbe dovuto scuoterla per ottenere una risposta; non avrebbe dovuto presentarla agli agenti come la sua figliastra, anche se è quello che è. Non avrebbe dovuto lasciare Millie da sola con lei. Questo era stato lo sbaglio più grande. Perché ora sua figlia, la sua bambina di tre anni, è scomparsa. Shelby doveva occuparsi della sua sorellina. Avrebbe dovuto prendersi cura di lei. Sua figlia è scomparsa e la sua figliastra è qui. Questa ingiustizia porta Leslie a tirarsi i capelli, all'apparenza per lisciarli ma in realtà per strapparne alcuni da attorcigliare alle dita. «Rimarrai senza capelli se continui a fare così.» sente sua madre dirle; detestava sua madre quando le diceva queste parole e la guardava storto, ma ora Leslie vorrebbe che lei fosse qui.

E il fatto che questo sia impossibile permette alla sua mano di tornare verso la testa, tirare e strappare qualche altro capello.

«Va bene, allora» annuncia l'agente Dickerson, tornando in salotto, seguito dall'agente Willow, «ricominciamo dal principio.»

Prende la sedia in pelle a capotavola nella sala da pranzo, la porta davanti al divano, la posiziona di fronte a Shelby e si siede con un lieve grugnito. L'agente Willow si mette accanto a lui, con un taccuino blu e una penna nera in mano. Se Leslie avesse dovuto descrivere il suo atteggiamento con un aggettivo, avrebbe detto "entusiasta", come se questa situazione fosse in un certo senso eccitante.

Leslie si tira qualche altro capello e poi guarda Randall che scuote lentamente la testa. Il marito siede accanto a Shelby sul divano, ma il suo sguardo è rivolto verso Leslie. Se fosse stato in piedi accanto a lei, le avrebbe delicatamente allontanato la mano dai capelli perché lui sa che quel gesto significa che si sente ansiosa, che non ha il controllo della situazione. E ora si sente anche terrorizzata, arrabbiata e imbarazzata e... La mano torna verso i capelli, così la afferra rapidamente con l'altra per fermarsi.

«Quanti anni hai, Shelby?» chiede l'agente Dickerson. Nella sua voce non c'è traccia della cadenza melodica che la gente usa quando parla ai bambini.

«Dodici.» risponde Shelby; alla piena attenzione di tutti gli adulti nella stanza, le guance le si tingono di un rosa brillante. Ha gli stessi occhi azzurri di Millie. Entrambe li hanno presi da Randall, ma Shelby ha preso da sua madre i capelli biondi mossi e folti perfettamente scalati che le scendono sulla schiena. Da ragazza, ritrovandosi a lottare con una chioma fine che scendeva liscia e dritta, qualunque cosa ci facesse, Leslie aveva invidiato le ragazze come Shelby dalla bellezza ottenuta apparentemente senza alcuno sforzo. Shelby è alta e magra, come suo padre, e ci sono già state discussioni su una carriera da modella. Sua madre, Bianca, è ansiosa di far entrare la figlia in un'agenzia, ma Randall non intende permetterlo. «È troppo piccola. Sai bene cosa succede alle ragazze che vengono irretite dal mondo delle modelle.» È molto fermo sull'argomento, una cosa insolita per lui. Si arrende a Bianca su tutto, il senso di colpa per la situazione della ex moglie lo divora. «Ha fatto la sua scelta.» gli dice Leslie. Ma quando parla con lui, Bianca si assicura che l'ex marito si renda conto che la sua vita non è così facile come dovrebbe e non manca mai di menzionare qualche conto da pagare. Solo di recente Leslie è venuta a sapere che, quando lo fa, Randall si offre di pagare per lei.

«Si è risposata ormai.» gli ha ricordato Leslie un paio di mesi fa. «Sono sicura che Trevor non gradirebbe scoprire che in pratica le stai pagando le bollette.»

«Non lo farò più ora che si è sposata con lui. L'ho fatto solo per... Non voglio che Shelby la senta dire che le mancano i soldi quando io ho i mezzi per aiutarla.»

Leslie l'aveva chiusa lì. Quei soldi sono di Randall, ma il matrimonio li rende anche di Leslie; Bianca ha un lavoro e Bianca e Trevor hanno più che abbastanza per vivere. È il principio alla base della questione che la irrita. Quando Bianca e Randall avevano divorziato, lei gli aveva mandato una e-mail in cui gli diceva di non tornare strisciando da lei quando non fosse riuscito a pagare le bollette. L'universo ha un senso dell'umorismo unico.

Leslie si sarebbe detta che Shelby avrebbe insistito con suo padre per la questione dell'agenzia per modelle, proprio come fa con il coprifuoco, i compiti e le mansioni da babysitter, ma non è andata così. Sembra meno interessata di sua madre, accontentandosi di riempire i suoi account sui social con selfie e immagini che può controllare su una piattaforma che le dà la possibilità di selezionare chi può vederle e chi no. Forse l'idea di partecipare alle audizioni e la concorrenza con altre belle ragazze non fa presa su di lei, o forse è l'attenzione indesiderata che deriva dal trasformare la tua faccia in una proprietà pubblica che la preoccupa.

«Devi alzarti prestissimo e non puoi assolutamente mangiare cibo spazzatura. Mai più. Non lo sopporterei.» aveva detto a Leslie e a Randall una sera a cena. «Ma potrei anche decidere di farlo. Non lo so.» Shelby ha tutta una vita davanti, piena di scelte, perché lei è bella e intelligente e suo padre ha abbastanza soldi per farle avere tutto quello che vuole. È un tale contrasto con il modo in cui è cresciuta Leslie, in casa da sola con sua madre che le ha insegnato che il denaro è una risorsa preziosa, da non sprecare. Il padre di Leslie aveva un approccio discontinuo al mantenimento della famiglia tanto che il più delle volte non era nemmeno in grado di sostenerla economicamente. Inoltre, Leslie è cresciuta con la convinzione di essere al di sotto della media in qualsiasi cosa, dall'aspetto, all'intelli-

neva incastrata a casa con la figlia e la figliastra, e Randall che andava a giocare a golf con alcuni potenziali clienti o a concludere qualche lavoretto in giardino o una delle altre cento cose che gli piaceva fare di sabato, nessuna delle quali includeva passare del tempo con la famiglia.

«Sono esausto per il lavoro, Leslie.» diceva sempre, quando non doveva andare in giro con i clienti.

«Lo capisco, ma mi do da fare anch'io e sarebbe bello, soprattutto quando Shelby sta con noi, se potessimo uscire come una famiglia e fare qualcosa.»

Si immaginava che tutti e quattro insieme potessero essere il tipo di famiglia che aveva desiderato crescendo come figlia unica.

Aveva trentanove anni, non pensava che avrebbe potuto avere un bambino, e sperava che prima o poi Shelby avrebbe cominciato a sentirsi come figlia sua. Dal giorno in cui l'aveva incontrata per la prima volta si era sforzata di conoscere la figliastra, per capirla e anche amarla. Ma Shelby era sempre stata graffiante; ancora oggi, molte volte, quando parlano, Leslie riesce quasi a sentire la voce di Bianca nella testa della ragazzina che l'avverte di non dare troppa confidenza alla matrigna.

Shelby vuole molto bene a sua madre e ce l'ha con Leslie e talvolta, per estensione, con Millie. Almeno questo è quello che pensa Leslie. L'ultimo fine settimana che avevano trascorso insieme, Millie aveva mostrato a Shelby il suo nuovo computer e Shelby aveva commentato: «Non molti bambini di tre anni hanno un computer come quello. Io non ce l'avevo.»

Leslie aveva capito che quelle parole venivano direttamente da Bianca. Ma Randall viziava Millie come viziava Shelby, allo stesso modo.

«Il mondo è diverso ora.» aveva replicato Leslie, sentendosi come al solito giudicata dalla figliastra.

«Le piaci, Leslie, te lo assicuro.» la rincuorava Randall ogni volta che lei gli faceva presente i problemi che aveva nel relazionarsi alla figliastra. «È solo difficile per lei avvicinarsi troppo perché Bianca è... beh, lo sai.»

Sì, Leslie lo sa. Ovviamente Millie adora Shelby. I suoi occhi si illuminano ogni volta che vede la sorella maggiore entrare nella stanza. Vederla la emoziona più di qualsiasi altra cosa, e Shelby è davvero brava con lei quando ci si mette, è paziente, è gentile ed è in grado di sopportare le stesse cose ancora e ancora. Leslie continua a rammentarlo a se stessa. Shelby legge storie a Millie e le mette lo smalto sulle unghie e guarda programmi televisivi per bambini con lei mentre sgranocchiano insieme popcorn. Adora la sua sorellina. Ma altre volte non ha voglia di passare del tempo con lei. È normale. È normale e questo non implica niente, tranne... dove *si trova* Millie?

Oggi Shelby non avrebbe voluto trascorrere del tempo con la sua sorellina.

«Perché non puoi starci tu con Millie?» aveva protestato quella mattina. «Perché? È sabato anche per me e voglio uscire con Kiera. Sua madre ha detto che ci avrebbe accompagnate per negozi a cercare degli orecchini.»

«Lo so, ma con Millie ogni cosa richiede più tempo.»

«Non è vero.» le era giunta la voce indignata di sua figlia. «Mi piace il negozio. Ci sono i dolcini e parlo con le signore e i signori che ci spesano.»

«Che ci fanno la spesa.» l'aveva corretta Leslie. «Entro ed esco in un attimo, tesoro. Ti prego, Shelby, farò in un lampo.» Anche mentre diceva quelle parole, sapeva che stava mentendo, e si era chiesta se Shelby l'avrebbe capito dal lieve rossore sulle sue guance. Era troppo elegante per andare a fare la spesa, con trucco e tacchi.

«Bene, come vuoi, ma devi fare veloce.» le aveva risposto Shelby con aria di rimprovero, e Leslie si era morsa il labbro, non volendo rimproverarla per la sua maleducazione quando aveva bisogno di un favore da lei.

Se fosse andata dritta al supermercato ci avrebbe messo solo un'ora e adesso forse... Lancia un'altra occhiata alla porta mentre Shelby parla con l'agente.

«...E io avevo davvero bisogno di... di andare in bagno, così sono andata di sopra; lei se ne stava al suo tavolino, disegnava e giocava, e poi quando sono scesa, lei era andata via e la porta d'ingresso era aperta. Sono corsa in tutta la casa chiamandola e sono anche uscita in strada, ma lei era semplicemente... sparita.» conclude. In quel momento, sua madre Bianca attraversa la porta d'ingresso, con un'espressione impostata, il corpo teso, e Leslie sa che è pronta a scatenare una bufera.

Randall è seduto proprio accanto a sua figlia, abbastanza vicino da toccarla, anche se ogni volta che lo fa, Shelby se lo scrolla di dosso. Quando vede la sua ex moglie, fa per alzarsi dal divano, e Leslie ingoia la sua solita dose di irritazione per come appare sempre remissivo davanti a lei.

«Mi spieghi perché la polizia sta parlando con nostra figlia in mia assenza?» gli chiede Bianca.

«Ci sta solo raccontando quello che è successo.» spiega Leslie.

Bianca non l'ha salutata, non l'ha nemmeno degnata di uno sguardo; è una donna imponente, alta e grande, e a Leslie sembra che abbia il pieno controllo di ogni aspetto della sua vita, tranne Randall. Ha perso il diritto di controllare Randall sette anni fa.

Ora, mentre si guarda intorno, Leslie si sente rimpicciolire, si sente ancora più insignificante. Se fosse andata direttamente al supermercato niente di tutto questo sarebbe successo, ne è sicura. E sa anche che probabilmente non ci vorrà molto prima che venga scoperta, e a quel punto la colpa di tutto questo, la scomparsa della sua bambina, ricadrà sulle sue spalle; sotto il suo peso lei si sbriciolerà in mille pezzi.

Non aveva mai veramente desiderato sposarsi e anche se aveva sempre desiderato avere un bambino, allo stesso tempo aveva temuto di averne uno perché sapeva che un bambino lo si ama con tutto il cuore; per tutta la vita, ogni volta che aveva nutrito un tale affetto per qualcuno, lo aveva perso. Suo padre era morto quando aveva dodici anni, lontano da casa, ma lei era ancora in un'età in cui si aggrappava all'idea che lui l'amasse e che un giorno sarebbero tornati uniti. Sua nonna e suo nonno lo avevano seguito solo pochi anni più tardi. Pensava di aver smesso di perdere le persone care quando si era sposata con Randall e aveva avuto Millie, ma si sbagliava. Sua madre era morta poco dopo la nascita di Millie, una perdita che Leslie non riesce ancora oggi a elaborare, quando ci pensa.

«Faccio un salto al supermercato per prendere un po' di formaggio.» aveva detto sua madre quando aveva chiamato sul tardi un giovedì pomeriggio. «Ti serve niente? Passo stasera a fare una coccola alla mia topolina.» Si riferiva sempre a Millie come alla sua topolina, una cosa che faceva sorridere Leslie ogni volta che lo sentiva. Era profondamente grata di poter condividere Millie con sua madre. Neanche Randall era ammaliato dalla bambina come lo erano lei e sua madre. «Ottimo tempismo» aveva risposto. «Sto facendo lo stufato per cena e ho dimenticato le patate; puoi prendermi una busta di patatine novelle?»

«Ma certo, a più tardi.» aveva detto sua madre, e a giudicare dalla familiare sinfonia di ticchettii, Leslie aveva capito che stava armeggiando con gli occhiali dalla montatura viola per riporli nella loro custodia e mettersi quelli per guidare. Sapeva che sua madre avrebbe indossato una tuta in ciniglia, avendo deciso da tempo che i vestiti comodi erano l'unica opzione per lei.

Dopo un'ora e mezza, Leslie era piuttosto irritata: lo stufato doveva cuocere per un po' di tempo o non sarebbe stato tenero. Aveva chiamato sua madre al cellulare, ma non aveva ricevuto risposta. Dopo un'altra mezz'ora, aveva iniziato a preoccuparsi, così aveva lasciato Millie, che aveva sei mesi, insieme a Randall ed era andata a casa di sua madre, dove aveva trovato tutte le luci spente. Tornando a casa sua, aveva sentito l'ansia montare per lei. Era insolito che non rispondesse al telefono e non fosse a casa di sera.

Un'altra ora era passata prima che il suo telefono cominciasse a vibrare mostrando un numero sconosciuto che si era rivelato dell'ospedale. Sua madre aveva avuto un infarto nel parcheggio del negozio di alimentari. Era stata trovata accasciata sul volante dal giovane che stava riordinando i carrelli abbandonati in tutto il parcheggio. Quando Leslie finalmente era riuscita a scaricare l'auto di sua madre per venderla, settimane dopo il funerale, aveva trovato, tra le altre cose, il sacchetto di patate, ammuffite e in germoglio. Aveva pianto fino a perdere il respiro.

Dopo che sua madre era morta, Leslie aveva realizzato di essere rimasta sola al mondo, sola con Randall e Millie, e per alcuni mesi era diventata più che scrupolosa, implorando Randall di farsi visitare regolarmente dal medico e portando Millie al pronto soccorso per ogni piccolo sbalzo di temperatura. Non pensava che sarebbe riuscita a sopravvivere alla perdita di qualcun altro che amava.

Eppure, la situazione è questa. Non riesce a tenersi stretti coloro che ama. La sua bambina è scomparsa ed è colpa sua. Come può essere colpa di qualcuno se non sua?

«Bene, sono qui adesso.» dice Bianca imperiosamente, sedendosi accanto a sua figlia e cingendola con un braccio. «Potete continuare.»

Leslie li guarda, seduti sul divano: Randall, Bianca e Shelby. Sembrano una famiglia, e Shelby ovviamente è una perfetta miscela di entrambi i suoi genitori. Fino a poche ore fa, Leslie, Randall e Millie erano una famiglia. Non ha idea di cosa siano adesso. Non ne ha idea.

Un singhiozzo le sale quando immagina che sua figlia la

chiami, e si tiene una mano davanti alla bocca, ingoiando il suo dolore.

«Devo andare a cercarla.» dice, la sua voce si spezza, lacrime le bagnano le guance.

L'agente si gira di nuovo sulla sedia. «Non ora» dice gentilmente. «Non ancora.»

CINQUE

SHELBY

A Shelby non piace il modo in cui il vecchio poliziotto la guarda, come se potesse leggere la verità nei suoi occhi. Lui la guarda fisso e da un momento all'altro le dirà: «Bene, sappiamo cos'è successo e dobbiamo portarti alla centrale di polizia e incriminarti.»

«Posso andare in bagno?» chiede a sua madre, perché la vescica improvvisamente sembra le stia per scoppiare, proprio come accade prima dei compiti in classe. A scuola, i ragazzi fanno sempre cose stupide davanti a lei per attirare la sua attenzione, ma quando si tratta dei compiti si sente la persona più idiota del mondo. È la migliore nella maggior parte delle materie, ma questo non l'aiuta perché ogni test è un'occasione per dimostrare a tutti che è un'idiota e una schiappa.

O meglio, era la migliore della classe. Nell'ultimo mese ha fallito due prove ed è finita tre volte in punizione. Sua madre continua a chiederle: «Si può sapere cosa ti prende?» E suo padre: «C'è qualcosa che ti preoccupa?». Lei nota che sono molto interessati ora che sta andando male a scuola. Se a sei anni qualcuno le avesse detto che un giorno i suoi genitori non si sarebbero più interessati a lei, si sarebbe messa a ridere, perché a quell'età lei era al centro dell'universo di entrambi; poi a sette anni si era resa conto che avevano vite complicate e adesso sa che il loro interesse per lei è piuttosto basso. Tranne quando combina qualche pasticcio, e in questo momento ci sta riuscendo alla grande.

Sua madre è occupata al telefono, senza dubbio a mandare messaggi al suo patrigno. Se qualcuno volesse metterli uno a fianco dell'altro, Shelby e Trevor, e dicesse: «Uno di loro deve morire.», Shelby è abbastanza sicura che sua madre avrebbe un attimo di esitazione prima di salvare la figlia. Forse è un'affermazione drammatica, ma a volte sembra proprio così. "Non tutto deve ruotare intorno a te, Shelby." è la frase preferita di sua madre, ma Shelby si chiede se ci sia mai qualcosa, una cosa qualsiasi, che riguardi lei ormai.

«Certo, certo che puoi andare in bagno, tesoro.» dice il padre, rispondendo al posto della madre, che probabilmente non l'ha nemmeno sentita, e le stringe una spalla, costringendola a scrollarselo di dosso.

Si alza dal divano e corre al piano di sopra verso il bagno annesso alla sua stanza, per potersi isolare da tutti loro. È decorato con piastrelle di marmo marrone e crema, c'è un'enorme vasca da bagno e un mobiletto con un'anta a specchio abbastanza grande per tutti i suoi trucchi.

Quel bagno è tutto suo e lei lo adora; lo ha adorato dal momento in cui Leslie le ha detto che glielo lasciavano per quando sarebbe andata a stare da loro, ma allo stesso tempo lo odia, perché Leslie non è sua madre e questa doveva essere la casa in cui avrebbe dovuto vivere con sua madre e suo padre, e non con la matrigna. Se fosse stato così, tutto sarebbe andato bene; beh, non proprio tutto, perché avrebbe continuato a faticare ogni giorno a scuola, ma meglio.

I suoi genitori avevano divorziato quando lei aveva cinque anni, o almeno era stato allora che sua madre una sera aveva detto a suo padre: «Ne ho abbastanza, Randall. Non ti interessi di nulla, se non di quello stupido software che non venderai mai. Lascia perdere o fammi andare avanti con la mia vita.» Shelby avrebbe dovuto dormire già da un po', ma era sveglia e ascoltava i suoi genitori che litigavano. Lo aveva fatto in tutti i mesi che avevano preceduto la loro separazione.

Quando ripensa a quel periodo, ricorda che a un certo punto le loro liti erano passate da noiose discussioni tra coniugi sul buttare la spazzatura e sul lasciare in disordine la cucina a qualcosa di più strano. Era stato allora che aveva iniziato ad ascoltarli. Dopo il divorzio, entrambi l'avevano rassicurata dicendole che le volevano bene e lei si era abituata a passare dall'appartamento di suo padre a quello di sua madre e a doversi ricordare tutte le cose di cui aveva bisogno. In ogni casa c'erano regole diverse, ma questo andava a suo vantaggio. Era bello avere un po' di tempo da trascorrere lontano dalla mamma e dal suo bisogno di vederla a letto o a giocare tranquilla o solo stare in disparte. A suo padre non importava se rimaneva alzata fino a tardi, le lasciava mangiare quello che voleva e, anche se era sempre occupato a lavorare, sembrava comunque felice della sua presenza. Aveva iniziato a pensare che sarebbe andato tutto bene, ma poi ogni cosa era cambiata.

Non si abituerà mai a quanto sua madre se la prenda per ogni cosa, soprattutto dopo che suo padre aveva trovato qualcuno che investisse milioni di dollari nel suo software e aveva fondato una grande azienda quando lei aveva sei anni. Poi aveva incontrato e sposato Leslie, e questo aveva fatto imbestialire così tanto sua madre da farle lanciare una tazza contro il muro della cucina. La tazza si era frantumata e i pezzi erano finiti dappertutto. Shelby ricorda di aver avuto paura di lei quella sera. Non sembrava in sé. «Dopo tutto quello che mi ha fatto passare, cosa mi rimane? Niente, ecco cosa, niente.» aveva urlato. Non stava urlando a Shelby, ma piuttosto al mondo intero, però Shelby si sentiva comunque triste perché sua madre aveva ancora lei e lei non era niente.

In bagno, usa il gabinetto e poi rimane a lungo davanti allo specchio a lavarsi le mani, lasciando che l'acqua calda la conforti. Fissa il suo riflesso nello specchio e non le piace quello che vede. «Che cosa hai fatto?» sussurra a se stessa. «Che cosa hai fatto?» Lasciando scorrere l'acqua, tira fuori il telefono dalla tasca e pensa di mandare un messaggio a Kiera, ma poi cambia idea, e rileggendo tutti i messaggi che si sono scambiate, avverte un brivido attraversarle il corpo. E se controllassero il suo telefono? La polizia lo fa sempre, no?

Scusa non posso venire, la mia matrigna mi costringe a fare la babysitter.

Che noia, ogni volta. Non è giusto che ti faccia passare il sabato pomeriggio con quella mocciosa di tua sorella.

Lo so e fa sempre così. Non la sopporto.

Sì, molto meglio essere figlia unica, di sicuro.

Lo so. Vorrei esserlo ancora!!!!

Scorre velocemente le dita sui messaggi e poi, prima che qualcuno possa venire a cercarla, li cancella in fretta e furia. Non parleranno con Kiera. Ma potrebbero farlo. Il cuore le batte forte nel petto. E se andassero a chiedere il telefono a Kiera?

«Non lo faranno.» dice rassicurando la sua immagine riflessa. Non dirà loro che Kiera è stata qui e non c'è modo che Kiera lo dica a qualcuno, perché è brava a mantenere i segreti, soprattutto quelli che potrebbero danneggiarla.

Prende la spazzola con il manico di legno e inizia a spazzolare i capelli con colpi lunghi e morbidi mentre guarda ancora il suo riflesso. Spazzolarsi i capelli la tranquillizza sempre. Sua madre lo faceva per lei, anche quando era ormai grande, ma adesso non lo fa più. Sua madre è praticamente ossessionata da Trevor e a volte Shelby la vede che la guarda come se non vedesse l'ora che lei cresca, si trasferisca e li lasci soli. Anche Shelby non vede l'ora di crescere, di vivere per conto suo, di lasciare la scuola e di avere il controllo della propria vita e di chi può farne parte.

Millie è entrata nella sua vita solo da tre anni, ma in quei tre anni è cambiato tutto. Shelby è passata dall'essere il principale oggetto dell'attenzione di suo padre al secondo, e a volte ora non la guarda nemmeno. Non c'è gara con un bambino e un neonato, per quanto intelligente e carina tu possa essere. Sua madre non la vuole davvero in casa e suo padre è interessato solo alla nuova figlia, e Shelby è... niente. Tanti anni fa sua madre aveva ragione.

Si asciuga una lacrima sulla guancia. Vorrebbe poter dire a tutti la verità, ma la questione è più complessa, non basta una semplice confessione. Come sarebbe la prigione? Rabbrividisce. Non può andare in prigione. Deve continuare a mentire.

Quando è successo, sapeva che Leslie sarebbe tornata presto a casa e sapeva che non c'era modo di tenere nascosta la scomparsa della sorellina; così l'aveva chiamata, dopo aver spalancato la porta d'ingresso, l'aveva chiamata e aveva gridato che Millie era scomparsa.

Riprende il telefono e fissa la foto che la ritrae con Kiera. Kiera è la sua prima vera migliore amica, nel modo in cui le migliori amiche appaiono al cinema. Kiera e sua madre si sono trasferite in città solo da pochi mesi. Non ha mai avuto un padre, sua madre è rimasta incinta da un donatore di sperma, cosa che Kiera le ha rivelato la prima sera che hanno fatto un pigiama party. «Che schifo.» aveva ridacchiato Shelby e Kiera aveva riso con lei. «Lo so, è vero, è davvero disgustoso, ma voleva davvero essere madre.»

«Ti manca avere un padre?» le aveva chiesto Shelby mentre si metteva in bocca tutte le M&M'S marroni.

«Non lo so. Tu hai un padre e un patrigno. Com'è?» Kiera aveva divorato tutte le altre M&M's, stipandole in bocca in un'accozzaglia di colori. Shelby aveva fatto spallucce, perché non sapeva come parlare di quelle cose, se non dicendo che i suoi genitori la facevano impazzire.

Non voleva che avere due padri sembrasse una cosa negativa, voleva che Kiera la invidiasse, almeno un pochino, perché c'erano molte cose che le invidiava, come il fatto che non aveva paura di dire agli altri ragazzi, agli insegnanti o persino al preside quello che pensava, che correva più veloce di tutti a scuola, che non si preoccupava dell'opinione che gli altri avevano di lei. Kiera faceva sembrare la vita facile, ma per Shelby era complicata e incasinata e ciò la rendeva soprattutto triste. Millie ha un solo padre, il padre di Shelby, e a volte, quando Shelby li osserva fare un puzzle insieme, entrambi così tranquilli e concentrati, si chiede se con lei abbia mai trascorso del tempo in quello stesso modo. A lei non sembra. Ma forse è perché, quando era piccola lui lavorava sempre al suo software; adesso è a capo di un'azienda ed è molto, molto ricco. O forse perché ama Millie più di quanto ami lei, perché tutti adorano Millie. Shelby la chiama Millie Billy, mentre suo padre e Leslie la chiamano Millie Molly, come un personaggio di un libro per bambini che a Leslie piace tanto.

Shelby ha la bocca asciutta. Si protende sul lavandino, sposta il rubinetto su freddo e aspetta che l'acqua si raffreddi, mette le mani a coppa sotto l'acqua corrente e beve abbondantemente. Non ha idea di come risolvere la situazione. La perdita della sorellina non le sembra reale, ma sa che se n'è andata. L'ha visto con i suoi occhi. Vorrebbe piangere, ma si porta dentro una sensazione di morte, come se anche la Shelby che prova queste emozioni non ci fosse più.

«Shelby.» sente suo padre che la chiama dal piano di sotto e sa che non può continuare a nascondersi in bagno. Apre la porta e attraversa il corridoio. La stanza di Millie è proprio accanto al bagno e la porta è aperta. È tutto rosa in quella stanza, dal tappeto, alle tende, al piumone, al copriletto. Ha lasciato il pigiama sul pavimento; Shelby entra, inspirando l'inconfondibile odore fruttato della sorella, e lo raccoglie. Lo piega e lo mette sotto il cuscino.

«Buonanotte, Millie Billy» sussurra. «Addio.»

E poi trattiene il respiro per non aprire la bocca e urlare e strepitare perché il petto le fa male, gli occhi le bruciano e la sua vita come la conosceva è finita.

Sono in cucina, taglio una mela rossa e saporita disponendo gli spicchi in un cerchio perfetto e poi taglio fette sottilissime di formaggio cheddar piccante, adagiandole sopra la mela. I cracker di riso sono l'aggiunta finale al pranzo perfetto, esattamente dieci cracker di riso, dieci spicchi di mela e dieci fette di formaggio.

Mi siedo davanti alla televisione a guardare una soap opera che mi appassiona, in attesa del notiziario. Mi piacciono i programmi in cui si vedono case bellissime con persone bellissime ma terribilmente disturbate, che si prendono il tempo di pensare prima di parlare; in più la trama è facile da seguire, quindi è rilassante da guardare.

Negli ultimi dieci anni ho pranzato tutti i giorni con lo stesso menù. Di solito mangio esattamente alle 13:00, ma oggi avevo da fare a quell'ora e di conseguenza ogni cosa ha richiesto più tempo del previsto a causa di... quello che ho visto. Tuttavia, anche se è tardi, devo pranzare o la giornata mi sembrerà storta. Anzi, non potrebbe essere più storta di così, ma devo occuparmi di ciò di cui posso occuparmi, e il pranzo è abbastanza facile.

Sono una creatura abitudinaria. Una volta non lo ero.

Prima... prima di tutto questo, ero una normale tredicenne con i capelli ricci e le lentiggini, con uno spazio tra i miei grossi incisivi. Quando mi guardo allo specchio, cosa che per lo più evito, vedo che i miei capelli sono ancora lunghi, castani e ricci, e c'è ancora uno spazio tra gli incisivi, ma adesso si è ridotto. Sono molto rigorosa per quanto riguarda l'igiene orale: spazzolino e filo interdentale due volte al giorno. Non vado dal dentista da quando io e mia madre ci siamo trasferite in questa casa e mi rifiutavo di uscire. Mi rifiutavo di uscire per andare a scuola, per fare la spesa, per andare dal dentista.

«No.» dicevo ogni volta che mia madre mi chiedeva di andare da qualche parte con lei. «No.» Non argomentavo, perché altrimenti avrebbe potuto rispondere, avrebbe ribattuto, avrebbe urlato e gridato. Invece, non poteva fare nulla se mi rifiutavo categoricamente. Uno dei punti di forza di mia madre era la capacità di farti vedere la sua versione delle cose, però se non ascoltavi quello che aveva da dire, lei non poteva farti cambiare idea. Il giorno in cui ci eravamo trasferite in questa casa, nella casa di mia nonna, mi ero sentita finalmente al sicuro. Avevo bisogno di formare le mie pile per essere certa di rimanere al sicuro; uscire di casa, attraversare la porta e ritrovarmi nel mondo, mi rendeva insicura e tutto quello che era successo poteva potenzialmente accadere di nuovo. Così rimanevo in casa, circondata dalle mie pile, al sicuro da tutto e da tutti.

L'unica cosa che avevo accettato prontamente di fare era di imparare a guidare. Mia madre mi aveva insegnato a guidare il Maggiolino giallo e, anche se ogni volta dovevo buttare giù e rimettere a posto un bel po' di collezioni diverse prima di salire in macchina, sapevo di essere al sicuro lì dentro, con le portiere chiuse e i vetri oscurati alzati, al riparo dal mondo. Ora è diventato il mio spazio di sicurezza mobile ed entrarci è facile. Uscirne una volta raggiunta la destinazione è un altro discorso, ma continuo a provarci. Passano molte settimane in cui non faccio altro che fare il giro dell'isolato per assicurarmi che l'auto sia in buone condizioni. Ma a volte mi fermo in un parco o sulla spiaggia e scendo, tenendo la mano appoggiata sul cofano mentre ammiro una vista diversa dal mio piccolo giardino. Rimango a guardare il più a lungo possibile, finché non sento salire l'adrenalina, fino a costringermi a fuggire, a tornare alle mie collezioni.

Eravamo andate in terapia, io e mia madre, o la terapia era venuta da noi. Eravamo andate insieme e ognuna per conto proprio, ma nessuno era riuscito ad aiutarmi a superare la paura di uscire, di stare con gli altri, di stare nel mondo.

«Può dirmi quando Ruth ha iniziato a sviluppare la paura di uscire?» aveva chiesto a mia madre una terapeuta di nome Beth Hawley. La vedevo all'età di diciassette anni. Aveva lunghi capelli grigi che raccoglieva in uno chignon e arrivava sempre in ritardo, agitata dopo un altro appuntamento.

«No.» aveva risposto mia madre, scuotendo rapidamente la testa. Ci aveva pensato molto, ma non riusciva a trovare la risposta. Credo che lo sapesse. Aveva visto, si era resa conto, ma pensava che si trattasse solo di un incidente, di una cosa da poco, e che io fossi andata avanti; *lei* di certo lo aveva fatto.

Mia madre, Beth e io eravamo sedute sul divano del nostro salotto, che era stato riordinato e pulito per l'incontro. Sul tavolino in legno, pregiato ed elegantemente lavorato, erano state sistemate una teiera d'argento e alcune tazze di porcellana bianca, tutte appartenenti a mia nonna, che in quel momento si trovava nella sua stanza e stava trascorrendo la giornata dormendo. Almeno a casa di mia nonna ero disposta a lasciare la mia stanza. Nella nostra vecchia casa, in una strada senza uscita su un minuscolo pezzo di terra come giardino, mi ero ritirata dal mondo nella mia camera, e lì ero rimasta fino a quando avevo sedici anni e ci eravamo trasferite da mia nonna.

A dodici anni avevo cambiato scuola e passata dalla mia piccola e sicura scuola elementare a un grande liceo con più di mille studenti. Mi ero subito sentita persa, confusa e sola, ma alla fine mi ero ambientata e mi ero fatta degli amici, e avrei avuto una vita perfettamente normale se non fosse successo quello che è successo quando avevo tredici, quattordici, quindici anni. Probabilmente l'isolamento dal mondo che mi sono autoimposta è iniziato con il lieve senso di panico che provavo ogni mattina quando dovevo andare a scuola, ma non avevo idea di cosa mi aspettasse. Non ne avevo la minima idea.

Ho fatto molta terapia. Ma il problema è che se non sei pronto a cambiare, non serve a niente. Se non ti impegni ad aiutare te stesso, se non si riesci a rivelare i tuoi terribili segreti, è praticamente inutile.

Dopo che siamo andate a vivere con mia nonna, non avevo alcun problema a stare fuori dalla mia stanza, purché avessi un accesso rapido a una pila di cose che potevo rovesciare e risistemare se suonava il campanello, se qualcuno mi chiamava o se un attacco di panico si manifestava all'improvviso mentre guardavo la televisione.

Cos'hai che non va? Cos'hai che non va? Cos'hai che non va? lamentava mia madre.

«Lasciala stare, Nora.» le diceva sempre mia nonna, che si chiamava Eleanor, quando mia madre si disperava. Conosceva il valore del collezionismo e ora mi chiedo se fosse perché lei stessa era una collezionista o perché capiva cosa stavo cercando di fare. Non se n'è mai parlato apertamente; nessuno ha mai chiesto: «Da cosa ti stai nascondendo, Ruth?» o, domanda più pertinente, «Da *chi* ti stai nascondendo, Ruth?» A intervalli regolari, mia madre mi chiedeva cosa non andava, cosa mi preoccupava, perché mi comportavo in quel modo, ma sapevo che le sue domande erano pensate per darmi la libertà di non rispondere. A volte le persone non vogliono davvero avere una risposta. Quando qualcuno passa accanto a un conoscente per strada e gli chiede: «Ehi, come stai?» non ha alcun desiderio di sentire qualcosa di più di «Bene, grazie, e tu?» Mia madre voleva disperatamente che io stessi "bene, grazie".

Ha fatto del suo meglio, ma per fare meglio di così avrebbe dovuto sacrificare se stessa e i suoi bisogni, e non poteva farlo. Quella che era casa di mia nonna e adesso è casa mia, è uno spazio sicuro. Sento lo spirito di mia nonna che veglia su di me, che mi protegge, qui proprio come nella sua auto.

Durante una pausa pubblicitaria, controllo il mio conto in banca, cosa che faccio due o tre volte al giorno. Quando è morta, mia madre mi ha lasciato una piccola eredità e questa casa. Tra un marito e l'altro, e quando finalmente rinunciò all'idea di un marito, lavorava nel commercio al dettaglio ed era piuttosto brava. Vendeva di tutto, dai vestiti alle automobili. Ho abbastanza per tirare avanti. Non mi occorre molto.

Da quando mia madre è morta, sei mesi fa, qualcosa si è liberato dentro di me - o forse mi sono liberata da tutto ciò che le tenevo nascosto - e ho cominciato ad avventurarmi fuori. Ho dovuto farlo, chiaramente. Non c'era nessuno che mi portasse oggetti da aggiungere alle mie collezioni. Già prima che morisse, avevo iniziato a girare per le strade di notte, soprattutto nei giorni della raccolta differenziata, con i guanti pronti alla bisogna. L'età mi ha aiutato a sentirmi in grado di affrontare qualsiasi cosa mi capiti a tiro. L'età e il coltellino che porto con me, dall'aspetto piuttosto innocuo ma che, premendo un pulsante, fa scattare una lama abbastanza lunga da fare danni, abbastanza affilata da provocare dolore.

Da quando è morta mia madre, ho iniziato a forzarmi a uscire durante il giorno, non solo per guidare da qualche parte e ammirare un panorama, ma per interagire davvero con il mondo, il mondo insicuro, imprevedibile e caotico. Mi ripeto: *Puoi farcela.* Ho paura che un giorno avrò davvero bisogno di uscire di casa e non riuscirò a farlo. Ho paura di morire da sola qui dentro perché ho troppa paura di chiedere aiuto. Talvolta sento un dolore a un molare, temo di avere una carie. Magari sarà possibile evitare per sempre il medico e il dentista, soprattutto grazie a internet e ai suoi infiniti consigli, però un giorno, forse, non ci sarà alternativa. Così mi sto preparando, mi sto addestrando come un soldato, tenendomi occupata per ore e giorni all'aperto, affidandomi piccole missioni.

Prima di uscire di casa, mi vesto a strati. Inizio con una canottiera, mi metto una maglietta sottile e un maglione, per poi finire con un piumino. Indosso anche occhiali da sole e berretto. Sarà più difficile quando arriverà l'estate, ma non ho idea di dove sarò in estate, né di come evolverà la situazione. Dopo oggi, dopo le ultime due settimane, vorrei non essermi mai imposta di uscire. Sapevo cosa c'era là fuori, ma non immaginavo che mi stesse aspettando. Mi pesa di essere rimasta fuori così tanto durante il giorno, ma è stato necessario.

Il notiziario va in onda e l'elegante conduttrice, con il suo bel taglio biondo e la sua voce profonda e vellutata, dice: «Oggi pomeriggio è stata denunciata la scomparsa di una bambina. Si chiama Millie Everleigh, ha tre anni, capelli neri e occhi azzurri.» Un'immagine appare sullo schermo e quasi mi strozzo, il boccone si rifiuta di andare giù. Lo sputo e mi pulisco la bocca con il dorso della mano, l'appetito è scomparso. «Ora ci spostiamo in casa Everleigh, dove i genitori di Millie stanno preparando un appello ai cittadini per ottenere informazioni...»

Spengo il televisore. Non riesco a guardare. Non posso. La stanno già cercando. Ma è naturale che le ricerche siano già cominciate. La stanno cercando ma non la troveranno. Questo lo so per certo.

SETTE

LESLIE

Ore 15:30

Lei e Randall sono in piedi davanti ai giornalisti che si sono radunati sul prato davanti a casa, e si accorge che uno o due di loro si sono piazzati in mezzo all'aiuola. Ha già capito che i piccoli cespugli di rose, che avevano appena iniziato a germogliare, non sopravviveranno al calpestio.

Al pensiero le si inumidiscono gli occhi ed è costretta a scacciare le lacrime sbattendo velocemente le palpebre e tirando su col naso, anche se quello che vorrebbe tanto è un fazzoletto di carta. Ci sono molte persone, tutte protese in avanti, con iPhone, telecamere e microfoni puntati verso di lei e suo marito.

L'allerta AMBER sarà diramata solo se la polizia riterrà che Millie sia stata rapita e non che si sia semplicemente allontanata. «E giusto per capire, quando prenderete questa decisione?» aveva chiesto Randall all'agente.

«Dopo la conferenza stampa lasceremo passare un po' di tempo per vedere se salta fuori qualcuno che l'ha vista, e poi ci ritorneremo sopra.»

«Ma perché non lo fate subito? Perché aspettare?» lo aveva

incalzato Leslie, frustrata all'idea che non si stesse facendo ogni sforzo possibile.

«Abbiamo procedure e regole per una ragione.» aveva risposto pacatamente l'agente. Leslie può percepire dal modo in cui parla, dal modo in cui ascolta e reagisce, che da molto tempo si trova a gestire persone che stanno attraversando i giorni peggiori della loro vita. Non promette niente, probabilmente perché sa che non può farlo, e non si arrabbia quando le voci si alzano e le lacrime iniziano a scendere. È calmo e parla a bassa voce, e Leslie si chiede se sia così anche a casa con la sua famiglia o se cambi quando è lontano dagli occhi del pubblico..

Il quartiere è stato perlustrato da cima a fondo e Millie è sparita da circa due ore, secondo l'orario che Shelby ha fornito alla polizia. Un tempo così breve, ma che sembra una vita.

«Giusto, quindi l'hai cercata per un bel po' prima di chiamare la tua matrigna.» aveva riassunto l'agente, quando Shelby aveva spiegato di essere andata in bagno poco dopo le 13:00. Non c'era bisogno che le chiedesse come faceva a sapere l'ora: aveva sempre gli occhi incollati sul telefono.

«Eh, certo, certo... ho pensato che stesse giocando.» aveva risposto Shelby. «E poi, siccome non la trovavo, ho continuato a cercarla e sono uscita fuori e poi... ho chiamato Leslie.»

Millie è negata per il nascondino. Si annoia facilmente e ti grida "vieni a cercarmi" dopo pochi minuti se non riesci a trovarla. Spesso si nasconde in posti come dietro al divano o dietro alla porta della sua camera da letto. Le piace di più l'emozione di essere trovata che il segreto di nascondersi. Shelby lo sa e Leslie, per un attimo, ascoltandola parlare con l'agente, aveva fissato lo sguardo sul viso della figliastra, chiedendosi disperatamente perché stesse mentendo, ma poi aveva distolto lo sguardo. Forse Millie è diversa quando Leslie non c'è. Forse le piace di più giocare a nascondino con Shelby che con lei. O forse, solo forse, Shelby aveva mentito.

Leslie assiste a un'accorata discussione per decidere il punto da cui riprendere tra un cameraman e una giornalista con una striscia di rossetto marrone sulle labbra, e vorrebbe essersi ricordata di aggiungere almeno un po' di fard sulle guance. Avrà l'aspetto di un fantasma in televisione.

Millie è scomparsa da oltre due ore e questa è l'unica cosa che conta. Stanno passando le prime ventiquattro ore, quel periodo di tempo fondamentale che viene sempre menzionato nei casi di persone o bambini scomparsi. «La maggior parte dei bambini scomparsi viene ritrovata entro le prime ventiquattro ore» le ha detto l'agente Willow mentre aspettavano l'arrivo dei giornalisti e delle persone che avrebbero contribuito a diffondere la notizia, che si sarebbero precipitate a casa loro affamate di una storia in un tranquillo sabato pomeriggio.

Mancano ventidue ore? Ventuno ore e mezza? Ogni minuto è importante, ogni sessanta secondi avvicinano o allontanano sua figlia da casa.

Leslie si sente arretrare, allontanarsi dai flash delle macchine da presa, dai riflettori e dalle espressioni interrogative. Randall le appoggia una mano sulla schiena e la spinge di nuovo in avanti, impedendole di scappare.

«Non riesci a farlo da solo?» gli sussurra.

«Dobbiamo esserci entrambi» le mormora. «Se qualcuno l'ha rapita...» ma non riesce a finire la frase.

Nessuno l'ha rapita, si è allontanata. Verrà ritrovata presto, presto, presto.

Randall è pallido e dalle borse sotto gli occhi si indovina quanto è provato. Nelle ultime settimane non ha dormito bene, ha passato notti intere a girarsi e rigirarsi nel letto e qualche giorno fa, nel disperato tentativo di farsi una dormita completa, lei gli aveva chiesto di trasferirsi nella camera degli ospiti. Lui non aveva discusso, aveva solo fatto un cenno con la testa. «Mi dispiace, Leslie.» le aveva detto. Pensa spesso a Bianca. La sua ex moglie lo chiama quasi ogni giorno perché, da quello che lui le ha raccontato, pare che lei sia convinta che i problemi di comportamento di Shelby siano più evidenti quando torna da casa loro. «Vuole che per un po' di tempo smetta di venire da noi.» le aveva detto giusto ieri sera. «Dice che quando Shelby trascorre il fine settimana con noi, si fa sempre più problematica. Dice che ce la manda felice e calma e gliela restituiamo piena di rabbia e aggressività.»

«È assurdo» aveva risposto Leslie. «È tua figlia. Bianca non ha il diritto di impedirti di vederla. Shelby è felice qui proprio come se fosse a casa sua. Voglio dire, è... Magari è solo una fase dell'età.»

«Può darsi, ma non vuole parlarne con me.» Si era infilato un dito dietro gli occhiali, si era strofinato un occhio, e aveva distolto lo sguardo da lei. Leslie aveva capito allora che era davvero preoccupato che Bianca avesse abbastanza potere da negargli la possibilità di vedere la figlia. «Forse Bianca ha ragione. Intendo dire che... io non so come comportarmi con una ragazzina di dodici anni.» le aveva detto tornando a guardarla. Quelle erano parole di Bianca. Erano indubbiamente le crudeli parole di Bianca.

Gli insegnanti a scuola avevano iniziato a lamentarsi di Shelby, a inviare e-mail sul suo rendimento scolastico, sul suo atteggiamento e sul suo comportamento in generale. Qualcosa non va, ma Shelby non vuole dire a nessuno di cosa si tratti. «Odio la scuola.» era il massimo che era riuscita a dire per giustificare il suo improvviso cambio di comportamento.

Randall non era riuscito a crederci. «Ma prima ti piaceva tanto la scuola. L'inglese, la storia... Chi è il tuo insegnante di storia? Il signor Jordan. Dicevi che riusciva a far sembrare che ogni avvenimento fosse accaduto appena ieri, che la rendeva interessante ed emozionante.» aveva protestato.

«Non mi va di parlarne.» aveva tagliato corto Shelby, chiudendo la conversazione mentre mescolava il cibo nel piatto.

Sembrava che nessuno sapesse come comportarsi con lei.

Leslie si rende conto che questa conversazione è avvenuta

giusto due settimane fa. Due settimane fa Shelby era in difficoltà a scuola e non comunicava, e ora si trovano a questo punto. Sicuramente è tutto collegato. Ma non può certo andare a raccontare alla polizia che Shelby non sopporta la scuola ed è per questo che la sorellastra è scomparsa. È un collegamento troppo forzato.

Da parte sua, Leslie ritiene che Randall abbia un po' di timore per quello che Shelby potrebbe dire, se lei si aprisse davvero con lui. Con Millie è diverso, ma perché è ancora molto piccola, e allora Leslie si chiede come sarebbe andata con Shelby a quell'età. Se Randall le desse il permesso, lei cercherebbe di parlare con Shelby, ma lui non vuole turbare Bianca, che sembra decisa a fare in modo che Shelby veda Leslie come una Matrigna con la M maiuscola. Leslie vorrebbe che fosse diverso e sa che Randall vorrebbe rincasare in una famiglia unita e serena tanto quanto lo vuole lei.

«Potete togliervi dalle aiuole?» vorrebbe gridare a tutte le persone che si trovano nel suo giardino, ma sembrerebbe pazza. E vorrebbe che iniziassero le riprese, così la farebbero finita e lei e Randall potrebbero passare un po' di tempo con Shelby per cercare di capire cosa possa essere successo. No, non per capire cosa possa essere successo, ma per avere un po' di tempo per convincere Shelby a dire la verità.

Ma come può pensare queste cose? Si sente una persona orribile.

Randall continua a tenere le spalle indietro, per farsi più alto e dritto, mentre lampeggiano i flash quando vengono scattate le foto: i genitori della bambina scomparsa. Leslie immagina un milione di televisioni e di siti internet, milioni di occhi, milioni di orecchie, tutti in ascolto, tutti desiderosi di guardare.

La troveranno. Devono ritrovarla.

«Vai avanti.» mormora Randall a bassa voce, e lei vede che lui si tiene su con la stessa forza con cui si sostiene lei. Loro non sono il tipo di genitori che perdono un figlio. Ma allora che tipo di genitori sono?

Aveva conosciuto Randall nell'agenzia pubblicitaria dove lavorava come responsabile di progettazione grafica. Non era stato amore a prima vista. Lui era troppo alto e magro, troppo goffo e aveva quarantaquattro anni, dieci più di lei. Gli serviva un nuovo logo e un pacchetto per i social media destinato al software che aveva passato anni a sviluppare. Aveva finalmente ottenuto un finanziamento da una grande azienda americana e lei poteva intuire che lui non sapeva bene cosa fare con tutti i soldi che aveva incassato, mentre si accingeva a creare un'impresa. Tuttavia, aveva imparato in fretta e a guardarlo ora, che indossa completi costosi e va alle riunioni con altri investitori, nessuno riuscirebbe a immaginare che una volta gli veniva la nausea all'idea di incontrare nuovi clienti. A differenza di molti uomini che ingrassano e diventano calvi, lui si è ingrigito ma è rimasto magro e in forma. Con l'età si è fatto distinto.

In seguito, lui le aveva confidato che al loro primo incontro era agitatissimo perché la considerava bella; sebbene Leslie avesse avuto a che fare con la sua giusta dose di attenzioni maschili, non era mai stata considerata bella. Bella, delicata e fragile erano le parole che la maggior parte degli uomini usava per cercare di salvarla dal mondo. Randall era interessato al suo lavoro, al suo modo di pensare, al suo occhio per il design. La tensione gli aveva fatto confessare più di quanto avrebbe dovuto a una donna con cui stava parlando per motivi di lavoro.

«Mia moglie odiava che passassi tutto il mio tempo libero a lavorare a questo progetto. Mi diceva che non sarebbe mai servito a niente. Ma non potevo arrendermi.» le aveva detto mentre raccontava tutto ciò che il software poteva fare per aziende grandi e piccole.

Era talmente fiero e pieno di un entusiasmo così contagioso che lei si era ritrovata a lavorare con maggior impegno per lui, desiderando che fosse soddisfatto di ciò che aveva realizzato.

Durante i lunghi pranzi e i pomeriggi in ufficio, perché lui insisteva per andare a trovarla, anche se potevano gestire ogni mansione via e-mail o per telefono, lei si era innamorata di lui. La faceva ridere ed era entusiasta di tutto, interessato a tutto. Era eccitante stare con lui.

Incontrare Shelby non era stato facile. Non sapeva cosa fare con una bambina di sette anni che sperava ancora che i suoi genitori tornassero insieme. Nelle parole che le serbava la figliastra poteva percepire il risentimento della ex-moglie per il successo che Randall aveva raggiunto solo dopo il divorzio.

«Mia madre non ha mai avuto una casa grande come questa.» le aveva detto Shelby quando erano andati a vivere insieme. «Mia madre non ha vestiti così belli.» aveva commentato guardando l'armadio di Leslie. Randall è generoso con gli alimenti per la figlia, anche se non è obbligato a versare molto a Bianca, ma il denaro non è mai stato molto importante per lui. Il suo lavoro è ciò che lo appassiona. Il suo lavoro e le sue figlie. Ama disperatamente Shelby e Millie. Leslie nutre un amore vero e profondo per la figliastra, lo sa bene, ma Shelby non ha mai reso facile il loro rapporto e Leslie sente di dover lavorare sodo per ottenere ogni sorriso, ogni momento di felicità. Ma cerca di limitarsi nelle lamentele che rivolge a Randall; lo coinvolge solo quando ha disperatamente bisogno di essere rassicurata sul fatto che Shelby non la detesta davvero. Shelby faceva parte del pacchetto e lei non ha mai voluto mettersi in mezzo. Ultimamente, però, Shelby si è persino rivoltata contro Randall. E ora sono arrivati a questo punto e la figlia di Leslie è scomparsa. La sua bambina. La sua unica figlia, perché ne avrebbe potuta avere solo una.

«Se posso avere la vostra attenzione, per favore... Grazie a tutti.» esordisce l'agente Dickerson, alzando le mani verso la folla riunita, aspettando che si calmi. «Chiediamo l'aiuto dei cittadini per ritrovare Millie Everleigh. Si scrive M-I-L-L-I-E E-V-E-R-L-E-I-G-H. Ha tre anni, è alta novantacinque centimetri e pesa circa quattordici chili. Ha gli occhi azzurri e lunghi capelli neri. Indossa una salopette di velluto a coste rosa con sotto maglioncino blu a maniche lunghe e stivali Ugg rosa. Si ritiene che sia uscita di casa intorno alle 13:15. Chiediamo a tutti i cittadini di prestare attenzione. Le ricerche sono in corso nel quartiere e abbiamo un'unità di ricerca nel parco Wonderland, a venti minuti a piedi da qui. Chiunque si trovi nel parco e stia seguendo questa trasmissione è pregato di tenere gli occhi aperti...»

All'accenno al grande parco vicino a casa, Leslie sente lo stomaco torcersi. Era il primo posto che aveva suggerito alla polizia. Millie lo adora, con quei laghetti artificiali pieni di anatre e il parco giochi con due strutture per arrampicarsi e due altalene diverse accanto a una casetta. I laghetti, pieni di acqua fredda e immobile, hanno sempre spaventato Leslie e quando lei e Millie ci vanno a dar da mangiare alle anatre, tiene sempre per mano la sua bambina. Millie sta imparando a nuotare, ma non è ancora brava. E infatti, Randall voleva andare a perlustrare il parco, ma è troppo grande per poterlo controllare da solo e la polizia stava già arrivando. Sa che se non troveranno Millie molto presto, verranno i sommozzatori della polizia in muta, inizieranno a scandagliare i laghi, nuotando nell'acqua torbida alla ricerca del corpo di sua figlia. *No, no, per favore no.*

L'agente Dickerson si volta verso di loro e dice: «E ora la madre e il padre di Millie vorrebbero...» Fa un passo indietro e un gesto verso di lei e Randall, che insieme avanzano, avvicinandosi sotto i riflettori e alle domande.

Mentre Randall lancia il suo appello affinché la gente dia una mano a ritrovare Millie, Leslie vede se stessa uscire dal vialetto alle 11:45 di questa mattina, sapendo già che non sarebbe tornata entro un'ora, sapendo che aveva qualcos'altro da fare prima della spesa, sapendo che stava nascondendo queste informazioni a Shelby e a Randall. Quando Leslie era piccola, sua nonna, cioè la madre di suo padre, era solita dire, agitandole un dito ossuto davanti alla faccia:

«Un segreto mantenuto è un segreto di cui ci si pente.» Da bambina, i segreti di Leslie riguardavano piccole trasgressioni, come prendere un biscotto in più, non lavarsi i denti o rimanere sveglia fino a tardi, per continuare a leggere sotto le coperte. Da adolescente, i suoi segreti riguardavano squisiti particolari scambiati solo con le amiche più intime, pettegolezzi che un giorno erano ritenuti di vitale interesse e che il giorno seguente svanivano nell'insignificanza. Da adulta Leslie, pur comprendendo che talvolta i segreti sono necessari in un matrimonio, non ne ha mai sentito l'esigenza fino a oggi; pensava di avere il tempo di dirlo a Randall, di spiegarglielo. Ma ormai è troppo tardi. Non riesce a trovare il modo di ritagliarsi un po' di tempo per stare da sola con Randall; ci sono così tante persone intorno a loro, così tanti volti che li scrutano.

Osserva la bocca del marito mentre cerca di assumere l'atteggiamento che la gente si aspetta dalla madre di un bambino scomparso. Ma di sicuro non è quello giusto. *Un segreto mantenuto è un segreto di cui ci si pente.* Da bambina, questo rammarico si era manifestato sotto forma di piccole punizioni: niente gelato dopo cena, niente televisione. Ma qual è il costo dei segreti da adulti? Sicuramente è un prezzo troppo alto.

Tra la folla di giornalisti, nota un uomo che la fissa. Sembra che non sia concentrato sulla conferenza stampa, ma che guardi solo lei, e lei sa... sente che sta affrontando la situazione nel modo sbagliato. Non ha l'aspetto adeguato, non ha l'aspetto che loro vogliono che abbia. I tweet e i commenti si staranno già accumulando sui social mentre Randall fa il suo discorso. Riesce già a immaginarli.

Perché appare così calma?

La ricchezza non protegge i figli.

Perché la figliastra è stata lasciata con la bambina? Dodici anni sono troppo pochi per fare da babysitter.

Cosa ha fatto la madre per tutto quel tempo? C'è qualcosa di losco in questa storia, secondo me.

I bambini non scompaiono così.

Si rivolteranno anzitutto contro di lei; tutti coloro che ora reagiscono con compassione di fronte alla notizia della scomparsa di un bambino, alla fine si rivolteranno contro di lei.

È quello che accade puntualmente. Leslie ha assistito a conferenze stampa come questa e ha giudicato a sua volta la madre del bambino scomparso. *Come ha potuto permettere che accadesse? Com'è che non dava un occhio al bambino, alla bambina?* Eppure, lei ha lasciato che accadesse. Ha affidato a una dodicenne con evidenti problemi di comportamento il compito di occuparsi di sua figlia e si è allontanata.

Shelby ha iniziato a fare da babysitter a Millie solo da quando ha compiuto dodici anni. Leslie si era informata sull'età legale per fare la babysitter in Australia, per essere sicura di prendere la decisione giusta, e aveva scoperto che non esiste una legge vera e propria. Ma una persona al di sotto dei diciotto anni non può essere ritenuta legalmente responsabile di ciò che accade a un bambino, quindi, è necessario assicurarsi che sia abbastanza matura per occuparsene. Lei e Randall ne avevano discusso insieme e poi con Shelby, e c'erano state molte conversazioni su cosa fare in caso di emergenza. Sul frigorifero è appesa una lista con i numeri della polizia, del medico e persino dei vicini di casa. Shelby si era dichiarata pronta e finora era andata molto bene, dato che lei e Millie si erano godute il tempo da sole.

Shelby è abbastanza matura per fare da babysitter a Millie, abbastanza intelligente da sapere cosa fare se succede qualcosa e abbastanza lucida da non farsi prendere dal panico senza motivo.

Ma forse oggi non aveva proprio voglia di essere tutto questo, né di prendersi cura di Millie. Oggi Shelby non era in grado di farlo, perché oggi Shelby non voleva e questo sarebbe dovuto bastare a Leslie per portare Millie con sé al supermercato. Le sarebbe dovuto bastare questo. Ma Leslie non aveva in programma di andare solo al supermercato.

La stampa inizia a urlare domande e Leslie si sente arretrare. Le si rivolteranno contro. Risponderà male a una domanda o non sembrerà abbastanza triste o semplicemente aprirà la bocca e urlerà la sua paura e loro le si rivolteranno contro. E dovrebbero farlo, con ragione.

Si allontana sempre di più finché non rimane solo Randall in piedi accanto all'agente a rispondere alle domande che vengono rivolte, cercando di rispondere a tutte.

Lei ha dichiarato che c'era un'altra bambina a farle da babysitter.

Le bambine vengono lasciate sole spesso?

I vicini erano stati avvertiti?

La polizia è stata chiamata immediatamente?

La polizia ha idea di dove possa essere andata?

Chi è stata l'ultima persona a vedere Millie?

Di che umore era? Era angosciata per qualcosa?

E poi anche Randall si allontana, ed è il poliziotto che si occupa dei giornalisti come fa in tutti gli altri casi: lentamente, con pazienza, con gentilezza.

Leslie guarda il giardino di casa sua, disperandosi per l'erba strappata e per l'aiuola distrutta. Ci sono così tante persone e lei dovrebbe essere grata, sa che dovrebbe esserlo, ma ognuna di loro è una persona in più tra lei e la sua figliastra, tra lei e la verità, tra lei e sua figlia. Quindi vorrebbe che se ne andassero tutti, che se ne andassero e li lasciassero in pace. Ma questo non accadrà, così si mette di lato, osservandoli mentre loro la guardano, pregando che in tutto questo guardare e osservare, qualcuno veda qualcosa.

OTTO

SHELBY

Non l'hanno lasciata uscire per parlare con i giornalisti, ma lei è rimasta in piedi vicino alla finestra, a guardare tutto quello che succedeva. È strano guardare fuori dalla finestra, come se fosse una specie di maniaca fuori di testa. È diventato tutto così grande e veloce, un incubo che prende vita. Non riesce a credere che si siano riunite così tante persone.

Non sembrano tristi o dispiaciuti... sembrano eccitati, come se questa fosse la cosa migliore da fare in un tranquillo fine settimana a Sydney. Tutto questo le fa attorcigliare lo stomaco, che già si sta annodando e comincia a farle male. Nella sua mano il telefono vibra e lei abbassa lo sguardo.

Farai meglio a non dire a nessuno che ero lì.

Lascia cadere il telefono, bruciata nel profondo dallo spavento e dalla paura, e poi si sbriga a riprenderlo, sperando che nessuno abbia notato la sua reazione. Cancella immediatamente il messaggio, come ha fatto con tutti gli altri messaggi che lei e Kiera si sono scambiate.

Kiera non è il tipo di amicizia che i suoi genitori vorrebbero che frequentasse. Loro non lo sanno ancora, non ancora, ma devono essersi fatti un'idea da tutte le e-mail che arrivano a casa. La madre di Kiera lavora molto perché è sola e le ha imposto tutta una serie di regole per tenerla lontana dai guai.

Shelby sa che se fosse lei a dover sbrigare un sacco di faccende domestiche e a dover finire i compiti prima di avere accesso al computer, farebbe tutto nell'ordine giusto. Ma Kiera è diversa, e più tempo trascorrono insieme, più Shelby è diversa. Non avrebbe mai immaginato di essere il tipo di persona che esce da scuola all'ora di pranzo, sgattaiolando dal cancello posteriore dove non c'è mai nessun insegnante che sorveglia, per correre verso il centro commerciale. Eppure, è esattamente quello che è successo venerdì, ed è abbastanza sicura che per questo motivo i suoi genitori verranno convocati lunedì, solo che ieri non le importava. Probabilmente non gliene importerà nemmeno lunedì. Dove sarà lunedì? Chi sarà?

Venerdì, lei e Kiera sono entrate in una caffetteria, euforiche per il successo della fuga da scuola e da un pomeriggio di storia. Non riuscivano a smettere di ridacchiare mentre ordinavano frullati al cioccolato e un piatto di patatine da condividere. Quando la cameriera ha portato le ordinazioni, lanciando a entrambe un'occhiata di traverso, come se avesse intuito che stavano facendo qualcosa di sbagliato, Shelby ha riso così forte da grugnire. Mentre mangiavano, si sono scattate tutte quelle foto pazzesche insieme e tutti quelli che la seguivano su Instagram hanno messo like e le hanno chiesto dove erano andate e lei si è sentita così coraggiosa e così forte. Anzi, era da un pezzo che non si sentiva così; si sente piccola, debole, come se non meritasse il tempo di nessuno. Invece, Kiera la fa sentire in un altro modo, in un modo migliore. Kiera ha anche una vena di cattiveria. Non vuole che Shelby abbia altri amici. Non vuole che Shelby faccia niente con nessun altro, tranne che con lei. In particolare non le piace che Millie le interrompa quando stanno insieme. La prima volta che era rimasta a dormire da lei, non aveva voluto guardare la televisione con Millie prima di andare a letto, non aveva voluto rimanere in camera mentre Shelby leggeva una storia a sua sorella e si era arrabbiata molto quando Millie le aveva svegliate presto la mattina dopo. All'inizio Shelby pensava che questo fosse dovuto al fatto che è figlia unica; ma oggi si è resa conto che Kiera detesta davvero la piccola Millie e questo perché non sopporta che Shelby presti attenzione a qualcuno che non sia lei.

Ha cancellato i messaggi che parlavano di Millie e non dirà mai a nessuno di cosa hanno parlato al telefono dopo che Leslie era uscita, quando Millie era impegnata a esaminare tutte le tonalità di smalto per farsi fare le unghie da Shelby.

«Ma perché non la lasci lì per un po'? È abbastanza grande.» aveva detto Kiera.

«Non posso, ha solo tre anni e la mia matrigna darebbe di matto se lo scoprisse.» Quando parlavano si riferiva sempre a Leslie come alla sua matrigna, anche se in realtà non la considerava in quel modo. A volte Leslie è davvero un po' troppo emotiva e troppo amichevole, ma Shelby sa che cerca in tutti i modi di renderla felice quando sono insieme. È strano vedere un'adulta che si sforza di esserle amica, le fa quasi pena. Ma nessun altro nella vita di Shelby si preoccupa per lei come fa Leslie e, in qualche modo, questo fa sì che Shelby sia più arrabbiata con lei che con sua madre, che si comporta come se non avesse mai avuto una relazione prima d'ora, o con suo padre, che si è fatto una nuova famiglia da abbinare alla sua nuova vita di ricco uomo d'affari.

«Forse potrei venire da te, così passiamo un po' di tempo insieme.» le aveva proposto Kiera per telefono.

«Non so...» aveva esitato Shelby. Kiera ha un modo tutto suo di proporre di fare qualcosa, facendolo suonare davvero elettrizzante – come prendere gli alcolici dall'armadietto di legno verniciato del soggiorno, o uscire di nascosto per fumare una sigaretta dal pacchetto che aveva rubato a sua madre, o prendere una delle pillole che lei chiama "pillole della felicità" di sua madre – che però a Shelby sembra al limite del pericoloso. Kiera era andata a casa di sua madre o a casa di suo padre solo quando erano presenti degli adulti, e Shelby era sempre stata in grado di dire «Mia madre lo scoprirebbe.» o «Mio padre ci sentirebbe.» E questo era stato sufficiente a fermarla, fino a oggi.

«Dai, Shelby, non fare la bambina. Se ne va per un'ora e possiamo stare un po' insieme. Uscirò di nascosto dalla porta sul retro quando sentiamo che sta tornando a casa.»

«Ma cosa dirà tua madre?»

«Mia madre è fuori a fare la spesa. Le ho detto che anche se non venivi, non volevo andare con lei. Comunque, non le interessa passare la giornata con me. Stamattina mi ha detto che sono un'ingrata per tutto quello che fa e bla, bla, bla. Sai come sono i genitori.»

«Come ci vieni fin qui?»

«In bus. Dai, per favore... Mi sento sola qui per conto mio.» Kiera aveva usato il suo tono triste e Shelby sapeva che avrebbe ceduto, come faceva di solito. Non è che non avesse altri amici; è che c'era qualcosa di diverso nel modo in cui Kiera la guardava. A lei non importava se Shelby avrebbe superato o meno tutti i test. Susanna, la sua migliore amica, sembrava sempre scioccata se prendeva una B in qualcosa. E Kiera non sembrava preoccuparsi del suo aspetto, forse perché anche lei era molto bella. Shelby era abituata a sentirsi dire da tutti quanto fosse bella, ed era grata di aver vinto una specie di lotteria genetica, ma qualche volta si sentiva come se questo significasse che non le era permesso avere un aspetto che si allontanasse dalla perfezione. Sua madre pensava che morisse dalla voglia di fare la modella e di passare tutto il giorno a farsi fotografare, ma lei odiava quell'idea, perché sentiva che alla fine sarebbe diventata solo una foto, un'immagine bidimensionale su una pagina che qualcuno avrebbe potuto guardare mettendo in evidenza i suoi difetti. E odiava quando una persona qualsiasi le diceva che era bella, come quello strano uomo sul treno quando lei e Leslie erano andate a fare shopping in centro per il suo compleanno. «Sai che sei proprio graziosa?» le aveva detto e Leslie le aveva messo un braccio intorno alle spalle e l'aveva tirata più vicino a sé. «Sì, è vero.» aveva risposto al posto suo, e lei tutto a un tratto aveva provato disgusto e si era sentita messa in mostra. Gli uomini anziani non dovrebbero guardare le ragazze giovani in quel modo, ma lo facevano, lei sapeva che lo facevano. Per questo preferiva i selfie, perché ne aveva il controllo e poteva decidere chi aveva il permesso di guardarla.

Kiera non vedeva la bella Shelby, né l'intelligente Shelby, né la fastidiosa figlia che intralcia la sua vita. Vedeva solo Shelby.

«Okay, vieni.» aveva acconsentito, ed era stata la cosa peggiore che potesse fare. La peggiore, perché era stato l'inizio di questo incubo. Cosa le avrebbe fatto Kiera se avesse detto a qualcuno che era stata a casa sua? Quanto si sarebbe arrabbiata? Oggi non aveva solo lasciato uscire la sua vena di cattiveria; oggi era quasi diventata un'altra persona, una persona che Shelby non avrebbe mai dovuto permettere di far avvicinare alla sua sorellina.

Se Kiera non fosse venuta, non avrebbe urlato a Millie e Millie non avrebbe cercato di scappare, e poi loro due non avrebbero dovuto rincorrerla per strada dopo che Kiera aveva aperto la porta e aveva detto: «Allora vai, mocciosa. Corri.»

E allora... allora non l'avrebbero presa.

NOVE

RUTH

Ho bisogno di bere qualcosa, così torno in cucina, dove prendo dal frigorifero una lattina di bibita dietetica al gusto di lampone. È stucchevolmente dolce e sa un po' di plastica, ma la tranugio volentieri per pulirmi la bocca dal sapore della mela e del formaggio.

Tornata davanti al televisore, faccio un respiro profondo e lo riaccendo, sussurrando a me stessa: «Puoi farcela, Ruth.» Vedo che mi sono appena persa il discorso dei genitori della bambina. Alzo il volume e ascolto un poliziotto che risponde alle domande. Dietro di lui vedo la madre. Non può che essere lei la madre. È in piedi, in disparte rispetto a tutti gli altri. Ci sono anche alcuni uomini sullo sfondo, ma non riesco a capire quale, tra loro, sia il marito, il padre della bambina scomparsa. Non so come, ma intuisco qual è. Lo so. Ho solo bisogno di una conferma. Sento di dovermi avvicinare allo schermo per vedere meglio, ma è assurdo. Ricordo che mia madre mi allontanava dal televisore quando ero piccola. Mi diceva: «Ti verranno gli occhi quadrati.» e io immaginavo i miei occhi a mandorla trasformarsi in quadrati perfetti. L'idea non mi dispiaceva. A volte mi chiedo se mia madre mi stia guardando da lassù, come si suol dire. Mi sta tenendo d'occhio? Riesce a vedere com'è la mia vita e si pente di qualcosa?

Sarebbe stato facile per me liquidarla se fosse stata semplicemente una madre tremenda, ma non lo era. Era come la maggior parte delle persone, un misto di bene e male e una persona che pensava - che credeva - di fare del suo meglio in una situazione difficile. Mio padre se n'era andato quando avevo appena tre anni, proprio come la bambina che stanno cercando. Non sono sicura di essermi resa conto che se n'era andato da tempo. Partiva la mattina presto per andare a lavorare e viaggiava parecchio, in diverse parti del paese, per vendere attrezzature agricole. Ero molto abituata alla sua assenza. Solo quando mia madre ha iniziato a uscire la sera, lasciandomi con la figlia quindicenne del nostro vicino di casa, ho capito che qualcosa era cambiato. Ero abbastanza contenta di passare le mie serate con Charlene. Mi pettinava e mi faceva le trecce e poi mi lasciava guardare le telenovelas con lei anche dopo l'ora di andare a letto.

Fui meno contenta quando mia madre iniziò a portare a casa gli uomini.

La prima mattina che ne trovai uno in cucina, lanciai un urlo acuto, la paura mi portò alle lacrime. Era in piedi accanto al bollitore in attesa che l'acqua fosse a temperatura, indossava jeans e una camicia che aveva trascurato di abbottonare. Era alto, riempiva lo spazio e aveva un forte odore di muschio.

«Zitta, Ruth.» disse mia madre entrando in cucina con una vestaglia di seta e una sigaretta tra le labbra, con il fumo che aleggiava nell'aria. Chiusi la bocca. Mia madre portava con sé un po' dello stesso odore di muschio, non il suo solito leggero profumo di rosa.

«Questo è Bernie.» mi disse, mentre prendeva una ciotola di cereali per me e la riempiva. «Lui è... ridimmi, di cosa ti occupi, caro?»

«Assicurazioni» rispose l'uomo grosso e peloso. «Hai un bel paio di polmoni, ragazzina.»

Lui e mia madre avevano riso a lungo di quella battuta.

Non volevo stare in cucina con loro. Storsi il naso e mi presi una porzione di cereali per mangiarli davanti alla televisione. Non avrebbe dovuto stare in casa nostra: era troppo piccola per un uomo grande e grosso come lui. C'erano solo due camere da letto e mia madre dormiva in una e io nell'altra. Non sapevo dove avrebbe dormito. Ero molto ingenua. Mia madre cercava, a modo suo, di proteggermi dal mondo. Bernie non tornò mai più, ed è l'unico nome che ricordo del corteo che seguì. Ricordo di più i volti. Volti, corpi, odori. C'era un uomo alto e magro che tirava continuamente su con il naso e un altro che puzzava fortemente dell'insetticida che usava tutto il giorno come disinfestatore. C'era l'uomo che beveva troppo e si addormentava sul divano e quello che continuava ad ammonirmi: «Non toccare la mia roba.» come se me ne importasse qualcosa. Probabilmente riuscirei a ricordare i loro nomi se ci pensassi abbastanza, ma perché disturbarsi? Nessuno di loro è durato a lungo e molti sono stati innocui, limitandosi a occupare il mio spazio e ad attirare l'attenzione di mia madre.

Molti innocui, ma non tutti. Non tutti.

Mia madre non voleva continuare a lavorare per accudire la sua unica figlia. Voleva un marito e sapeva di dover sostituire mio padre. Non penso molto a lui. Non ne ho motivo, perché non ho mai sentito veramente la sua perdita. Mia madre era tutto il mio mondo e finché c'era lei stavo bene. Quando si è ammalata, l'anno scorso, ho cominciato a preoccuparmi di come sarei sopravvissuta senza di lei, ma anche se la piango, anche se la vedo in piedi nell'ingresso e a volte mi sveglio sentendo che mi chiama, lei mi ha concesso di rimanere intrappolata in questa casa, e non sarei mai stata in grado di uscire se fosse stata ancora qui con me.

Oggi vorrei che fosse ancora qui e che io fossi ancora al

sicuro dietro la porta di casa, in attesa che lei torni con una pila di riviste e dica: «Ecco a te, amore, per la tua collezione.»

Ma non è qui, e io sono uscita, e oggi ho visto delle cose e fatto delle cose e ora... ora non so cosa succederà.

«È facile per gli uomini, Ruth.» mi aveva detto quando ero cresciuta e mi aveva chiesto di tutti gli uomini con cui lei aveva stretto amicizia. «Un uomo può andarsene, ma a una donna... una donna deve restare e prendersi cura dei figli. Ricordatelo se mai ti innamorerai.» Suonava come una maledizione, e io ho fatto in modo di non trovarmi mai in quella situazione. «Forse se ti trovassi un lavoro migliore e io iniziassi a lavorare, non avremmo bisogno di nessun altro.» dissi una volta quando avevo dodici anni.

«Sei spiritosa.» rispose. «Tu va' a scuola e lascia che sia io a preoccuparmi di tutto il resto.»

Tra un uomo e l'altro, io e lei ci divertivamo molto. Non c'erano mai abbastanza soldi se lei non lavorava, il che accadeva spesso, perché si annoiava facilmente e diceva cose inopportune ai superiori, come «Questo negozio non sarebbe niente senza di me.» oppure «Sono la migliore commessa che avete e non dimenticatelo.» e «Mi prendo una settimana di vacanza perché ne ho abbastanza di questo posto.» e quando ci sedevamo a cena mi diceva con un sorrisetto «Gliel'ho cantata.» Nei periodo in cui lei lavorava, rientravo in una casa vuota, perciò non mi dispiaceva trovarcela quando passava da un lavoro all'altro. Era il tipo di madre felice di passare ore con la figlia a fare giochi da tavolo, felice di guardare insieme qualcosa alla televisione, felice di ascoltare la mia giornata nei minimi dettagli. Ma sapevo sempre che presto sarebbe arrivato un altro uomo, un altro uomo che forse sarebbe stato la soluzione ai nostri problemi, anche se poi quest'uomo non è mai apparso. Per lo più mi ignoravano o mi parlavano con una cordialità forzata, come se fossi una bambina molto più piccola. *Ciao, Ruth, e cosa studi a scuola? Ti piace il gelato?* Sono sempre stata educata, perché sapevo che tutti quelli che le facevano compagnia se ne sarebbero andati presto. Desiderava il matrimonio e la stabilità, che non si possono trovare in un bar in una sera infrasettimanale.

A tredici anni ero abbastanza grande per badare a me stessa, quindi le cose erano più facili e lei poteva uscire spesso. Ero abbastanza felice di stare da sola. Avevo amici da chiamare al telefono e compiti da fare. Ero alta e magra e portavo la gonna della scuola risvoltata in vita per renderla il più corta possibile, perché lo facevano tutte le ragazze. Ma i ragazzi non mi interessavano. Avevano un odore strano, erano sciocchi e a me non piacevano gli sciocchi.

Mi piacevano i libri; con un piccolo gruppo di amiche leggevamo la stessa serie fantasy e ne discutevamo sempre durante la pausa pranzo, sedute in cerchio a sviscerare le motivazioni dei personaggi.

È stata la gonna corta e risvoltata a cambiare la mia vita, a farla girare in una direzione diversa. Certe notti mi torturo cercando di immaginare il tipo di vita che avrei potuto avere. Vedo un marito e dei figli, una carriera adeguata e una casa pulita ma priva delle mie collezioni. Non sono notti felici, ma a tredici anni non sapevo cosa sarebbe potuto accadere e non avrei dovuto saperlo. Avevo tredici anni ed ero una bambina, finalmente inserita a scuola e non mi sentivo più persa.

Una mattina mia madre si alzò in tempo per vedermi prima che uscissi per prendere l'autobus. Di solito dormiva fino all'ultimo minuto, poi si affrettava a vestirsi per andare al lavoro. Io preferivo alzarmi presto, per avere il tempo di fare colazione e leggere un po' prima di andare a scuola. Ma quella particolare mattina aveva un colloquio di lavoro e si era alzata presto per prepararsi.

«Quella gonna è troppo corta.» mi disse sorseggiando il suo caffè e guardandomi dall'alto in basso.

«Tutte le ragazze la portano così.» risposi.

«Non vi hanno detto che non è permesso? Agli insegnanti

uomini deve sembrare un po' eccessivo che voi andiate in giro così.»

A volte mi diverto a chiedermi come reagirebbero le ragazzine di oggi a un'affermazione del genere. Mi immagino tutti i gruppi di Twitter che si scatenano e criticano mia madre per aver insinuato che gli insegnanti maschi guardano le studentesse come se le considerassero tutt'altro che alunne a cui insegnare. Ma criticatela quanto vi pare. Aveva ragione.

Io risi: «C'è uno a cui piace molto. Lo chiamiamo Tony Toccatina.»

Mia madre prese la sigaretta dal posacenere accanto a lei e aspirò profondamente. Alla luce del mattino, dimostrava più dei suoi trentacinque anni. Cominciavano a comparire le rughe e il doppio mento, ma il sorriso le illuminava ancora il viso.

Non sorrise quando menzionai Tony Toccatina. «Perché lo chiami così?» chiese con sospetto.

Scrollai le spalle. «È solo molto amichevole. Quando ti parla, ti sta sempre molto vicino e ti mette la mano sulla schiena o sulla spalla e a volte la fa scivolare fino al sedere.» Mi venne da ridere mentre lo dissi. Io e le mie compagne di scuola non avevamo mai pensato di protestare. Era un insegnante e non ci si lamentava degli insegnanti con nessuno, se non tra di noi. Credo fosse per autodifesa, per noi che lo trovavamo divertente più che altro, per noi che potevamo ridere di lui. Avremmo dovuto gridare, urlare e protestare. Avremmo dovuto dirlo a chiunque ci avesse prestato ascolto, ma anche dirlo a mia madre mi sembrava sbagliato, come se le avessi permesso di accedere al mondo privato della mia scuola.

«È disgustoso.» disse, sedendosi dritta. «E nessuno lo ha denunciato? È uno dei tuoi insegnanti?»

«Sì, ma non preoccuparti, non è interessato a me. Gli piacciono le ragazze con le poppe grosse.» E nella mia mente questo lo rendeva accettabile. Lui non infastidiva me, quindi perché io dovevo infastidire lui?

«Ruth» disse in tono serio, «questo è inaccettabile. Cosa fa esattamente?»

Cominciai a pentirmi di aver deciso di parlargliene. Tony Richardson era ormai di dominio pubblico a scuola. Un uomo molto abile nel farla franca con comportamenti che non avrebbero mai dovuto essere tollerati. Se avesse aggredito qualcuno, se avesse fatto del male a una ragazza, sarebbe stato licenziato e probabilmente messo in galera. Ma non era mai stato così stupido. Al contrario, le sue toccatine potevano essere considerate come incidenti. Dita che sfioravano un seno, una mano che toccava una gamba per sostenerla mentre si alzava, una pacca sulla schiena che scivolava in basso. Niente di grave, pensavamo, niente per cui fare una tragedia. Raccontava barzellette un po' sconce che facevano ridere i ragazzi ma che facevano arrossire le ragazze, ed era di bell'aspetto, aveva gli occhi azzurri e i capelli ricci. Era un insegnante giovane, abbastanza giovane da sembrare uno degli studenti più grandi nei giorni in cui potevamo andare a scuola senza uniforme. E molti comportamenti che i maschi assumevano a scuola quando avevo tredici anni sarebbero inaccettabili per i valori di oggi. I ragazzi ci arrivavano alle spalle e ci tiravano le spalline del reggiseno, facendocele schioccare addosso, e questo veniva considerato un indice di gradimento da parte di chi lo faceva. Tony Toccatina si comportava solo in modo estremamente amichevole.

Pensando a lui adesso mi si stringe lo stomaco e mi pento di aver pranzato. Mentre ascolto ancora il poliziotto che parla alla televisione, mi alzo e mi avvicino a una pila di riviste femminili, abbellite dai volti sorridenti di celebrità di serie A, B e C. Studio la pila, più alta di me, e poi uso il piede per spingerla delicatamente, molto delicatamente, finché non si rovescia. Mi godo il fruscio della carta che si muove mentre tutto cade a terra, poi mi siedo in posizione supina e le liscio in modo che non appaiano pieghe o orecchie sulle pagine. Comincio a impilarle. Nella pila ci sono almeno due decenni di riviste, tutte lucide e perfette come il giorno in cui sono state comprate. La faccia di Tony Toccatina ritorna e io continuo a impilare per non cadere nel panico. Tengo gli occhi puntati sulla televisione, dove scorrono le immagini della bambina scomparsa mentre i giornalisti urlano le loro domande. Osservo la madre sullo sfondo e aspetto che i miei sospetti vengano confermati a mano a mano che le mie mani scivolano sulla carta lucida della rivista e la pila cresce davanti a me.

«Chiamerò la scuola e gli parlerò.» mi disse mia madre tanti anni fa.

«Per favore, non farlo» la implorai. «Non c'è bisogno di farne un dramma. Non mi dà fastidio!»

«Va bene.» disse, ma io non le credetti.

Avevo motivo di non crederle. Chiamò la scuola, lo incontrò e lui le spiegò che era stato tutto un malinteso. Una gonna corta, una verità spifferata, una telefonata e la mia vita cambiò orribilmente.

Mi accorgo ora che l'agente di polizia ha smesso di rispondere alle domande. Mi sono persa l'inizio del comunicato stampa, quindi presumo che sia stato in quel momento che ha dato tutte le informazioni necessarie.

Le persone radunatesi nel giardino di casa, la grande e bella casa che non è riuscita a tenere al sicuro una bambina, cominciano ad allontanarsi, ma per qualche motivo la telecamera continua a riprendere il giardino anteriore, dove un povero cespuglio di rose è stato calpestato a morte. Smetto di fare quello che sto facendo e osservo con attenzione, e in quel momento lo vedo. La madre è in piedi di lato, ed è quasi accidentale che si trovi nell'inquadratura della sua opulenta proprietà. E mentre lei è lì, in piedi, lui le si avvicina e la cinge con le braccia, stringendola per un attimo prima che lei si allontani. Annuisco. Allora avevo ragione. Sapevo che era lui. Immagino come sarà la vita della bambina scomparsa, se verrà ritrovata, se crescerà in una casa con lui come padre. Me lo immagino che la guarda mentre lei inizia a mutare, che la osserva e aspetta. Vedo la sua angoscia, la vedo interrogarsi, chiedersi se si sente sempre a disagio per un motivo o se lo sta solo immaginando. L'ansia di vivere sempre con questo problema, di non potersi mai rilassare, la danneggerà in modo irreparabile. Io speravo, pregavo che mi ignorasse, che smettesse di vedermi, ma non l'ha mai fatto. Io volevo essere invisibile, ma se non potevo esserlo, mi rinchiudevo dietro le porte, dietro le mie collezioni, protetta dalle cose che avevo accumulato. Non avrei voluto tutto questo per la bambina dai capelli neri. Non lo vorrei per nessuno.

Mi si chiude la gola, mi alzo e afferro velocemente la mia bibita, forzandomi di buttare giù il liquido rosa. Ripongo la lattina sul tavolino e stringo le mani a pugno. Avevo ragione. Spengo la televisione. Non ho bisogno di vedere altro. Non voglio vedere altro. Avevo ragione. Torno ad accatastare le riviste, con la necessità di creare ordine e sicurezza nel mio spazio. Le pile lo tengono lontano dalla mia testa e dalla mia casa. Ho bisogno di impilare velocemente mentre cerco di riprendere fiato, ma alla fine sono rasserenata dalla ripetitività dei movimenti e dalla sensazione della carta scivolosa tra le mani. Quello che ho fatto è sbagliato, molto sbagliato. Lo so. Ma ora che sono sicura che è suo padre, ora che l'ho visto, credo che questo lo renda in qualche modo stranamente giusto.

DIECI

LESLIE

Ore 16:15

Sono passate poco più di quattro ore e Millie è sparita da... oltre tre ore. Dopo tutte le attività della polizia da quando è sopraggiunta, gli interrogatori e la conferenza stampa, dentro casa appare tutto relativamente calmo e nell'aria si percepisce una sensazione terribile di aspettativa. La sua piccolina non è a casa. Ancora ventuno ore. L'apparizione in televisione non ha consentito di localizzarla miracolosamente e di riportarla a casa, e anche se Leslie vuole andare a perlustrare da sola il parco e il quartiere, le è stato detto di rimanere ferma; non può mettersi a discutere con la polizia, non può disobbedire alla polizia. Non sono ancora pronti a lanciare l'allerta AMBER, ma se Millie si fosse semplicemente persa, l'avrebbero trovata ormai. Quanto può andare lontano una bambina di tre anni? Chi ignorerebbe una bambina così piccola che va in giro da sola?

Vorrebbe parlare con Shelby in privato, ma Bianca non permette a nessuno di avvicinarsi a sua figlia. Leslie ha la sensazione che se riuscisse a trovare un momento di tranquillità con

Shelby, lei le direbbe cosa è successo veramente, perché è ovvio che nella sua spiegazione ha omesso qualche verità. C'è qualcosa di vero in quello che ha detto? Bianca e Shelby sono sedute l'una accanto all'altra sul divano e, di tanto in tanto, Leslie osserva lo sguardo di Bianca che spazia per il salotto, scorrendo sui tappeti persiani tessuti a mano che ha appeso alle pareti per dare colore e vivacità all'ambiente e sulle pesanti e lucenti tende blu che incorniciano le alte finestre. Può immaginare la reazione stizzita di Bianca se sapesse che il morbido divano di camoscio grigio su cui è seduta costa più di diecimila dollari. «Compra quello che vuoi.» le aveva detto Randall. Era felice di regalarle di tutto e di più, e ogni tanto si chiede perché non sia mai soddisfatta, perché non possa accontentarsi di essere una madre casalinga e una moglie mantenuta con un sito web che le permette di lavorare un po'. Ma l'idea le dà fastidio perché si vede scomparire nel suo ruolo di madre e matrigna, si vede diventare una persona che ascolta gli altri parlare delle loro idee e delle loro giornate al lavoro e di non poter invece parlare delle sue.

«Allora, Shelby, volevo solo sapere una cosa.» dice l'agente Dickerson, entrando dalla cucina, da dove sta facendo telefonate per dirigere le ricerche. Shelby si alza in piedi, con le guance arrossate. Nasconde qualcosa. Leslie lo vede a un chilometro di distanza e si chiede se anche l'agente lo vede.

Shelby annuisce.

«Millie è una creaturina, quindi vogliamo solo accertarci che abbia aperto la porta da sola. La porta d'ingresso è molto grande e pesante e la maniglia è sopra la sua testa, quindi, sarebbe stato piuttosto difficile per lei aprirla.»

Leslie fa un respiro profondo e lo trattiene, temendo di far uscire l'aria. È chiaro che Millie non sarebbe stata in grado di aprire la porta da sola. Perché questa domanda viene posta solo adesso? Perché né lei né Randall avevano pensato di farla? Che razza di madre è? Che razza di genitori sono?

Il viso di Shelby diventa scarlatto. «Ehm, sì... credo... cioè... una sedia, avrà usato una sedia, la sua seggiolina.» Indica il tavolino e le sedie, di un viola chiaro, sistemati in un angolo del soggiorno.

"Lo spazio di Millie", così lo chiama la bambina. Quando è arrabbiata o triste per qualcosa, dice a Leslie che deve aspettare che la inviti nel suo spazio. «Non voglio parlare.» dice agitando una mano, e allora Leslie sa che deve aspettare finché un disegno o un colore non avranno fatto la magia di farla sentire meglio.

Leslie cerca di immaginare Millie che trascina una delle seggioline di legno fino alla porta d'ingresso, perché spesso le usa per salire in alto. Ma la porta è molto pesante e avrebbe dovuto tirarla con forza, spostando la sedia all'indietro fino a quando non l'avesse aperta a sufficienza per sgattaiolare fuori. Sicuramente a quel punto Shelby avrebbe fatto in tempo a tornare dal bagno. Tra l'altro, a questo piano c'è un bagno. Anzi, ce ne sono due. Perché Shelby avrebbe dovuto salire al piano di sopra? Avrebbe potuto usare il bagno che si trova dietro la cucina e la lavanderia. Avrebbe potuto usare quello collegato allo studio di Randall. Perché è andata di sopra? Leslie vuole che l'agente faccia queste domande. *Chiediglielo*, vorrebbe urlare, *chiedile perché sta mentendo. Chiedile dov'è mia figlia.*

L'agente Dickerson annuisce ma non spiccica parola.

«Voglio dire, ha lasciato la sedia lì e io l'ho rimessa a posto. Ho solo dimenticato di dirvelo.»

«Okay, ci sarebbe stato utile saperlo. Quindi, solo per capire, non l'hai cercata subito?»

«Io non... non ricordo.» dice Shelby con le lacrime che le salgono agli occhi. Gira la testa verso sua madre e nasconde il viso nella sua spalla, escludendo l'agente e - Leslie ne è certa - la verità.

Leslie stringe i pugni, conficca le unghie nei palmi. Sta lottando per controllarsi, per controllare il suo bisogno di urlare a Shelby di raccontare quello che è successo, quello che è successo davvero. È possibile che Shelby si sia arrabbiata con la sorellina per qualche motivo? Si è scagliata contro di lei e l'ha ferita e poi.... Sente che con la mano si sfiora i capelli e incrocia rapidamente le braccia. Shelby è una bambina, è solo una bambina, e non avrebbe mai fatto del male a sua sorella, ma Leslie non sa più cosa pensare.

«Perché sei salita al piano di sopra per andare in bagno, Shelby?» chiede, senza riuscire a trattenere le parole. Ha cercato di moderare il tono per suggerire semplice curiosità, ma la sua voce è tesa, la sua rabbia evidente.

Shelby smette di piangere bruscamente e la guarda. «Cosa?» chiede, le lacrime scompaiono e la mascella è tesa.

«Sì, giusto.» osserva l'agente senza guardare Leslie. «Vorremmo sapere anche questo...» e si interrompe per guardare Leslie, e lei capisce di aver commesso un errore, di averlo interrotto e di aver posto una domanda che l'agente aveva conservato per un momento migliore o qualcosa del genere, ma non le importa. Tutte queste domande dovevano essere fatte immediatamente, doveva fargliele lei nel momento stesso in cui era rientrata a casa e aveva finito di perlustrare ogni stanza. Forse, se avesse fatto così, Millie sarebbe stata a casa e al sicuro adesso, forse Shelby avrebbe confessato quello che ha fatto, forse tutto questo sarebbe già finito. Non intende trattenersi solo perché l'agente ha qualche piano che non vuole condividere con loro. Si tratta di sua figlia, di sua figlia, e se necessario farà domande fino allo sfinimento.

«Che domanda stupida e assurda da fare a mia figlia.» sibila Bianca, con le guance rosse e gli occhi stretti. «Non hai il diritto di arrabbiarti con lei, di accusarla di qualcosa. Hai lasciato qui tua figlia e sei andata a fare la spesa. Io non l'ho mai fatto. Non ho mai lasciato mia figlia da sola con nessuno, tranne che con suo padre, e dopo il divorzio è stata con me ventiquattr'ore su ventiquattro, e tu credi che dover andare a fare la spesa ti giustifichi per aver affidato a una dodicenne la responsabilità di una neonata riottosa? Come ti permetti?» Le sue parole escono strozzate dalla rabbia, mentre il colore del suo viso si diffonde lungo il collo. Stringe Shelby a sé, proteggendola dalla matrigna cattiva.

Una bambina in età prescolare, pensa Leslie, assicurandosi di tenere la bocca chiusa. Non una neonata, non riottosa, non cattiva. È un raggio di sole, una benedizione, la mia bambina. Stringe le braccia intorno al corpo, costretta al silenzio dalla furia di Bianca, odiando se stessa per aver permesso a quella donna di entrare in casa sua, in casa di Millie. Sente il viso bruciarle di umiliazione. Ha permesso a Bianca di parlarle come se fosse lei la bambina, e ha permesso che questo accadesse in casa sua, nella casa che ha creato come rifugio per la sua famiglia. Vorrebbe mettersi a ululare e saltarle addosso. Invece abbassa la testa e studia le sue scarpe, le sue scarpe nere piatte. Si è cambiata prima dell'arrivo della polizia, è corsa velocemente di sopra e ha indossato jeans e un maglione caldo, pensando che sarebbe uscita a cercare. I pantaloni neri eleganti e la maglietta attillata rossa che indossava giacciono stropicciati sul pavimento del bagno, riempiendo l'aria con il profumo di gelsomino che aveva spruzzato abbondantemente questa mattina mentre canticchiava tra sé e sé. Era una persona completamente diversa in quel momento, una persona, si rende conto, come non sarà mai più.

Ha bisogno di parlarne con Randall, di quello che ha fatto, deve dirglielo prima che lo faccia qualcun altro. Ma non riesce a capire come fare a parlargli da sola senza che tutti mettano in discussione il suo bisogno di segretezza.

«Posso portarle qualcosa?» le chiede l'agente Willow ogni volta che la vede muoversi.

«Ha bisogno di qualcosa?» le aveva chiesto gentilmente l'agente Dickerson quando si era messa a seguire Randall fuori casa, appena dieci minuti prima. Sembra che stiano cercando attivamente di impedire che lei e Randall rimangano da soli.

«Lasciamo perdere.» dice pacatamente l'agente Dickerson, facendo un movimento su e giù con le mani, come se volesse smorzare la tensione nella stanza.

Leslie si sente fisicamente più piccola: il suo corpo si è ridotto a ogni frase pronunciata da Bianca, a ogni affermazione dell'agente, a ogni ora trascorsa, ed è contenta che Randall non sia qui ma fuori a parlare con i vicini e tutte le persone coinvolte nella ricerca.

L'agente si alza e si allontana. Leslie vorrebbe seguirlo e chiedergli a cosa stia pensando, ma viene subito circondato da altri agenti appena arrivati per dare una mano.

Si sposta verso la finestra del soggiorno, lontano dallo sguardo velenoso di Bianca. «Fuori da casa mia.» mormora sottovoce, più e più volte. *Fuori da casa mia, fuori da casa mia, fuori da casa mia.*

Dalla finestra può vedere il suo giardino gremito. Osserva i giornalisti che stanno in gruppo sul prato verde brillante, intervistando le persone coinvolte nella ricerca e la polizia, continuando a fare un resoconto dei fatti anche quando non accade niente. In un gruppo ci sono due uomini e una donna che guardano i loro telefoni, e poi all'improvviso scoppiano in una risata che a Leslie fa venire il voltastomaco. Ma d'altronde, se hanno figli e sanno dove si trovano, perché non dovrebbero ridere del meme di oggi o di qualsiasi altra cosa stiano guardando?

La polizia chiede incessantemente ai presenti di rimanere fuori. L'agente Willow continua a ripetere: «Se per favore potreste riunirvi sul prato.» ogni volta che passa accanto a qualcuno che è appena entrato, rendendosi parte del dramma. Alcuni li conosce, altri no, ma quelli che conosce offrono tutti abbracci strappalacrime. Vogliono solo essere gentili, ma lei non riesce a sopportarlo.

«Mi dispiace tanto, Leslie.» dice una donna che, in qualche modo nonostante i solerti agenti, è riuscita a entrare in casa.

Leslie serra i denti e si volta: è la madre di una compagna del corso di danza di Millie. C'è qualcuno che non ha ancora saputo che sua figlia è scomparsa? Come ha fatto la notizia a diffondersi così velocemente e perché questa donna è qui?

«Grazie.» dice.

La donna sorride. «Che bella casa che avete.»

Leslie non sa cosa rispondere, così torna a guardare verso la finestra, sperando che la sua maleducazione venga perdonata.

A queste persone interessa solo curiosare e spettegolare? Vogliono davvero aiutarla o sono venute per assistere al suo fallimento? È arrivato anche il nuovo marito di Bianca, Trevor. «Non c'era bisogno che venissi anche tu.» sente Bianca dirgli.

«Una bambina è scomparsa, Bianca. Più siamo a cercare e meglio è.» risponde lui.

«Quanti problemi ha causato questa bambina.» dice Bianca, annusando come se in casa ci fosse un odore strano, sapendo che Leslie può sentirla. Trevor le lancia un'occhiata di scuse, ma lei si volta.

Leslie ha sempre sostenuto che bisogna dare alle persone il beneficio del dubbio. Quando sente pettegolezzi su un compagno di scuola o su un vecchio amico, cerca di vedere le cose dal loro punto di vista. Chi tradisce, mente e ferisce gli altri di solito ha le sue ragioni: il proprio dolore, la propria paura o qualcosa di grave accaduto nel loro passato. È sempre la prima cosa a cui pensa. E ha cercato di farlo con Bianca, sapendo che ha tutto il diritto di essere arrabbiata con l'ex marito. Ha cercato di vedere le cose dal suo punto di vista, di guardarla con una certa empatia, ma lei lo rende molto, molto difficile. E ora, in un momento in cui tutto ciò che dovrebbe fare è sedersi in silenzio e incoraggiare la figlia a dire la verità, sembra invece intenzionata a ostacolare, minimizzare e sminuire le indagini e la gravità della scomparsa di Millie. Si preoccupa solo di se stessa e anche il suo stretto legame con Shelby sembra dettato più dai suoi interessi che dal benessere della figlia.

Leslie appoggia per un attimo la testa al vetro della finestra finché qualcuno la guarda dal giardino e lei si raddrizza. Ci sono anche alcuni genitori della classe della materna di Millie, e una signora ha persino portato il suo bambino, cosa che Leslie trova bizzarra.

Non riesce più a stare ferma, si gira e va a cercare l'agente.

Lo trova in cucina, al telefono, sta annuendo come se il suo interlocutore potesse vederlo. Lei aspetta pazientemente che lui finisca la telefonata.

«Voglio andare a cercarla.» dice. «So che c'è un sacco di gente alla ricerca, ma voglio andare anch'io. Forse è spaventata e si è nascosta, e se sente la mia voce verrà da me.» Si assicura di stare dritta, di tenere le spalle indietro e la voce forte. È stanca di sentirsi dire cosa fare.

«Certo, lo capisco, ma ho bisogno che lei rimanga qui nel caso in cui qualcuno chiamasse.»

«E chi potrebbe chiamare?» chiede sconcertata. «Se qualcuno trovasse Millie lei gli direbbe il mio numero di cellulare, perché lo sa; e io me lo porterei dietro e risponderei, quindi perché non posso andare a cercarla?»

Sente la voce di Millie, acuta e cantilenante, che ripete il suo numero di telefono per tutto il tragitto fino alla scuola materna e ritorno, ancora e ancora, finché Leslie non è certa che il numero le sia rimasto impresso nella memoria. Vuole che il telefono che tiene in mano squilli, ma rimane muto. «Sa il mio numero.» gli ripete.

«Certo, e questo è un bene» dice l'agente, «ma il fatto è che... Beh, abbiamo discusso dell'attività di suo marito, ed è... è un'attività importante e potrebbero esserci persone che...»

«Chi potrebbe cosa?» chiede lei, frustrata per ciò che l'agente non le sta dicendo.

«Se qualcuno l'ha rapita e l'ha portata via, potrebbero chiamare ed è possibile che... che chiedano soldi.»

«Cosa? Tipo un riscatto?» Sente una risata dentro di sé per l'assurdità di questa ipotesi.

«La vostra agiatezza, l'attività di suo marito... tutto questo fa di voi un possibile bersaglio. Potrebbe anche non essere questo il caso, affatto, ma... è un'eventualità da prendere in considerazione.»

Il tono serio che le rivolge dissolve all'istante la risata che sente salire, trasformandola in acido nello stomaco. Non era mai arrivata a immaginare che questa potesse essere una possibilità. In Australia cose del genere non accadono. Non è così?

Come può suo marito essere un bersaglio a causa delle sue risorse? Non ha mai fatto del male a nessuno. È generoso con le donazioni di beneficenza. E non si può dire che facciano una vita sfrenata. La loro casa è grande e nuova, ma non escono molto e non vanno certo nei ristoranti costosi o alle feste dove vanno i ricchi e i famosi. Come fanno a essere un bersaglio? Come fa Millie a essere un bersaglio? Leslie si preme la mano sulla bocca. Non vuole vomitare.

«Se è così» dice con calma, facendo un respiro profondo, «se pensate davvero che sia questo che è successo, allora dovete lanciare l'allerta AMBER.»

«Naturalmente, sì... l'abbiamo appena fatto, Leslie. L'abbiamo appena fatto.» Il suo sguardo è gentile e pieno di compassione, e Leslie vorrebbe cadere tra le sue braccia e soffocare le urla sulla sua spalla. Non ha un padre o una madre che la confortino, e anche Randall sta soffrendo. È completamente, irrimediabilmente sola, e il pensiero che qualcuno le abbia rapito la figlia per denaro è insopportabile e disgustoso in egual misura.

«Oh... oh Dio.» sussurra, si gira e fugge dalla cucina. L'allerta AMBER significa che ora la situazione è cambiata, implica qualcosa di più sinistro, di più spaventoso. Non è possibile, eppure è così. Torna in soggiorno e vede Bianca sul divano con Shelby, e vorrebbe correre, lasciare questa casa e scappare, ma non può andare da nessuna parte. Torna alla finestra.

Randall è al corrente di questa ipotesi della polizia? Glielo hanno detto?

Sente la sua voce attraverso lo spiraglio della finestra. «Grazie per... grazie per l'aiuto.» La sua voce si spezza e, mentre lo guarda, Leslie riesce a leggere sul suo volto la sconfitta e la disperazione più totali. Se Millie non viene ritrovata, se la loro preziosa bambina non torna a casa, sa che per loro sarà la fine.

La nascita di Millie, come del resto di ogni bambino, era stata un miracolo. Leslie aveva già trentacinque anni quando avevano cominciato a provarci, non era troppo vecchia ma abbastanza da sapere che sarebbe stato difficile. La premessa del loro matrimonio era che lei avesse un figlio e così avevano iniziato a provarci ancora prima dell'abito bianco e dello scambio delle promesse. Si era assicurata che Randall fosse d'accordo prima di rispondere di sì alla sua proposta di matrimonio piuttosto deludente. *Allora, che ne pensi di sposarci?* In quel momento stavano aspettando un carro attrezzi. La nuova e costosa Jaguar di Randall si era rotta e quelli del soccorso stradale non erano riusciti a rimetterla in moto. Erano usciti per andare a prendere una pizza, dopo un sabato trascorso a poltrire nell'appartamento di Leslie. Leslie indossava i pantaloni della tuta, non si era truccata e aveva i capelli raccolti all'indietro.

«Cosa?» aveva chiesto lei, sicura di aver capito male. E lui, invece di ripeterlo, si era limitato a scrollare le spalle, facendola ridere.

«Voglio avere un figlio.» aveva risposto lei vedendo arrivare il carro attrezzi.

«Va bene.» aveva detto lui con semplicità, facendo un cenno al meccanico di fermarsi.

La notte dopo la nascita di Millie, era rimasto seduto accanto al suo letto d'ospedale, facendole compagnia alle tre del mattino mentre lei faticava ad allattare la sua bambina capricciosa. «Grazie di avermi reso di nuovo padre. Di avermi regalato un'altra figlia.» le aveva detto.

Se Millie non torna a casa, lei e Randall non si riprenderanno mai da questa situazione, non potranno più andare avanti, non potranno più funzionare. Lo sa con assoluta certezza.

UNDICI
SHELBY

«Per favore, puoi mangiare qualcosa?» le chiede sua madre, e Shelby è così stanca di sentire queste parole che prende il panino che le ha preparato e messo di fronte. Era strano vederla aprire e chiudere le credenze e il frigorifero, e trovare tutto quello che le serviva. Mentre preparava il panino Shelby l'aveva sentita borbottare: «Una cucina da sogno per una casa da sogno.» e poi aveva scosso la testa.

Sua madre l'aveva fatta spostare dal divano alla cucina in modo da stare lontane da Leslie, che guarda fisso fuori dalla finestra del soggiorno come se Millie dovesse arrivare a breve risalendo la strada. In realtà sua madre non aveva detto proprio così, aveva detto: "Ne ho abbastanza di essere fissata, e tu?" e poi si era alzata. Shelby avrebbe anche potuto rimanere in salotto, ma si sente meglio se sta accanto a sua madre, come se così non si lasciasse sfuggire qualcosa per sbaglio. La madre continua a ripeterle che non deve parlare con nessuno, che non deve dire niente, che non deve dare spiegazioni. E Shelby la ascolta, in parte perché ha paura, in parte perché ogni volta che sente queste parole si impone di tacere. È riuscita a sviare e in un certo senso a mentire ogni volta che l'agente le ha fatto delle domande. Millie non ha usato una sedia. Shelby in realtà non è salita al piano di sopra per andare in bagno. Non era sola, anche se nessuno le ha chiesto se lo fosse, quindi, si tratta di una bugia per omissione. Non l'ha detto a nessuno. Questo la rende una bugia peggiore o migliore? Non se lo ricorda mai.

Dà un morso al panino. È ripieno di formaggio e insalata, quindi dà un altro morso. Almeno non c'è carne. Lei e Kiera hanno deciso di diventare vegetariane dopo aver visto su YouTube un video orribile su come vengono trattate le mucche. Le era venuta la nausea e si era sentita così dispiaciuta per quelle povere bestie che ha giurato di non mangiare mai più carne. Finora non ne ha parlato né con sua madre né con suo padre. Si limita a mettere da parte la carne nel piatto e a mangiare tutto il resto. Glielo dirà quando ne avrà voglia. Ma ultimamente non ha voglia di parlare con nessuno dei due. Ultimamente si perde spesso nei suoi pensieri, nel tentativo di trovare un modo per migliorare le cose, ma non funziona. Leslie ha iniziato a preparare più piatti vegetariani senza dire nulla, se non che sarebbe stato un bel cambiamento. Lo sa, Shelby è sicura che lo sa, ma non lo dice.

Shelby manda giù un boccone di sensi di colpa insieme al panino, soffre per il fatto che sia successo tutto questo e sa che se dirà qualcosa, se dirà la verità, molte altre persone ne soffriranno. Aveva promesso di tacere. Aveva promesso di non dirlo, e non l'ha fatto. Ma è così difficile guardare negli occhi di ognuno in questa casa e sapere che è lei la responsabile di tutta quella sofferenza. Sente che il boccone di panino minaccia di risalire e tracanna un po' d'acqua. A quest'ora doveva essere tutto finito. Perché sta andando avanti così a lungo? Avrebbero dovuto trovarla. Non è che potesse andare da qualche parte.

«Per quanto tempo dobbiamo restare qui?» chiede Bianca a Trevor, che è in piedi accanto a lei in cucina. È appena tornato da un giro nel quartiere. Shelby si volta dall'altra parte, con il panino in mano, anche se sa che non riuscirà a mangiare un altro boccone. Per sua madre questa è solo una situazione irritante, che le impedisce di passare il sabato pomeriggio con Trevor.

Continua a rivivere nella sua testa quello che è successo, una serie di immagini che diventano sempre più scure fino a quando non rimane solo lo spazio nero di quello che sta per accadere ora. Non riesce ad averne un'immagine chiara perché non sa cosa aspettarsi. Dopo che Kiera aveva chiamato, ci aveva messo solo dieci minuti per arrivare da lei. Shelby era in visibilio: i suoi genitori non le permettevano di prendere l'autobus da sola. «Ce n'era uno alla fermata proprio davanti al mio cancello, che fortuna.» aveva detto Kiera. «Wow, mi dimentico sempre di quant'è grande questa casa. Tuo padre dev'essere davvero molto ricco. Oddio, non ci crederai, ma un ragazzo sull'autobus ha cercato di parlarmi e io... ho chiuso gli occhi e ho fatto finta di dormire.» aveva riso. Kiera parla sempre velocemente, parla un sacco, convinta che tutto ciò che ha da dire sia interessante.

Millie era rimasta in silenzio al fianco di Shelby, in ascolto e in attesa da quando Shelby aveva aperto la porta d'ingresso e Kiera era apparsa, in piedi, vestita in modo casual con jeans e una maglia multicolore a maniche lunghe, e due orecchini a ciascun orecchio. Sembrava più grande.

«Ciao Kiera, io e Shelby facciamo dei disegni insieme quando mi si asciugano le unghie.» aveva detto quando Kiera aveva smesso di parlare. Le piaceva molto quando Shelby invitava le amiche a casa, le piaceva giocare con le ragazze più grandi e la maggior parte delle amiche di Shelby la tollerava, ma non Kiera.

«Perché non vai a guardare un film? Io e Shelby dobbiamo parlare.» le aveva risposto, senza nemmeno degnarla di uno sguardo. «Hai qualcosa da bere?» aveva chiesto a Shelby e si era diretta verso la cucina, come se fosse a casa sua.

«No, non mi va.» aveva risposto Millie. «Oggi Shelby è la mia babysitter e facciamo dei disegni.»

Kiera si era fermata e si era girata a guardarla. «Sì, ma è la mia migliore amica e ha voglia di fare qualcos'altro; certo non le va di farti da babysitter.» Poi le aveva fatto la linguaccia, e Millie aveva sussultato. Leslie aveva insistito molto con lei sull'educazione, sul dire per favore e grazie e sul rispondere quando qualcuno le parlava. Le era stato detto che fare la linguaccia era da maleducati, e lei era una bambina così obbediente che non l'aveva mai fatta a nessuno.

Shelby era scoppiata a ridere senza volerlo, combattuta tra il piacere che Kiera le aveva dato definendola la sua migliore amica e la voglia di dirle di smetterla di discutere con una bambina di tre anni.

«È anche mia amica.» aveva replicato Millie con il broncio. Shelby aveva intuito che si stava preparando a piangere.

«Dai disegniamo.» aveva proposto a Kiera. «Possiamo parlare mentre disegniamo.» Si era spostata verso il tavolino viola di Millie con le sedie abbinate e si era seduta, con le ginocchia vicino al petto perché la sedia era piccola.

«No, non sono venuta qui per questo.» aveva risposto Kiera, mettendosi le mani sui fianchi.

«Dai, K., solo per qualche minuto.»

«No, sono arrivata fin qui e la tua mezza-madre tornerà presto a casa. Ho bisogno di parlarti in privato. Ieri Jason mi ha mandato un messaggio su Instagram e voglio fartelo leggere.»

Shelby si era morsa il labbro. Jason era molto carino e per ora era l'unico ragazzo del loro anno che sembrava interessato a parlare con le ragazze. Gli altri preferivano giocare a calcio durante la pausa pranzo. Invece Jason sembrava più grande e Shelby aveva una specie di cotta per lui. Le andava bene se a lui piaceva Kiera, ma voleva comunque sapere di cosa avevano parlato perché era sicura che quando si fosse ritrovata a parlare con un ragazzo - a parlare con un ragazzo che le piaceva davvero - avrebbe fatto pena. Era abbastanza facile parlare con ragazzi qualsiasi ma non con i ragazzi che le piacevano.

«Io voglio disegnare.» aveva ripetuto Millie, abituata a chiedere a Shelby di fare tutto quello che voleva quando stavano insieme. «Ora siediti e disegna, Kiera. Io e Shelby facciamo gli arcobaleni.»

«Non voglio disegnare con te.» aveva ribadito Kiera, guardando il telefono.

«Solo per pochi minuti.» l'aveva supplicata Shelby, per non turbare la sorellina.

«Non voglio.» Kiera aveva alzato gli occhi al cielo e aveva battuto un piede. «Sono venuta a parlare con te e non mi va che una bambina ascolti quello che ci diciamo.» aveva urlato. La sua frustrazione era evidente. Shelby si era sentita in colpa per averla fatta venire quando sapeva che avrebbe dovuto occuparsi di Millie e per un attimo se l'era presa con la sorellina e la matrigna per averla costretta a fare da babysitter. Era davvero curiosa di vedere cosa aveva scritto Jason.

«Non si strilla.» aveva detto Millie, con una lacrima che le scendeva lungo la guancia. L'irritazione di Shelby si era dissolta immediatamente. Non sopportava quando Millie piangeva. Non strillava e non urlava, piangeva in silenzio, il che era triste da vedere. «Ti prego, non piangere, Millie Billy, possiamo disegnare.» le aveva detto disperata, pentendosi di aver permesso a Kiera di passare da lei.

«No, Shelby, non accontentarla. È solo una mocciosa viziata. Vai a guardare un film, piccola rompiscatole.»

«Lo dirò alla mamma.» aveva urlato Millie.

«Alla tua mamma non importerà.» aveva detto Kiera, e le aveva fatto un'altra linguaccia e una smorfia.

«Okay» era intervenuta Shelby, «credo che basti. Possiamo andare tutte a vedere un film.»

«Io non voglio. Voglio disegnare e se non disegni con me, io... io vado via!»

Shelby si era messa a ridere, perché Millie minacciava di scappare di casa ogni volta che non le piaceva il modo in cui andavano le cose. Leslie le diceva sempre: «Allora ti preparerò qualcosa da mangiare e verrò anch'io, perché non puoi scappare senza tua madre.» E questo faceva sempre ridere Millie.

Ma questa volta c'era Kiera, che si era avvicinata alla porta d'ingresso e l'aveva aperta dicendo: «Allora vai, mocciosa. Corri.» E poi c'era stato un momento, solo un momento, in cui tutto avrebbe potuto essere diverso, in cui se Shelby avesse afferrato la sua sorellina, quello sarebbe stato ancora un giorno qualsiasi, un giorno in cui, se si fosse mossa abbastanza velocemente, Millie sarebbe stata ancora qui.

Non ha mai odiato Millie. Anche quando ne era infastidita, le voleva bene. Nessuno al mondo la fa sentire più apprezzata di Millie, nemmeno Kiera. Appena varca la porta d'ingresso quando va a stare da loro, Millie la raggiunge ballonzolando per l'emozione.

«Shelby, Shelby, Shelby, sei qui, sei qui. Devo dirti tanti segreti.» I segreti di Millie di solito riguardano l'aver preso di nascosto un lecca-lecca in più quando Leslie le ha detto che può averne solo uno e l'aver guardato di nascosto i suoi libri dopo l'ora di andare a letto, ma lei ama condividere tutto con Shelby.

Un fine settimana in cui Shelby era rimasta a dormire, Millie aveva invitato un'amica a giocare. Per andare in camera di Millie erano passate davanti alla stanza di Shelby, che l'aveva sentita dire: «Quella è la camera della mia sorella più grande e lei è la persona più intelligente e più migliore che conosco.» Aveva sentito un caldo bagliore d'amore per sua sorella. Millie la amava completamente e incondizionatamente, come nessun altro al mondo.

L'unica cosa positiva del divorzio dei suoi genitori era stato l'arrivo di Millie, anche se lei non lo confesserebbe mai a nessuno.

Quando Millie era nata, suo padre l'aveva portata a trovare lei e Leslie in ospedale e lei era rimasta a guardare la piccola con un orsacchiotto stretto in mano e si era chiesta perché tutti pensassero che i bambini fossero così speciali.

«Vuoi tenerla in braccio?» le aveva chiesto suo padre, e lei aveva alzato le spalle perché non le importava niente. Ma poi lui aveva preso in braccio quel piccolo fagottino e l'aveva posato tra le braccia di Shelby: allora aveva sentito quanto era leggera e come odorava di biscotto, e poi Millie aveva aperto gli occhi e aveva fissato quelli di Shelby. Qualcosa di simile a un sorriso, anche se tutti sapevano che non era niente, era apparso sul volto della neonata e Shelby aveva sentito il cuore vibrare d'amore.

Avrebbe fatto qualsiasi cosa per proteggere la sorellina, anche se si lamentava di doversi occupare di lei. Qualsiasi cosa. Ma non era riuscita a farlo e ora ha la sensazione che domani, quando sorgerà il sole, tutta la sua vita sarà distrutta e la sua famiglia andrà in pezzi. Non avrebbe mai dovuto invitare Kiera, non avrebbe mai dovuto permetterle di parlare a Millie in quel modo. Avrebbe dovuto essere più coraggiosa e più forte e protettiva nei confronti della sorellina, invece era stata tutto l'opposto.

DODICI

RUTH

Si è trattato di un incontro casuale. È sempre un incontro casuale, no? Uno sguardo veloce in un caffè e la sorpresa di riconoscersi. Prima, mi sentivo molto orgogliosa di me stessa. *Ben fatto Ruth*, mi ripetevo, perché mi congratulo sempre con me stessa quando esco di casa ed entro in un negozio, è una cosa che mi aiuta a gestire l'ansia crescente mentre me ne sto in piedi e aspetto di essere servita, aspetto di pagare o aspetto di tornare in strada e di nuovo a casa. *Ben fatto, Ruth.* Vado sempre allo stesso caffè e ordino sempre la stessa cosa: un caffellatte grande preparato con latte di mandorla e un pizzico di aroma al caramello, delizioso e dolce, un conforto a ogni sorso e comodo da bere freddo quando torno a casa e ho bisogno di calmarmi di nuovo.

Vorrei poter spiegare alle persone quanto mi sia difficile uscire, lasciare il mio spazio sicuro con le mie pile ordinate, ma anche se riuscissi a farlo, non c'è rimasto più nessuno ad ascoltare. Prima di uscire, mi concedo quindici minuti di impilamento, in modo da essere calma e composta, e poi mi incammino verso il caffè. Non incrocio lo sguardo con nessuno.

Non parlo con nessuno se non per ordinare e ringraziare. E mi assicuro di essere sempre vigile.

Quando torno da un'uscita, non bevo il caffè prima di aver rovesciato e rimesso in ordine almeno tre pile. Mi piace il numero tre, doppio tre, triplo tre. Solo allora, quando la frequenza cardiaca si è fatta lenta e costante e il respiro regolare, riesco a berlo.

A volte, quando la situazione è molto grave, ricordo a me stessa che non sono sempre stata così: poco dopo che la cosa era cominciata, ero ancora in grado di uscire di casa; ma poi aveva preso il sopravvento e non mi sono più sentita al sicuro, né in camera mia né in bagno. Non mi concedevo più di dormire e finivo col cadere in un buco nero solo quando arrivavo al limite dello sfinimento. Passavo giorni senza fare la doccia perché mi sentivo esposta quando mi toglievo i vestiti, sentivo migliaia di occhi che mi guardavano, vedevo ovunque spettri che mi fissavano. Mi muovevo come un'intrusa in casa mia, sperando di non essere notata, anche quando ero sola. E ho iniziato a fare delle pile. Alla fine erano quelle che mi facevano sentire meglio, mi facevano sentire al sicuro. Mi sono circondata di grandi pile di libri, pile di magliette, collezioni di sassi del giardino. Era difficile entrare in camera mia di notte e se volevo andare in bagno dovevo accendere la luce per non inciampare su qualcosa.

«È assurdo.» mi diceva mia madre. «Devi rimettere tutto a posto.» Ma io mi rifiutavo. Non potevo spiegare, non potevo rivelare ciò che tenevo dentro di me. In parte era per proteggerla. La vita di mia madre era dura ed era resa più difficile dalla mia presenza e dall'essere rimasta sola. Volevo che fosse felice. Non volevo farle pesare i miei segreti, i miei terribili e brutti segreti.

Ho la sensazione che a un certo punto si fosse arresa e avesse sperato che in qualche modo mi sarei curata da sola. Sto migliorando, a poco a poco, soprattutto da quando non c'è più lei a proteggermi dal mondo esterno o a espormi a coloro che ha portato nel mio mondo.

Ma poi l'ho rivisto.

Vederlo al caffè è stata una coincidenza. La vita è piena di coincidenze, la maggior parte delle quali spiacevoli. È per questo che non esco di casa, se posso evitarlo, anche se ultimamente... beh, mi sono affidata qualche missione in più. Ultimamente sono stata io a tenere d'occhio lui. In qualche modo mi fa sentire... meglio. Lui non sa. Quando lo osservo, quando lo seguo, porto sempre con me una grande borsa, pesante, che riempio con la mia collezione di pietre di tormalina nera. Sono per la guarigione e la protezione.

Se sento che l'ansia sale, infilo la mano nella borsa e tocco la loro fresca morbidezza. È una pila portatile. Una volta, mentre ero lontana da casa con la mia piccola auto gialla, avevo sentito che iniziava a mancarmi l'aria, così avevo accostato, avevo rovesciato la borsa sul sedile del passeggero e con le pietre avevo fatto un mucchietto dopo l'altro finché non mi ero sentita meglio.

Avrei potuto scegliere tra due possibili reazioni dopo averlo visto: o ritirarmi a casa mia e non uscire più, cosa che oggi è perfettamente possibile perché, a parte le visite mediche e dentistiche, qualsiasi cosa ordini su Internet ti arriva direttamente a casa - e mentre pensavo a questo, mi sono sfiorata il dente dolorante con la lingua provocandomi una piccola scossa in tutto il corpo. Ma proprio come so di aver bisogno di costruire le mie pile, sapevo che dovevo impedire a me stessa di ritirarmi. Il suo dominio pluridecennale nella mia vita non poteva proseguire. Il lamento di mia madre – *Cos'hai che non va? Cos'hai che non va? Cos'hai che non va?* - riempiva i miei sogni.

Così, invece di ritirarmi, ho scelto l'altra alternativa: ovvero l'attacco. E un attacco ha bisogno di una pianificazione.

Sono uscita di casa, l'ho seguito, l'ho tenuto d'occhio, l'ho studiato. Un tempo lui era il gatto che tormentava il topolino, me. Dovevo essere vigile e prudente ogni volta che lasciavo il mio spazio sicuro, nel caso in cui lui fosse in attesa di colpire. Ma stavolta questo topolino non è tornato al suo rifugio, anche se forse avrebbe dovuto farlo. Forse allora non starei evitando il notiziario per paura di vedere l'angoscia di sua moglie, sapendo quello che so. Non ha idea di quanto le cose possano peggiorare.

Non avevo mai pensato che l'avrei rivisto e quando l'ho rivisto la cosa che mi ha dato più fastidio è che sono tornata immediatamente bambina, vulnerabile, indifesa, a rischio.

Tony Toccatina. Sempre bello, sempre alto, ma ora un po' più distinto per via delle ciocche grigie tra i suoi ricci. È sempre Tony Toccatina, ma allo stesso tempo non è più lui.

Non mi aveva mai notata prima che mia madre andasse a scuola per affrontarlo, gonfia di determinazione, il viso truccato con colori vivaci, un maglioncino attillato e scollato. La sera dopo mi fece sedere a tavola e mi disse: «Ascolta, Ruth. Tu e le tue amiche dovete smetterla di parlare così di quell'uomo. Non fa nulla di male e voi gli rovinerete la reputazione. Potreste anche farlo licenziare, e allora non avrebbe più un lavoro e non sarebbe in grado di mantenersi. Mi ha spiegato che sono tutte sciocchezze e che lui viene sempre preso di mira perché le ragazzine si prendono una cotta e poi diventano cattive.»

Era quasi da ammirare il modo in cui lui aveva distorto il pensiero di mia madre, che era andata per parlargli infuriata e scandalizzata ed era tornata come una delle sue più grandi sostenitrici. Era straordinariamente affascinante con le madri di tutte le ragazze, le faceva sorridere durante gli incontri con i genitori, le induceva ad annuire con lui parlando delle sue preoccupazioni per le loro ragazze, le convinceva a credere a ogni parola che usciva dalla sua bocca. Mia madre lavorava nel campo delle vendite e si potrebbe pensare che sapesse riconoscere un maestro della manipolazione, essendo lei stessa una sorta di manipolatrice, dovendo stimolare le persone ad acquistare. Ma non aveva mai incontrato un venditore come Tony

Toccatina. Lui vendeva se stesso, la sua onestà e il suo desiderio di aiutare, ed era molto, molto bravo a farlo.

Una tredicenne di oggi avrebbe detto: «Che schifo.» Avrebbe mandato un messaggio alle sue amiche e loro lo avrebbero annientato su Snapchat, Twitter e Instagram. Si sarebbero unite e lo avrebbero fatto cacciare, ma venticinque anni fa eravamo meno forti, meno sicure delle nostre opinioni, meno a nostro agio nell'affrontare un uomo più anziano, soprattutto uno per cui molte di noi avevano una cotta.

Il giorno dopo che mia madre era andata a parlargli, a pranzo lui mi chiese di trattenermi e mi disse: «Ho parlato con tua madre e ho chiarito tutto. Spero che possiamo essere amici.» E io balbettai, borbottai e annuii. Lui mi guardò dall'alto in basso, con una gentilezza in quegli occhi azzurri che parve tingersi di una traccia di compassione per le mie sciocche accuse. Mi sentii perdonata e felice del suo perdono. Non volevo essere responsabile del suo licenziamento.

«Mi dispiace.» riuscii a mormorare. Non riesco a credere alle mie stesse parole quando ci ripenso, eppure è quello che gli dissi. Gli chiesi scusa. A lui. Mi scusai con lui.

Più tardi, dopo la scuola, mi si accostò in macchina mentre tornavo a casa dalla fermata dell'autobus e mi disse: «Non sapevo che tu e tua madre abitaste qui vicino. Posso darti un passaggio?»

Le parole "no, grazie" premevano per uscire dalla mia bocca. Le mie gambe si contrassero perché volevo correre e sentivo solo il cuore che batteva forte, ma dissi: «Sì, grazie.» e salii sulla sua auto argentata. Ancora oggi guida un'auto argentata, marca diversa ma stesso colore. La sua mano si avvicinò al mio ginocchio, gli diede un buffetto, scivolò un po' su per la coscia finché non accavallai le gambe. Poi la riportò sul volante e rise tra sé e sé. Aveva un'idea chiara in mente.

Nel caffè, all'inizio non l'avevo notato, ma poi il barista ha chiamato un nome e io ho alzato lo sguardo dal mio telefono, dove stavo guardando un video di un cane che passa da randagio abbandonato a cucciolo di famiglia sano e felice, perché ho bisogno di distrarmi quando aspetto di ordinare per evitare che l'ansia mi sfugga dalla bocca e mi porti a urlare a tutti di allontanarsi da me. Ho alzato lo sguardo perché... perché lo fai sempre per vedere quante persone ci sono prima di te, e lui ha risposto: «Sì, qui.»; e come sbucando dal nulla, eccolo lì, in piedi praticamente accanto a me. Il barista non lo ha chiamato per nome, ma lui ha preso il caffè. Sono rimasta a bocca aperta mentre il barista mi chiedeva ripetutamente: «Cosa posso servirti?» e dal momento che me lo stava chiedendo più volte, lui ha alzato lo sguardo mentre rimetteva la carta di credito nel portafogli e mi ha guardata dritto negli occhi. Poi ha annuito, ha sorriso e se n'è andato per la sua strada. Ho fatto un passo indietro e ho lasciato che la persona dietro di me facesse la sua ordinazione, cercando di controllare il respiro, con mille punture di spillo che mi danzavano lungo le braccia. Non mi aveva riconosciuta. Mi aveva guardato dritto negli occhi e non mi aveva nemmeno riconosciuta. Non ero niente per lui. Mi aveva ridotta a un guscio vuoto e non aveva nemmeno avuto la decenza di ricordarsi di me.

Me ne sono andata senza il mio caffè, con la furia che mi scorreva nelle vene e mi faceva ribollire nell'aria fredda. Credo di aver camminato su e giù per lo stesso tratto di marciapiede davanti a casa mia per un'ora, senza curarmi di chi potesse vedermi, agitando le braccia mentre il cielo si rannuvolava con nubi grigie e gonfie, minacciando una tempesta che non è mai arrivata. Sono sicura di aver dato l'impressione di essere un po' matta. Borbottavo tra me e me di quanto fosse spregevole, di come l'avrebbe pagata. Mi sono venuti i brividi a ripensare a quelle piccole carezze, a quelle piccole invasioni che mi hanno fatto a pezzi.

Mille piccole aggressioni hanno fatto di me quello che sono oggi. E poiché erano così minuscole, non potrò mai individuare un solo episodio traumatico e dire: «Ecco cosa mi è successo.» Toccatine e sfioramenti, spintine e occhiate maliziose e parole che non dovrebbero essere dette. Niente di che, niente di grave, ma nel complesso hanno distrutto ciò che ero.

A un certo punto avevo iniziato a scriverle, ma ho smesso quando ho riempito tre diari. *Oggi mi ha sfiorata. Oggi mi ha raccontato una barzelletta sporca. Oggi ha appoggiato la sua mano sul mio petto per qualche secondo.* Pensavo che fosse finita quando è uscito dalla mia vita, ma non sarà mai finita. E rivederlo - la terribile coincidenza di rivederlo - mi ha quasi uccisa.

Quando quel giorno sono finalmente rientrata in casa, ho dovuto rovesciare molte, molte pile prima di ritrovare la calma. Ci sono volute trentatré pile, alte e basse, pesanti e leggere, morbide e dure, prima di riuscire a respirare normalmente. Ho smosso e rimesso in ordine fino a notte fonda. Ma alla fine, una volta calmata, ho preso una decisione: l'avrei seguito, l'avrei trovato e lo avrei smascherato. Ero abbastanza sicura che avesse continuato a fare la stessa cosa. Un gatto inseguirà sempre un topo, il forte prederà sempre il debole, e Tony Toccatina avrà ancora trovato delle ragazzine a cui appoggiarsi, con il suo fiato caldo nelle orecchie. Io l'avrei seguito e avrei mostrato al mondo chi era, finalmente esposto, e non sarei stata messa a tacere, perché non ero una tredicenne o una quattordicenne o una quindicenne. Perché no? Non avevo nient'altro da fare. Lui si era assicurato che non avessi nient'altro da fare.

E ora è arrivato il momento, perché anche se non mi piace quello che è successo a sua figlia, mi permette di proiettare su di lui e su quello che ha fatto una luce abbagliante. Non avrebbe mai dovuto permettersi di avere una figlia, di crescere una bambina, soprattutto se è carina come quella che adesso stanno cercando.

Al notiziario abbracciava la moglie, stretta e forte, sostenendola nel dolore. Cerco il nome della madre della bambina sul telefono. È una graphic designer con un proprio sito web e il suo numero di cellulare è proprio lì, i numeri neri ben visibili per chiunque voglia chiamarla. Forse ha un telefono di lavoro a parte, ma ne dubito. La gente vive con il proprio telefono e ne utilizza un secondo solo per attività illecite, come lo spaccio di droga. L'ho visto in televisione.

Digito il messaggio lentamente, perché è necessario che lei lo sappia. Se lo scopre, può lasciarlo, smascherarlo, denunciarlo alla polizia in modo che venga messo in galera. Così, quando la bambina verrà ritrovata, sarà al sicuro da lui. Non dico molto. Se lei mi risponderà, io le spiegherò tutto. Comincio subito a riordinare le parole nella mia testa, nel modo in cui le spiegherò le cose. Aspetto un attimo, con la sensazione che il mondo si muova dentro di me. Una volta inviato, non potrò cancellarlo. Lei saprà chi è, saprà cosa ha fatto e saprà cosa sta facendo ora.

Tony Toccatina, un tempo insegnante, ora milionario.

Un tempo uomo senza figli, ora padre di una bambina scomparsa.

Pedofilo una volta, pedofilo per sempre. Il mondo deve sapere.

Faccio un bel respiro, premo invio e via.

TREDICI

LESLIE

Non c'è niente di peggio che aspettare, pensa Leslie. Il tempo si rifiuta di fermarsi mentre passano le cinque e il sole si abbassa nel cielo. Ha provato a nascondersi nello studio e a tenersi occupata a riordinare dopo che sono entrati in cucina, toccando e spostando ogni cosa. Bianca entra ed esce, sicura di sé nel modo in cui prepara le tazze di tè per i poliziotti e da mangiare per Shelby. A Leslie non ha offerto nulla.

«Andate via» vorrebbe urlare a tutti, «andate via.» Ora è seduta sul divano e fissa il tappeto, desiderando di potersi sdraiare sul morbido pelo blu e piangere.

«Mi scusi, Leslie.» la chiama l'agente Dickerson, distogliendola dai suoi pensieri.

Lei si alza di scatto, l'adrenalina dell'attesa le scorre nelle vene. «L'hanno trovata?» chiede.

«No, non l'hanno trovata, ma stiamo facendo tutto il possibile per riportarla a casa. Adesso volevo parlarle di quando è andata a fare la spesa. Solo qualche domanda veloce, se non le dispiace.»

Leslie si morde il labbro. Cosa hanno scoperto?

«Certo.» dice con circospezione.

«Bene. Le telecamere a circuito chiuso la ritraggono mentre entra nel parcheggio del centro commerciale all'una, non alle dodici come ha dichiarato. Può dirci dove si trovava nell'ora precedente?» Pone la domanda con gentilezza, sicuro che ci sarà una spiegazione; l'agente Willow è in piedi accanto a lui, penna e taccuino alla mano, pronto a trascrivere la risposta.

Leslie arrossisce. «Io ...»

«Che cos'è questa storia?» chiede Randall, entrando nel soggiorno.

Leslie avrebbe voluto uscire e rimanere al freddo insieme a lui, ma aveva la sensazione che la polizia preferisse tenerli separati, preferisse non si parlassero. Il senso di colpa si fa sempre più forte quanto più vengono trattati come sospettati. Se fosse andata subito a fare la spesa e fosse tornata a casa, Millie sarebbe qui adesso: è molto semplice.

«Sto solo chiedendo a sua moglie dei suoi spostamenti di questa mattina. Le telecamere di sorveglianza l'hanno ripresa mentre entra nel centro commerciale un'ora dopo rispetto a quanto ha dichiarato, quindi vorremmo chiarire la questione.» L'agente rivolge a Randall un sorriso forzato.

«Leslie?»» chiede Randall, guardandola, con evidente confusione. Lei è grata che nessuno sia seduto vicino a lei, così può cambiare posizione sul divano sentendosi a disagio per il sudore sotto le ascelle.

«Ho incontrato una persona.» sussurra.

«Aspetti, scusi, ha detto che ha incontrato una persona? Giusto per essere sicuro di aver capito bene.» L'agente alza un po' la voce, ovviamente sperando di farle alzare la sua.

«Sì.» conferma Leslie, alzando gli occhi e incrociando il suo sguardo. *Un segreto mantenuto è un segreto di cui ci si pente.* Ecco cos'è questo sapore amaro che sente in bocca: rimorso.

«Potrebbe darci una spiegazione?» chiede l'agente Willow. La sua voce è alta e, quando lo guarda, si accorge di avergli dato più anni di quanti ne ha. La sua pelle è lievemente arrossata e probabilmente ha bisogno di radersi solo ogni due giorni. Si era stupita che fosse rimasto in silenzio per buona parte del tempo, eccetto che per bere tranquillo il tè, ma ora capisce: è un novellino in questo campo. Un novellino inesperto. Forse questo è il suo primo caso di scomparsa di un bambino. Forse, quando lui e l'agente Dickerson finiranno il turno, discuteranno di ciò che l'agente Willow ha imparato nel giorno più brutto della vita di Leslie. Forse la sua giovane età non fa differenza, perché nulla può cambiare il fatto che Leslie avrebbe dovuto essere qui a casa e non altrove.

Si mette a sedere dritta. «Ho incontrato un uomo con cui lavoravo, Graham. Era il mio capo.» Non ha senso mentire: lo scopriranno comunque.

«D'accordo, e lui può confermarlo?» chiede l'agente. Lei fa un cenno con la testa.

«Una volta era anche il tuo ragazzo, non è vero?» dice Randall, incrociando le braccia. «Tra tutti i giorni possibili, Leslie ...» Si interrompe e si volta, per poi uscire dalla stanza.

Randall non è uno che ama il confronto. Le aveva raccontato che ogni discussione avuta con la sua prima moglie si concludeva sempre con le sue scuse; ora si rifiuta di discutere con Leslie. Se ne va oppure accetta oppure chiede scusa prima ancora che lei possa iniziare. Bianca lo aveva definito "senza spina dorsale". Un'espressione sgradevole. Leslie preferisce pensare a lui come a un pacifista, uno che farebbe di tutto per mantenere la pace. Ma ci sono occasioni in cui lei non vorrebbe mantenere la pace; in certe occasioni vorrebbe discutere, perfino litigare. Perché si limita a ingoiare i suoi sentimenti anziché difendere la sua posizione? Questo non va bene. È qualcosa su cui devono lavorare come coppia. Devono imparare a discutere tenendo in piedi il matrimonio, ma questo non è il momento giusto per cominciare. Lei lo ha ferito e non aveva intenzione di farlo.

«Non è come pensi.» dice lei al suo profilo in ritirata, ma lui prosegue. La vergogna e il senso di colpa l'assalgono. Lo ha ferito non dicendoglielo. E ora la loro bambina è scomparsa. Lui si ferma poco prima di uscire dalla porta d'ingresso e scuote la testa. Avverte un cambiamento in lui: la colpa della scomparsa della loro bambina ora grava su di lei.

«Posso avere il numero di Graham, se non le dispiace?» chiede l'agente Willow, con la penna pronta.

Leslie cerca il numero sul suo telefono e lo porge all'agente. Non c'è nulla sul telefono che lui non possa vedere. L'agente inserisce il numero nel proprio telefono e porta con sé quello di Leslie mentre si allontana per parlare con Graham. Avrebbe dovuto dirlo subito, ma non aveva nulla a che fare con quello che era successo a Millie, tranne il fatto molto importante che, se fosse stata via solo un'ora, la sua bambina sarebbe ancora qui. Ma poteva essere in ritardo perché al supermercato la fila era lunga. Poteva essere così. Le duole il collo per il peso di tutti questi sensi di colpa e vorrebbe chiedere all'agente Dickerson, a Randall o a Bianca se hanno mai fatto tardi in vita loro. La fila al supermercato poteva essere più lunga del solito. Una scintilla d'indignazione le brucia dentro. Era in ritardo, ma aveva affidato la sua bambina a qualcuno in cui riponeva fiducia. Perché dovrebbe essere solo e soltanto colpa sua?

Comunque, l'incontro con Graham era stato decisamente imbarazzante. Si erano dati appuntamento in un caffè che Millie adorava perché era decorato con immagini di gatti di ogni tipo. Entrare era stato difficile, ma lei lo aveva subito individuato, per la sua grossa corporatura, rannicchiato in un angolo e lo sguardo concentrato sul telefono. La prima parola che le veniva in mente quando pensava a Graham era "arruffato".

Portava i capelli troppo lunghi, non infilava mai la camicia nei pantaloni, che erano sempre macchiati di cibo, eppure il suo sorriso la faceva sentire completamente considerata. Quando aveva lavorato per lui all'agenzia pubblicitaria aveva avuto la sensazione che ogni parola che gli diceva fosse oro. Glielo diceva davanti ad altre persone e a letto, che era brillante e meravigliosa. Quando aveva incontrato Randall per la prima volta, lei e Graham si erano appena lasciati. A lei sembrava che quella storia non andasse da nessuna parte e si era stupita che lui la pensasse diversamente, ma gli aveva comunque proposto una pausa. Quando poi gli aveva detto che si vedeva con Randall, la notizia della sua relazione con un altro lo aveva devastato, e lei si era ritrovata nel suo ufficio a consolarlo, sull'orlo delle lacrime. «Ma io ti amo.» aveva detto lui, sconcertato dal fatto che questo non fosse abbastanza. Lei aveva risposto: «Ma non me l'hai mai detto, non davvero, e io voglio dei figli, un matrimonio e una vita.» Cose che aveva scoperto di volere disperatamente solo dopo aver incontrato Randall.

«Ti avrei dato tutto questo. Almeno ne avrei discusso con te. Non me l'hai mai nemmeno chiesto, avremmo potuto parlarne. E anche se non voglio figli, ti amo: non è abbastanza?»

All'epoca Leslie si era sentita piuttosto irritata, ma con il passare degli anni la relazione aveva acquisito una luce rosea nella sua memoria.

Aveva lo stesso aspetto di sempre. Non sarebbe dovuta andare a parlargli, ma lui le aveva mandato un messaggio per chiederle come andava il suo sito web e lei aveva ammesso che andava a rilento; le proposte che le arrivavano erano poche e di scarso interesse. Per qualche giorno si erano scambiati dei messaggi. Lei gli aveva chiesto come andavano le cose all'agenzia e aveva provato una forte invidia quando lui le aveva accennato che una donna, un tempo sua subordinata, era stata promossa a capo del reparto grafico, ora molto più grande.

Lasciando l'agenzia, aveva fatto almeno dieci passi indietro nella sua carriera. Man mano che Millie diventava più indipendente si sentiva assillata da questo pensiero che la costringeva a riflettere sulla saggezza di aver fatto un passo indietro per stare a casa a fare la mamma.

«Leslie» aveva detto lui, alzandosi mentre lei si dirigeva verso il suo tavolo, «sei radiosa, ma ovviamente lo sei sempre. Come stai, amore mio?» Si era sporto in avanti e l'aveva baciata sulle labbra, facendola trasalire per quel contatto invasivo; in quel momento aveva capito di aver commesso un errore. Lui pensava che si trattasse di una specie di rimpatriata e lei glielo aveva lasciato credere, evitando di rispondere quando i suoi messaggi erano diventati un po' troppo ammiccanti. Ma lei non era interessata a una rimpatriata con il suo vecchio fidanzato; era interessata a un lavoro e non ne aveva parlato con Randall perché lui non avrebbe sopportato che lei vedesse Graham. Ma lei pensava che non avrebbe avuto importanza, a meno che lui non avesse qualcosa da offrirle, e in tal caso avrebbe affrontato qualsiasi conseguenza in seguito. Se l'avesse detto a Randall invece di tenerglielo nascosto, lui le avrebbe chiesto di non andare e lei lo avrebbe accontentato. E sarebbe stata via solo un'ora e Millie sarebbe stata qui.

L'incontro con Graham si era fatto sempre più imbarazzante. Avevano chiacchierato delle loro vite e di Millie, e lui le aveva chiesto qualcosa su Randall, poi c'era stato un minuto di silenzio e lei aveva detto: «Mi chiedevo se aveste qualche posto libero. Sto cercando di ricominciare a lavorare.»

E allo stesso tempo lui le aveva risposto: «Non pensavo fossi il tipo di donna che fa una cosa del genere, Leslie. Non che mi dispiaccia. Mi sei mancata molto.»

Avevano entrambi smesso di parlare, Leslie si era sentita terribilmente mortificata per avergli chiesto un lavoro mentre comprendeva ciò che lui aveva appena detto.

«Oh» aveva esclamato Graham, «oh... allora devo aver capito male.»

Lo vedeva che era fortemente imbarazzato e aveva capito che non c'era assolutamente nessuna possibilità di tornare a lavorare all'agenzia: che stupida era stata a pensare di poterlo fare.

«Oh beh...» poi si era schiarito la gola due volte. «La situazione è calma... Voglio dire, siamo molto impegnati, ma non abbastanza da... Beh, sai come vanno le cose.» Aveva abbassato lo sguardo sul telefono silenzioso sul tavolo. «Ah... ecco il mio telefono. Devo incontrare un amico. Ora devo proprio andare. È stato un piacere rivederti.» Alzandosi, aveva urtato il tavolino tra loro, rovesciando così la tazza sul piattino e facendo fuoriuscire l'avanzo di caffè.

Dopo che lui se n'era andato, un cameriere le aveva portato il conto. Se n'era andato senza nemmeno pagare il caffè. Si sentiva umiliata perché lui non voleva che lei rimettesse la sua genialità all'opera, e lui era mortificato perché lei non lo voleva di nuovo nel suo letto. Era stata un'ora orribile e, mentre pagava i caffè e si dirigeva verso la macchina, era grata a se stessa per non aver detto niente a Randall. Voleva solo lasciarsi alle spalle quello stupido incidente.

Ora si alza in piedi mentre l'agente Willow le restituisce il telefono. «Ha confermato che eravate insieme e ha chiesto di richiamarlo. Non aveva idea che Millie fosse scomparsa.»

Leslie annuisce e prende il telefono. Cancellerà il numero di Graham non appena tutto questo sarà finito, e questo pensiero le fa trattenere il fiato. Quando sarà finito? Come finirà?

«Dovrei usare il bagno.» dice, senza rivolgersi a nessuno in particolare. Invece di usare il bagno del piano di sotto, sale al piano superiore nella sua stanza. Chiude la porta a chiave e si siede sul bordo della grande vasca da bagno incassata.

Millie adora questa vasca, adora poterla riempire di bolle e immergersi insieme a Leslie. Per un attimo Leslie si dondola avanti e indietro, avvolgendosi tra le braccia. Come finirà? Un forte dolore le si pianta nel petto.

Dove sei? Dove sei? Ti prego, torna a casa, Millie Molly. Ti prego, torna a casa.

Qualcuno bussa delicatamente alla porta del bagno e capisce che si tratta di Randall. Finalmente hanno un po' di tempo per stare insieme, ma ormai è troppo tardi, non ha fatto in tempo a dirglielo per prima. Sospira. Voleva solo rimanere completamente sola per qualche minuto, ma la questione deve essere affrontata ora. Qualunque cosa accada, devono essere in grado di sostenersi a vicenda. Si alza, gira la chiave e, senza aprire la porta, si siede di nuovo sul bordo della vasca.

«Sì.» dice lei; lui entra e si siede su una sedia di legno bianco in un angolo.

«Perché Graham?» le chiede prima che lei possa dire qualcosa.

«Volevo un lavoro» risponde, «tutto qui. Il sito web non sta andando bene e avevo bisogno di...» Sospira.

«Più di me e Millie.» conclude lui. «Avevi bisogno di qualcosa di più di me e Millie, perché non ti bastiamo.»

Si appoggia allo schienale, stendendo le lunghe gambe, e per un attimo lei capisce perché alcuni dei suoi dipendenti hanno un po' paura di lui, come le aveva sussurrato la segretaria ubriaca alla festa estiva dell'ufficio. Non è che sia minaccioso; più che altro è terribile assistere alla sua delusione. Sa di averlo deluso e si sente terribilmente in colpa. Ha ripreso a incolpare se stessa per quello che è successo. In un pomeriggio ha rovinato il suo matrimonio e ha perso la sua unica figlia. È sicuramente troppo per sopravvivere.

«Di cos'altro puoi aver bisogno, Leslie? Hai il tuo lavoro, hai me, Millie e Shelby. Un lavoro significherebbe solo stare ore lontano da tutti noi. Non puoi lavorare per Graham e fare un orario normale dalle nove alle cinque. Ho visto come lavoravi prima che ci sposassimo e avessimo Millie. Non so come si possa tornare indietro, davvero non lo so. Ma forse è quello che vuoi.» Scrolla le spalle con aria stanca.

«È ingiusto.» dice lei, ferita e arrabbiata. «Perché dici una cosa del genere?»

«Perché sei andata a trovare un vecchio fidanzato e hai lasciato nostra figlia da sola? Guarda cosa è successo!»

«Cosa?» urla, alzandosi in piedi, e poi abbassa la voce a un sussurro furioso, per non farsi sentire da nessun altro. «Non era sola, lo sai. Era con tua figlia, tua figlia.»

«Mia figlia? Quindi tutte quelle cose sul fatto che siamo un'unica famiglia non significano più niente? All'improvviso è solo mia figlia?». Anche lui si alza in piedi e si avvicina a lei, il viso contorto dalla rabbia.

«Non è questo che intendo. È solo che...». Ricade sul bordo della vasca. «Mi dispiace di aver visto Graham, ma non è per questo che Millie è scomparsa e tu lo sai.» dice a bassa voce, anche se sente il senso di colpa per aver lasciato Shelby e Millie da sole per ore come una pesante coperta sulle spalle.

Ma la colpa non è solo sua. «Randall, avrebbe dovuto andare tutto bene con Shelby. Avrebbe dovuto prendersi cura di lei, altrimenti perché avremmo deciso di affidargliela?»

«Eravamo d'accordo che facesse da babysitter solo per brevi periodi.» replica lui a denti stretti. È ancora in piedi di fronte a lei e lei vorrebbe che si allontanasse. L'aroma di legno di sandalo del suo dopobarba, che di solito adora, la invade.

«È stato solo per un paio d'ore.» dice concentrandosi sulle grandi piastrelle di marmo color crema invece che su di lui.

«Non è colpa di Shelby.» dice Randall. «Non è colpa sua.» ripete ancora mentre fa un passo indietro, e lei sente qualcosa nella sua voce, sente che lui sta cercando di convincersene da ore. E capisce che forse può fargli accettare di chiedere a Shelby cosa è successo davvero, se riescono ad allontanarla da Bianca.

«Non... non voglio incolparla, ma... forse ci sta nascondendo qualcosa. Qualcosa che spiegherebbe quello che è successo.»

Leslie parla lentamente, sentendosi sull'orlo di un precipizio. Sta chiedendo a Randall di mettere una figlia davanti all'altra, ma allo stesso tempo... Shelby è al sicuro e Millie è scomparsa.

«Non posso farlo.» dice Randall. «Non posso accusare mia figlia di aver fatto del male a sua sorella. Non posso farlo. Lei non è così.» Si gira ed esce dal bagno prima che Leslie possa aggiungere altro. Il pensiero ha attraversato la sua mente come ha attraversato la mente di lei. La sua reazione lo dimostra. Vorrebbe piangere, ma gli occhi sono secchi e irritati.

Invece, apre il telefono e scorre le foto di sua figlia, di cui è stata documentata tutta la vita, dal primo sorriso al primo passo, alla prima volta che è salita in cima allo scivolo. E se fosse stata rapita? E se chiunque l'abbia presa le stesse facendo del male? La furia sale dentro di lei e si alza in piedi, con le unghie che scavano nel palmo della mano. *Ammazzerò chiunque le faccia del male. Lo ammazzerò.*

Ma anche pensando a queste parole, si sente spossata, pesante, sente che i suoi pensieri sono inutili. Non ha alcun potere, alcun controllo su questa situazione. Sua figlia è scomparsa e potrebbe essere ovunque. Si avvicina al grande mobile di marmo, davanti a una parete a specchio. Guardandosi nel riflesso, si accorge che i suoi occhi marroni sono spenti, i suoi capelli flosci e le sue labbra scrostate e screpolate. Le ha morse troppo. Vorrebbe rompere lo specchio, lanciargli il telefono contro, mandare in frantumi qualcosa, fare rumore, urlare e gridare la sua rabbia e la sua paura.

Si afferra alcuni capelli e li strappa via, godendosi il bruciore che ne segue.

Il suo telefono vibra e lei abbassa lo sguardo.

Tuo marito non è chi dice di essere.

È un messaggio da un numero che non riconosce.

Tuo marito non è chi dice di essere.

Si lascia cadere di nuovo sul bordo della vasca, e mentre studia quelle parole il suo corpo si raffredda.

Cosa può significare? Se non è chi dice di essere, allora chi è esattamente?

QUATTORDICI

SHELBY

È di sopra, nella sua stanza, raggomitolata sotto la morbida coperta color caramello che Leslie le ha comprato come copriletto. Ha detto a sua madre che aveva bisogno di sdraiarsi perché si sentiva male. Non era una bugia. Ha la nausea e la testa le rimbomba.

Mi dispiace per quello che è successo, ma per favore non dire a nessuno che ero lì.

Kiera sta iniziando a preoccuparsi perché non le ha ancora risposto.

Sente bussare dolcemente alla porta e il cuore le salta in petto, mentre cancella rapidamente il messaggio con dita tremanti. Si tira su e dice «Sì.» e la porta si apre. È sua madre, con l'agente più giovane. Shelby si mette a sedere più dritta, rimboccandosi la coperta intorno alle gambe.

«Questo... poliziotto» dice sua madre «vorrebbe dare un'occhiata al tuo telefono.» Shelby capisce dal modo in cui la madre la guarda che vorrebbe che lei rifiutasse, ma non ha intenzione di farlo. Si è assicurata di non lasciare alcuna traccia.

Sua madre vuole che faccia la difficile, vuole che faccia una scenata. Ma lei è troppo stanca, troppo triste per non acconsentire.

«Perché?» chiede per essere sicura, per dare al suo cuore il tempo di rallentare.

«È quello che ho chiesto anch'io.» dice la madre con una smorfia. «Credo che sia del tutto inappropriato.»

«No, va bene.» si affretta a dire Shelby. «Non c'è problema.» Riesce a intuire che sua madre ha in mente qualcosa. Sua madre è disposta a discutere con chiunque. Shelby sa di essere molto più simile a suo padre in questo senso. Lei detesta discutere. È per questo che ha permesso a Kiera di raggiungerla, è per questo che a volte si sente come se fosse spinta a fare delle cose dai suoi amici, dai suoi genitori, dai suoi insegnanti e da tutti, spinta a fare cose che non vuole fare. Ammira la capacità di sua madre di essere sempre pronta a combattere, ma la ritiene estenuante. Ultimamente sta cercando di fare un po' di resistenza e questo confonde tutti. Ma respingere è difficile, e guarda a cosa ha portato, guarda cosa è successo perché ha cercato di respingere. Porge il telefono all'agente, che sembra così giovane che potrebbe andare al liceo. Shelby non vorrebbe andare al liceo l'anno prossimo. *E se non potessi andarci? E se invece mi mandassero in prigione? E se, e se...*

L'agente le sorride ed estrae il telefono dalla cover argentata e scintillante. Spera non si accorga che le mani le tremano mentre prega che Kiera non decida di inviare un altro messaggio proprio in questo momento.

Poi abbassa le spalle, non sopportando che lui guardi alcune delle cose più imbarazzanti che ci sono lì dentro. Lui scorre velocemente e le restituisce il telefono dopo qualche minuto. «Grazie, Shelby. Non ti è venuto in mente nient'altro che possa essere utile, vero?»

Shelby scuote la testa. Se la prende con se stessa perché sente che sta diventando rossa per il sollievo e la paura. Si accorgerà che sta mentendo? Quanto se ne intende? Sta solo facendo finta che non abbiano già scoperto cosa è successo davvero?

«Vorrei portare mia figlia a casa adesso.» dice la madre, mettendosi dritta in modo da essere un po' più alta dell'agente.

«Mi consulterò con l'agente Dickerson.» dice Willow, e lascia la stanza.

«Prepara le tue cose.» dice la madre, che ha deciso per lei, senza chiederle cosa vuole.

«Mamma...» dice Shelby.

«Sì?»

«Pensi che sia colpa mia, quello che è successo? È colpa mia?» Fa questa domanda conoscendo già la risposta, perché ovviamente è colpa sua e ora deve tenere per sé ciò che è realmente accaduto e sperare con tutta se stessa che Millie venga ritrovata, anche se allora sarà tutto molto peggio. Sarà molto peggio, ma almeno sarà finita. Non dovranno più aspettare. Per tutto questo tempo ha cercato di trovare una via di mezzo tra la consapevolezza di ciò che è accaduto, di ciò che ha visto, di ciò che crede sia vero, e la convinzione di non avere idea di cosa sia successo a sua sorella. Ci sono stati momenti in cui è riuscita a convincersi che Millie sta bene e che presto verrà ritrovata. Ma più la situazione va avanti, meno riesce a crederci.

Sua madre si avvicina al letto e si siede. Le accarezza i capelli. «Certo che no. Quando ho chiamato e mi hai detto che eri rimasta da sola con lei per più di un'ora, ero molto arrabbiata. Stavo per venire qui a stare con te finché non fosse tornata sua madre, ma...» Agita la mano per indicare che qualcosa l'ha fermata.

«Vorrei che lo avessi fatto.» dice Shelby. Ma sua madre non era venuta, anzi l'aveva lasciata sola con la sorellina. Millie non era un problema di sua madre.

«La troveranno, ne sono sicura. Ora prepara le tue cose. Andiamo a casa nostra. Possiamo prendere del cinese da asporto.» Sua madre vuole che tutto questo finisca, vuole che la vita torni alla normalità, vuole far finta che questo giorno non sia mai iniziato. Anche Shelby lo vuole.

Così annuisce e inizia a fare i bagagli mentre sua madre esce dalla stanza. Raduna i compiti per scuola che voleva finire entro domenica sera - dubita di poterli finire ormai - e li infila nello zaino di jeans insieme ai vestiti che si era portata dietro. Sembra che a sua madre non importi se Millie viene ritrovata o meno, ma Shelby sa che non si tratta tanto di questo, quanto del fatto che è convinta che verrà ritrovata perché crede che Millie si sia semplicemente allontanata e si sia persa; invece non ne ha idea. O almeno pensa che non ne abbia idea. Pensa e spera che nessuno sappia davvero cos'è successo. Ma cosa succederebbe se più persone sapessero, se più persone conoscessero davvero la verità?

Il suo telefono vibra, è un altro messaggio e quando vede che è di nuovo di Kiera, si sente sollevata dal fatto che il poliziotto non è lì in questo momento.

Cosa pensi di fare? Lo dirai a qualcuno?

Shelby pensa a quello che dovrebbe dire, a quello che *potrebbe* dire, ma non le viene in mente nulla, così infila il telefono nello zaino. Non vuole parlare con Kiera, non ora e forse mai più. A Kiera non importa di nessuno se non di se stessa.

Lei e Kiera non si aspettavano che Millie fosse così veloce, non si aspettavano che sfrecciasse fuori dalla porta d'ingresso aperta, che attraversasse il giardino e uscisse dal cancello. «Torna indietro, Millie.» aveva urlato Shelby, mentre Kiera ridacchiava.

Aveva inseguito la sorellina e l'aveva quasi raggiunta quando Millie aveva girato la testa e aveva gridato: «Ti odio.» e Shelby aveva visto che stava piangendo e si era sentita malissimo, aveva provato una fitta al cuore per lei. Poi Millie era sfrecciata in strada, proprio davanti a un'auto argentata. Il tempo era rallentato, secondo dopo secondo, mentre l'auto si muoveva verso la sagoma di Millie. E poi...

«Pronta?» chiede la madre, aprendo la porta della sua camera da letto. «Sì» dice Shelby «credo.»

«Bene, allora. Ho bisogno di un bicchiere di vino. Non vedo l'ora di lasciarmi alle spalle questa giornata.»

Shelby sa che non succederà mai. La giornata, quello che è successo, non se la lascerà mai alle spalle. È appena iniziata.

QUINDICI

RUTH

Non ha risposto al mio messaggio. Nessuno vuole sentirsi dire queste cose su un uomo con cui ha scelto di avere un figlio. Ma non capisco perché non mi abbia risposto subito chiedendo di cosa stessi parlando. Penso a lei che giace nel letto accanto a un uomo capace di fare le cose di cui è capace e rabbrividisco. Probabilmente non lo sa, o se lo sa, si chiede se stia effettivamente vedendo quello che pensa di vedere.

È una forma di manipolazione far credere a qualcuno che ciò che pensa, ciò che crede, ciò di cui è stato testimone è sbagliato. È sempre stato così bravo in questo.

Te lo sei immaginato. Non è quello che intendevo. Non è andata così. C'è qualcosa che ti disturba? Forse hai un problema. Sei paranoica. Penso davvero che dovresti vedere qualcuno.

Studio il messaggio che ho inviato e poi vado in quella che era la mia camera da letto, solo per controllare, ma tutto è tranquillo; le pile che ho accatastato lì dentro sono ancora ordinate e pulite. È un luogo sicuro, un luogo che mi protegge. Qualsiasi cosa qui dentro è al sicuro. Ero al sicuro qui dentro, circondata, avvolta e isolata.

Mi siedo sul mio letto, il letto in cui dormivo prima che mia madre morisse. Il materasso si abbassa e mi vedo bambina su questo stesso letto, piccola e perfetta. Non uso più questa camera da letto, ma è ancora uno spazio in cui sto bene, è protetto da ordinate collezioni di carte da gioco, tutte nelle loro scatole, rotoli di nastro adesivo in contenitori separati, candele bianche, grandi e piccole, ma non profumate perché mi piace l'odore semplice di una candela di cera. In un angolo c'è una grande collezione di biglietti di auguri natalizi, legati insieme con un nastro rosso in mazzi da nove. Non ho mai mandato una cartolina di Natale a nessuno. Le uniche persone con cui ho trascorso il Natale sono state mia madre e mia nonna e l'uomo con cui mia madre si vedeva in quel momento, ma mi piacciono i miei mazzi di biglietti, mi piace l'ottimismo e la speranza che trasmettono i messaggi all'interno. *Buon Natale e felice Anno Nuovo; Auguri di un meraviglioso Natale e di un felice Anno Nuovo; È la stagione dell'allegria; Pace in terra per tutti; Auguri di un meraviglioso Natale e di un Nuovo Anno per tutti noi.*

Mancano pochi mesi a Natale e io sarò ancora una volta sola, e mi va bene, ma non credo sia giusto che lui lo passi con sua moglie e la sua bambina, a cui un giorno farà del male. Forse ha già iniziato a farle del male e, anche se chiede aiuto per trovarla, nasconde ciò che le ha fatto, non solo oggi ma ogni giorno. Mi sale dentro la rabbia che provo nei suoi confronti. Non si merita un Natale con la sua famiglia e io farò in modo che non lo abbia.

Mi rilasso un po' e sorrido, soddisfatta di questa nuova, feroce versione di me stessa. «Non lo avrà.» sussurro. Torno alla televisione, in attesa di aggiornamenti sulla bambina scomparsa.

Sono le 17.30 passate, quasi l'ora di cena, ma il mio stomaco non accetta cibo ora. Dopo averlo visto, superato lo sconcerto per la sua semplice apparizione in un caffè di periferia vicino a dove vivo, mi ero chiusa in casa per giorni. Avevo iniziato a sbirciare dalla porta d'ingresso e attraverso le tende, aspettandomi di vederlo comparire lungo il vialetto. Se fosse arrivato alla mia porta, forse l'avrei anche fatto entrare. Il suo potere su di me quando avevo tredici e quattordici anni era tale che non sono sicura di essere in grado di dire semplicemente di no. Mi era stato insegnato che il mio "no" aveva poco peso, che era sbagliato e che significava che il problema ero io.

Credevo che mi avesse riconosciuta, ma che stesse facendo finta di niente. E poi, quando non era successo nulla, quando non era venuto a bussare alla mia porta, quando avevo accettato che non si ricordava affatto di me, che ero una donna qualsiasi in un caffè in un giorno qualsiasi, era nato il mio piano per smascherarlo. Mi era venuto in mente una notte, mentre impilavo federe di colore diverso. Seicento. Avevo capito che potevo usare a mio vantaggio la sua memoria selettiva su chi contava e chi no. Non occorreva che si ricordasse di me fino a quando non fosse arrivato il momento giusto. Mi ci erano volute ore per piegare le federe, le mie mani si muovevano al ritmo delle immagini delle *sue* mani che indugiavano sul mio corpo. Alla fine, quando la pila era finita e le braccia mi dolevano, sapevo cosa dovevo fare. Mi ero vista in piedi di fronte a lui, puntandogli un dito contro, mentre dicevo: «Lui. È stato lui a farmi del male.»

Dovevo scoprire dove viveva. Dovevo scoprire dove lavorava.

Mi chiedevo se insegnasse ancora, e poi mi sentivo male per tutte le giovani ragazze che stava rovinando. Doveva essere fermato. Il giorno successivo ero tornata al caffè più o meno alla stessa ora in cui l'avevo incontrato. Ci ero andata in auto per essere pronta a qualsiasi evenienza. Era più facile uscire di casa con un vero e proprio obiettivo. Non si era presentato, ma non mi ero lasciata scoraggiare. Ci ero tornata e ritornata; ormai il barista preparava in anticipo la mia ordinazione appena mi vedeva. E alla fine era entrato. E allora l'avevo guardato e seguito, saltando a bordo del mio Maggiolino, profumato della lavanda di mia nonna, con le mie pietre di tormalina come protezione. Lui era salito in macchina e io avevo guidato più veloce che mai, facendo del mio meglio per stargli dietro. Non fa più l'insegnante. Lavora in un grande edificio con un ingresso di sicurezza. L'avevo visto parcheggiare ed entrare, strisciando un badge per far aprire la porta. Avevo cercato il nome dell'azienda e avevo trovato proprio lui sulla prima pagina. Stessa persona, nome diverso. Per due settimane l'avevo osservato entrare e uscire da quell'edificio.

Non l'avevo mai seguito fino a casa sua, perché avevo paura di essere scoperta, ma oggi, proprio oggi, mi sono svegliata con il bisogno di porre fine a tutto questo. Avrei scoperto dove viveva e l'avrei affrontato. Lo scorso sabato era andato al solito caffè prima di andare a fare un po' di attività fisica. Mi sono chiesta se lo avrei trovato lì anche oggi, ed è stato così, vestito allo stesso modo, con uno stupido sorriso dipinto in faccia. Sabato scorso sono tornata a casa dopo il giro al caffè, ma oggi no. Oggi l'ho seguito, l'ho tenuto d'occhio mentre accostava l'auto, forse per rispondere a una telefonata, per poi ripartire; e il mio piccolo Maggiolino giallo gli andava dietro. Non avrei mai potuto immaginare quello che avrei visto in quel momento. Forse è un bene che fossi lì a vedere, a rendermi testimone. O forse no.

Non riesco a guardare di nuovo il notiziario; non riesco a vedere la disperazione della madre e il finto dolore del marito. Quella donna deve soffrire terribilmente. Ma se solo risponderà, potrò dirle ciò che deve sapere.

Il mio telefono rimane fastidiosamente silenzioso. Voglio che mi chieda che cosa intendevo dire e poi potrò parlarle di lui. A quel punto avrà tutte le informazioni di cui ha bisogno. Non capisco perché non mi abbia ancora chiesto chi sono.

Forse pensa che il messaggio sia uno scherzo? Annuisco e penso di sì, dev'essere proprio così. Non mi crede. Avrà bisogno di altre prove. Vado in cucina, prendo il portatile e digito il suo vero nome su Google. Ora lo ha cambiato. Ha cambiato nome quando se n'è andato, è scappato, è sparito. L'ha cambiato ed è diventato un altro, e nessuno ha mai pensato di controllare che non fosse chi dice di essere. Nessuno.

SEDICI

LESLIE

Ore 18:00

Leslie è in cucina, vicino al bollitore, lo accende, aspetta che l'acqua bolla e lo spegne per poi riaccenderlo. Sembra che non riesca a muoversi dal punto in cui si trova. Sono passate le 18:00 e sente il ronzio della televisione nel soggiorno. L'allerta AMBER per Millie viene ripetuta a ogni pausa pubblicitaria. La voce della conduttrice del notiziario si abbassa di un tono ogni volta che dice «allerta AMBER», indicando a chiunque si sia sintonizzato che adesso la situazione è molto, molto seria. Leslie ha già visto queste allerte e ha sempre provato il brivido di preoccupazione che prova ogni madre, ma sa anche che di solito sono rapidamente seguite dalla notizia che il bambino o i bambini scomparsi sono stati ritrovati. È quello che spera adesso, che qualcuno, da qualche parte, abbia visto qualcosa e che Millie venga ritrovata e riportata a casa, che non sia stata rapita. *Ti prego, Dio, fa' che non sia stata rapita da qualcuno, non lasciarla nelle mani di un estraneo.*

Il sabato sera, Millie ha il permesso di scegliere cosa mangiare per cena, e sceglie sempre la pizza fatta in casa da

Leslie, anche se finge di pensare davvero a cos'altro potrebbe preferire. Randall, se è con loro in cucina quando lei sta scegliendo cosa mangiare, lo trasforma in un gioco. «Secondo me vuoi un hamburger.» esordisce.

«No.» dice Millie con un sorriso.

«Allora vuoi un fiore del giardino.»

«No sciocco. Non posso mangiare fiori. Sono una persona.»

«Allora vuoi una zuppa di cavoli.»

«No, blah! Eddai papà, scegli qualcosa di meglio.»

«Penso che tu voglia uno stufato di insetti.»

«Che schifo, che schifo, che schifo.» ridacchia inevitabilmente Millie. «Voglio la pizza, la pizza della mamma.»

Leslie ripensa al messaggio. Come fa Randall a non essere chi lei pensa che sia? È a capo di un'azienda informatica e compare spesso nelle rubriche di economia per fornire consulenze sull'andamento del mondo della tecnologia. Ultimamente ha iniziato ad andare nelle scuole per dare lezioni agli studenti sulla gestione di un'azienda. «A quanto pare sono ancora un insegnante nato.» le aveva detto dopo la prima volta. «I ragazzi erano davvero ansiosi di ascoltare ciò che avevo da dire e stavo pensando che potrei fare da tutor ad alcuni di loro. Soprattutto le ragazze hanno bisogno di essere incoraggiate a entrare nel mondo dell'informatica.»

Prima di vendere il suo software aveva occasionalmente lavorato come insegnante: un lavoro senza benefit, indennità di malattia e garanzie, ma che gli aveva lasciato parecchio tempo a disposizione per lavorare al programma. Questo aveva fatto impazzire Bianca. «Lo riteneva uno spreco della mia laurea.» le aveva raccontato Randall. Leslie poteva immaginare quanto sarebbe stato facile sentirsi frustrate da questo atteggiamento e avere bisogno che Randall si dedicasse a qualcos'altro nella vita, che diventasse un vero fornitore di servizi telematici. Se non fosse chi dice di essere, qualcuno lo saprebbe, no? Qualcuno lo avrebbe scoperto e denunciato.

Ma forse è proprio questo che sta per accadere. Forse Millie è stata rapita a causa di qualcosa che Randall ha fatto o a causa di chi è. Chi è? Leslie si avvolge tra le braccia. Le voci della televisione cominciano a farla impazzire. Ripensa ai piani fatti quella mattina con Randall per una pizza, una bottiglia di vino e un film su Netflix; come facevano praticamente ogni sabato sera. Ci sarà mai un altro sabato sera come quelli?

Trevor entra in cucina. «Posso fare qualcosa per aiutarti, Leslie?» le chiede.

La domanda fa venire a Leslie la voglia di esplodere. Sono così tante le persone che gliel'hanno posta un'infinità di volte nelle ultime ore che l'unica risposta che vuole dare è: «Trova mia figlia.»

Lei è ancora davanti al bollitore, inspira e si volta per guardarlo in faccia. «No, grazie, Trevor, stanno tutti facendo... quello che possono.» C'è tensione nel collo e nella mascella mentre lo dice, ma cerca di essere educata, perché a nessuno piace una madre di un bambino scomparso che si comporta in modo scortese. La donna che le aveva fatto i complimenti per la casa se n'è andata e Leslie è sicura che se la sia presa per il modo in cui le ha risposto.

«Immagino che l'attesa ti stia facendo impazzire.» continua Trevor. «Scusami per la domanda stupida. So che l'unica cosa che vuoi è che venga ritrovata.»

«Sì» concorda lei, contenta che qualcuno lo dica ad alta voce. «È solo che... non riesco a credere che non l'abbiano ancora trovata.» Gli occhi le si riempiono di lacrime e sbatte rapidamente le palpebre per non farle cadere. Se inizia, se si lascia andare, non avrà modo di fermarsi.

Trevor le fa un cenno d'intesa. Non lo conosce molto bene, ma sembra una brav'uomo. È sposato con Bianca solo da sei mesi e, anche se Leslie aveva dei dubbi sulla loro relazione, ha avuto modo di vederli insieme una o due volte e crede che siano fatti l'uno per l'altra.

Ci sono state volte in cui Shelby ha esaurito la pazienza e le ha urlato di andarsene, e Millie ne è sempre rimasta sconvolta. Essere irritati dalla propria sorellina, volere un po' di spazio e a volte urlare per far valere le proprie ragioni è normale in un rapporto tra sorelle, e forse è quello che è successo oggi. Ma Leslie non è in grado di stabilire se Millie sia stata così turbata dalle urla di Shelby da scappare via, e come mai non sia più tornata, se così fosse. O forse è successo qualcos'altro, qualcosa per cui Shelby sa che sarà incolpata, qualcosa che sta nascondendo.

«Magari posso uscire e unirmi di nuovo alle squadre di ricerca.» dice Trevor. «Devo solo tornare a casa e prendere una giacca pesante.»

«Grazie.» gli dice Leslie sorridendo, e poi si asciuga gli occhi perché un sorriso le sembra davvero fuori luogo.

Lui si volta per andarsene.

«Ah, Trevor» aggiunge lei, sentendo improvvisamente di potersi fidare di quest'uomo. «Posso chiederti una cosa?»

«Ma certo.» risponde lui.

Lei tira fuori il telefono dalla tasca e gli mostra il messaggio. Ovviamente non può mostrarlo a Randall e in questo momento non c'è nessun altro con cui possa parlarne. «Pensi che dovrei mostrarlo alla polizia?»

Trevor legge il messaggio e si rabbuia. «Quando l'hai ricevuto?» chiede.

«Circa mezz'ora fa. Non so cosa fare.»

«Penso» dice lentamente, «che dovresti assolutamente mostrarlo alla polizia. È strano che tu sia stata contattata in questo modo e potrebbe essere che... Beh, non sta a me dirlo. Penso solo che dovresti mostrarglielo.»

La certezza nella sua voce allarma Leslie. In quel momento, l'agente Dickerson entra in cucina. Trevor le fa un cenno, si allontana e poi esce dalla cucina, lasciandoli soli.

L'agente guarda il bollitore e si sfrega le mani, con un

sorriso comprensivo che gli attraversa il viso. «Penso che lasceremo che Shelby vada a casa con sua madre.» dice. «Manderemo con loro uno degli altri agenti, nel caso la ragazza si ricordi qualcosa nelle prossime ore. Volevo solo farglielo sapere.»

«D'accordo.» dice Leslie.

Lui si volta per andare, ma lei allunga la mano e tocca la manica della sua uniforme. «Devo mostrarle una cosa.» Porge il telefono al poliziotto, guardandolo mentre mormora lentamente le parole che legge.

«Chi glielo ha inviato?» le chiede.

Leslie sente la frustrazione salirle da dentro. «Non lo so, è per questo che glielo sto mostrando.»

«*Lei* crede che suo marito non sia quello che vuole apparire?» le chiede lui, con una maschera di pazienza sul viso.

«No, io...» Leslie si interrompe, le guance le bruciano per l'umiliazione.

«Senta» riprende l'agente Dickerson con pacatezza, «probabilmente si tratta solo di uno scherzo, sa, qualcuno che sta giocando con la sua... infelicità. Mi sorprende che non abbia ricevuto altri messaggi. Lei gestisce un sito web e il suo numero è facilmente reperibile. Mostri questo numero all'agente Willow e lui lo aggiungerà all'elenco dei contatti da controllare. Ci sono state molte telefonate e le prenderemo in considerazione una per una. Nel frattempo, credo che dovrebbe cercare di riposare un po'.»

Leslie si sente attraversare da un'ondata di furia. Gli ha mostrato qualcosa che potrebbe essere collegato al rapimento della sua bambina ed è come se lui le avesse dato una pacca sulla spalla e le avesse detto: «Su, su, cara. Non stia a crucciarsi tanto per questo.»

«La mia bambina.» dice stringendo i denti, tanto che le parole le escono in un sibilo strozzato, «La mia bambina è da qualche parte, smarrita o rapita. È quasi buio, fa freddo e non è a casa, dove dovrebbe stare, ma in giro, e lei vorrebbe che mi riposassi? Chi mai riuscirebbe a riposarsi?»

L'agente alza le mani. «La capisco, Leslie, mi creda, la capisco. Faremo delle ulteriori ricerche. Lo faremo. Ma abbiamo un sacco di cose da fare in questo momento. Non ha idea di quante chiamate stiamo ricevendo. Ne sono arrivate centinaia e centinaia a Crime Stoppers. Sono tantissime le persone che pensano di sapere qualcosa o che vogliono fingere di sapere qualcosa. Una donna ha chiamato per dirci che lei e Randall fate parte di una setta satanica, che avete sacrificato la vostra bambina, e che può dimostrarlo.»

«È ridicolo e offensivo.» urla Leslie, non riuscendo a trattenere né le lacrime né la rabbia.

«Lo so, lo so...» dice l'agente con tono rassicurante.

«Ehi, ehi, Leslie, che succede?» chiede Randall, entrando in cucina e accorrendo subito al suo fianco. La abbraccia e la stringe forte.

«È che...» Smette di piangere e rimette il telefono in tasca sentendosi afflosciare contro di lui. È ovvio che si tratta solo di uno scherzo. È ovvio che non si tratta né di un indizio né di un modo per riavere la sua bambina. Si sente ridicola e completamente esausta. *Millie Molly, dove sei? Dove sei?*

«Sua moglie ha ricevuto uno strano messaggio sul telefono.» dice l'agente. «Probabilmente avrei dovuto avvertirvi della possibilità che arrivassero messaggi del genere.»

«È così» conferma Leslie, cercando di convincerlo che si tratta di una cosa importante «ma se fosse da parte del...» La parola "rapitore" sembra sbagliata da pronunciare. Il rapimento è qualcosa che si vede al cinema. Tira di nuovo fuori il telefono dalla tasca, vuole che Randall legga il messaggio, che lo prenda sul serio.

«Chiunque volesse contattarvi per vostra figlia vi farebbe sapere innanzitutto che l'ha presa.» dice l'agente Dickerson. «Questa è la nostra esperienza. Un messaggio come quello che ha ricevuto, ha solo lo scopo di confonderla e ferirla. Lo abbiamo visto molte volte. Ho lavorato a due rapimenti veri e propri e posso dirvi che la prima cosa che i rapitori hanno fatto è stata quella di assicurarsi che avessimo capito che il bambino lo avevano preso loro. E ogni volta abbiamo recuperato il bambino sano e salvo. Sappia che stiamo facendo tutto il possibile per ritrovare sua figlia. Capisco quanto sia difficile per voi, ma stiamo facendo tutto il possibile.»

«Quale messaggio?» chiede Randall. «Fammelo vedere.» Fa per prenderle il telefono e Leslie indietreggia, stupita da questa mossa quasi disperata. Lui alza le mani in segno di scusa. «Scusami, puoi mostrarmelo?» dice stringendo i denti.

Leslie gli porge il telefono e osserva l'espressione di preoccupazione che gli appare sul volto mentre lo legge.

«Hai idea di chi possa averlo mandato?» gli chiede.

Lui scuote la testa. «No.» Le restituisce il telefono.

«Non sei preoccupato per questo, giusto? È come dice l'agente. È ovvio che si tratta di uno scherzo.»

Randall si lascia sfuggire una risata sarcastica. «Se non sono chi credi tu, allora chi sono, Leslie?»

Lei scuote la testa. Non ha una risposta a questa domanda.

«Forse dovrei chiamare il numero e vedere chi risponde.» propone.

«Non farlo, Leslie.» si affretta a dire Randall. «Potrebbe essere una specie di truffa, studiata per introdursi nel tuo telefono. Lascia che se ne occupi la polizia.»

«Forse avrebbe bisogno di riposare un po'.» ripete ancora una volta l'agente. Leslie scrolla le spalle e lascia la cucina, sconfitta dal desiderio di tutti che lei rimanga tranquilla e non vista, in modo da poter continuare a fare quello che devono fare.

Randall la segue al piano di sopra in silenzio e lei ha come la sensazione che si stia assicurando che lei vada dritta in camera da letto.

«Sto bene. Non c'è bisogno che venga anche tu.» gli dice

perché, se proprio deve sdraiarsi sul letto, vuole stare da sola. Non ha dato il numero all'agente Willow, ma cosa importa?

La spiegazione che l'autore del messaggio volesse solo fare uno scherzo o che fosse un truffatore che tenta la fortuna è sicuramente più logica dell'idea che qualcuno l'abbia contattata perché ha delle informazioni che potrebbero aiutarla. L'agente ha ragione, è un messaggio strano da inviare per qualcuno che avesse preso Millie.

Ma anziché tornare al piano di sotto, Randall la segue nella stanza e si chiude la porta alle spalle.

Lei sospira e si siede sul letto, passando la mano sulla morbida seta verde pallido del piumone e poi si appoggia a un cuscino, tenendo il telefono stretto in mano.

Vorrebbe poter chiudere gli occhi e dormire, per poi riaprirli alla notizia che sua figlia è stata ritrovata. Le articolazioni le fanno male per la stanchezza. Randall è in piedi accanto al letto, con le mani in tasca, e la scruta. Apre e richiude impercettibilmente le labbra come se volesse dire qualcosa ma non sapesse in che modo dirla.

Ma lei non vuole parlare con lui, non adesso. Non vuole parlare con nessuno.

«Puoi andare. Sto bene.» gli dice.

«Sicura? Sai, ultimamente, prima di tutto questo... prima di oggi, sei stata un po' strana.» Una mano gli scatta verso la testa per lisciare i riccioli, poi torna in tasca: si agita quando deve affrontare conversazioni scomode.

«Di che cosa stai parlando, Randall?»

«Non lo so.» Si toglie gli occhiali e li pulisce sulla camicia. «Come se ti allontanassi o qualcosa di simile, non saprei, e poi ti sei incontrata con Graham... Non lo so, Leslie. Sento che hai qualcosa che non va.» Continua a pulirsi gli occhiali per non guardarla. Lui odia il confronto e lei capisce che è da un po' di tempo che si sta preparando per fare questo discorso.

«Non è il momento, non è il momento. Per niente.» dice

Leslie, e guarda fuori dalla finestra, fissando un lampione; trova impossibile credere che si sia fatto buio e che sua figlia non sia ancora a casa.

«Perché qualcuno dovrebbe dire che non sei chi dici di essere?» gli chiede, invece di lasciare che la conversazione vada avanti.

Randall si rimette gli occhiali. «Forse nessuno di noi è chi dice di essere.» commenta, poi esce dalla camera, chiudendo la porta con uno scatto leggero.

DICIASSETTE

SHELBY

Durante il viaggio di ritorno a casa, sua madre è silenziosa. Trevor è rimasto per aiutare a cercare Millie. Sembra impossibile che non l'abbiano ancora trovata. Qualcuno sa dove si trova. Qualcuno, ma non Shelby. Lei non ha idea di dove si trovi, ma sa cosa accadrà se dovesse dire qualcosa, qualsiasi cosa.

«Cosa succederà se non la troveranno mai?» chiede alla madre.

«Non lo so. Ma voglio che non ci pensi più stasera. Devi riposare un po'.» Gli occhi di Bianca sono concentrati sulla strada; mentre guida le luci dei lampioni si confondono in una sfrecciante sfumatura gialla. Shelby sente che entrambe vorrebbero dire di più, parlare di più, ma c'è troppo da dire e quindi rimangono in silenzio. Sua madre è stata molto più felice negli ultimi mesi, quasi appagata in alcuni momenti. Shelby si era abituata a sentirla trasformare ogni situazione in un motivo per incolpare il padre di qualcosa: non si trattava solo di soldi, ma dell'idea che lui avesse una persona nella sua vita con la quale aveva avuto un'altra figlia. «Avrei voluto un secondo figlio.» le aveva detto quando era nata Millie. «Ma dovevo lavorare per permettere a tuo padre di concentrarsi sul suo software, e ora guarda come mi trovo.»

«Forse ora che sei di nuovo sposata puoi avere un altro bambino.» le aveva suggerito Shelby qualche mese fa.

«Sono troppo vecchia.» le aveva risposto. «Tuo padre si è trovato una donna più giovane e più bella per poter avere un altro figlio.»

Trevor rende sua madre più felice che mai, ma c'è sempre qualcosa che ribolle sotto la superficie, qualcosa di strano nel modo in cui lei guarda il mondo, come se non riuscisse a vedere nessuno tranne se stessa. Ma questo è un pensiero che Shelby non confesserebbe mai a nessuno. A volte crede di essere *lei* il problema. Se non fosse stato per lei, sua madre avrebbe avuto una vita molto più facile. Ha cercato in tutti i modi di essere brava e di ottenere risultati a scuola per renderla felice, ma non ci è mai riuscita a lungo.

«Chi se ne frega di quello che pensa.» le aveva detto Kiera quando Shelby le aveva confessato che a volte si chiedeva se sua madre si fosse pentita di averla avuta. «Tutte le madri sono solo...» aveva fatto un cenno di disappunto con la mano e questo aveva fatto sentire Shelby molto meglio.

Ma Shelby vuole comunque che sua madre sia felice, che rimanga felice.

«Niente di tutta questa faccenda è colpa tua.» le ripete ora sua madre. «È colpa *sua* perché ti ha lasciata sola con una bambina che non ti ha dato retta.» Le mani di Bianca sono sul volante nell'esatta posizione in cui dovrebbero essere, e lei è seduta dritta e alta sul suo sedile.

«Cosa intendi con "non mi ha dato retta"?»

«Beh, è scappata, no? Questo è "non dare retta". Avrebbe dovuto fare la brava.» La madre annuisce, concordando con se stessa. «È scappata, quella bambina egoista. Certo, è troppo piccola per capire l'effetto che ha sulle persone, ma è comunque... È perché è così viziata. Non sa comportarsi.»

«Non è vero.» sussurra Shelby. «Millie è molto brava e ascolta sempre.»

«Beh, forse è quello che pensi tu, ma non vivi sempre in casa loro, grazie a Dio. Non sai cosa succede quando non ci sei.»

Shelby fissa il suo telefono, che ha spento; le luci della strada rimbalzano sullo schermo nero. È così difficile stare a metà tra sua madre e suo padre. Le sembra di tradire sua madre provando affetto per Millie e Leslie, e ha cercato in tutti i modi di non farlo, ma Millie è... Millie era...

«Cosa faresti se fossi al mio posto? Come ti sentiresti?» le chiede dopo qualche minuto di silenzio.

Non è che a Bianca non piaccia Leslie per un motivo particolare, è solo perché sta con Randall, adesso che è ricco, e Shelby si chiede se provi un minimo di comprensione per quello che sta passando Leslie. Vorrebbe poterle raccontare tutto, ma la verità sarebbe troppo. Prima che Bianca incontrasse Trevor, quando c'erano solo loro due da sole nell'appartamento, Shelby stava sempre in pensiero per lei, e ogni volta che andava a casa del padre, si ritrovava a pensare a quanto dovesse sentirsi sola con la televisione come unica compagnia.

Bianca non ha molti amici e Shelby sa che questo è dovuto al fatto che si presenta come una persona piuttosto sgarbata e brusca; ma più che altro è triste e arrabbiata perché la sua vita non è andata come l'aveva pianificata. «Avrei potuto fare molto di più che trovare un impiego come assistente.» aveva detto una volta a Shelby. «Se tuo padre si fosse trovato un lavoro vero e proprio, quando eri più piccola, sarei potuta tornare all'università e studiare psicologia. Ma ho dovuto mettere i miei sogni da parte e adesso è troppo tardi.»

Shelby non è sicura che sua madre sarebbe una buona psicologa. Ogni martedì viene una psicologa a scuola, una donna di nome Fran, che è dolce e gentile, e sorride a tutti. Sembra il tipo di persona con cui sarebbe facile parlare, mentre Shelby ha paura di parlare con sua madre, di parlarle davvero di quello che è successo. Ha avuto due sedute con la psicologa della scuola, e poiché Fran è così gentile e disponibile, Shelby si è quasi - quasi - permessa di condividere alcune delle cose che la preoccupano. Ma lei è molto in gamba. Sua madre e suo padre continuano a ripeterle che può confidarsi con loro, che possono risolvere qualsiasi cosa la turbi, ma lei sa che non è possibile. L'hanno mandata dalla psicologa perché sperano entrambi che Fran la guarisca, che la riporti a essere la brava e obbediente Shelby, ma questo non può accadere, perché è sempre più oppressa dai segreti, dalle cose che non dice a nessuno; e a questo si aggiunge la bugia che Millie è scappata, anche se tecnicamente è scappata davvero.

«Come ti sentiresti, mamma?» chiede di nuovo, vedendo che non le risponde.

Bianca le lancia una rapida occhiata. «Mi sentirei... mi sentirei assolutamente distrutta, ovviamente. Lo sai, Shelby. Qualsiasi madre in una situazione come questa sarebbe fuori di sé dalla preoccupazione.»

«Se tu sapessi qualcosa che potrebbe aiutare, la diresti? Intendo dire, anche se potesse mettere nei guai altre persone, la diresti?»

Sono arrivate a casa e la madre accosta l'auto nel vialetto, spegne il motore e rimane in silenzio nell'abitacolo che si sta raffreddando. Non guarda Shelby, ma si guarda le unghie, studiandole alla scarsa luce.

«Non sai niente che possa essere d'aiuto, Shelby. È scappata. Ecco cosa è successo. Hai spiegato tutto alla polizia e adesso la stanno cercando ovunque. Probabilmente è un po' spaventata e si è nascosta da qualche parte. Si è semplicemente nascosta. Magari è in quel grande parco. È molto vasto e sarebbe difficile trovare un bambino piccolo da quelle parti. Sono passate solo poche ore. So che sembra molto tempo, ma sono solo poche ore e la troveranno presto.»

Dalle sue parole sembra completamente sicura, come se

sapesse che questa è la verità assoluta, ma Shelby pensa che sia solo una sua illusione.

«Fa sempre più freddo e Millie non ha la giacca. Non sopporta il freddo e ha paura del buio. Ha solo tre anni, mamma.»

«Lo so, Shelby.» dice scuotendo la testa e si morde un labbro. «Credi che non lo sappia?»

Shelby apre la portiera dell'auto e scende. La casa dove vive con sua madre ha bisogno di molti lavori. Lei e Trevor l'avevano comprata pochi mesi prima di sposarsi e Trevor aveva detto che l'avrebbero ristrutturata insieme. Ci sono tre camere da letto e un portico avvolgente, un tempo pericolante ma ora in solido legno lucente. Sarà un bel posto dove sedersi d'estate.

Trevor fa qualche lavoro in casa ogni fine settimana. A volte sua madre lo aiuta; quando lavorano insieme, Shelby può vedere che Trevor rende Bianca molto felice. Parlano e ridono sempre insieme. Sua madre sta finalmente bene dopo anni di rabbia e tristezza. Sarebbe bello se questa felicità si estendesse anche a Randall, ma se lei accenna a qualcosa che ha fatto con Leslie, la madre immediatamente se la prende con il mondo intero. Così cerca di non parlare delle cose che fa con il padre quando sta dalla madre; lo stesso fa con il padre, anche se sa che potrebbe raccontargli della sua vita con Bianca e con Trevor, e a lui non dispiacerebbe. Ha la sensazione di dover proteggere entrambe le famiglie perché lei è l'unico ponte di collegamento tra di loro e ciò è molto stancante. O almeno lo era prima, perché ora che è successa questa cosa, tutto dovrà essere condiviso. Lo sente. Come può mantenere dei segreti con sua madre ora?

A Shelby non piace stare in questa casa nel fine settimana, dove i suoi sogni si riempiono di suoni di martelli e motoseghe. Preferisce stare a casa del padre, dove il sabato mattina è fatto del profumino dei pancake e Millie in piedi sulla porta che sussurra, ma non molto: «Sei già sveglia Shelby?»

Questa mattina si era risentita per aver dovuto fare da babysitter a Millie. Ora si chiede se avrà mai la possibilità di occuparsi di nuovo di lei.

DICIOTTO

RUTH

Mi ci vuole un'ora di ricerche prima di trovare esattamente quello che sto cercando, e questo perché non sono veramente sicura di quello che mi occorre. So solo che è qualcosa, qualcosa che posso mostrare a questa madre, questa triste madre di una bambina scomparsa, in modo che sappia esattamente con chi è sposata, con chi condivide il letto la notte e con chi ha scelto di procreare. Ha bisogno di sapere. Quando ero adolescente, provai a parlarne con mia madre, a spiegare che si era sbagliata e che Tony Toccatina era persino peggiore di quanto lei immaginasse, ma lui trovava una giustificazione a tutto e non importava cosa le dicessi, lei non mi credeva. Non è che non lo abbia mai cercato prima. L'ho fatto, ma soprattutto su Facebook, e lui ha cambiato nome, quindi ovviamente non avrei potuto trovare niente. E ancora oggi non ha aperto un profilo su Facebook, ma probabilmente è perché ha paura che il suo passato torni a tormentarlo. Lo scorso anno, una studentessa di una scuola privata ha aperto un sito web in cui chiedeva ad altre ragazze di raccontare le esperienze di violenza sessuale subite in qualsiasi forma. Ricordo di aver letto i racconti, di aver percepito l'angoscia nelle loro parole e di aver desiderato disperatamente di scrivere la mia storia. Ma anche se vedevo che il sito era uno spazio sicuro, uno spazio in cui qualunque cosa avessi scritto sarebbe stata accettata, non l'avevo fatto. Mi ritrovai a pensare: E se mi accusassero di mentire? E se in qualche modo lui l'avesse letto e mi avesse accusato di diffamazione? E se qualcuno avesse detto che mi stavo inventando tutto? Lui ha ancora potere su di me, dopo tutti questi anni. Ma non per molto.

Scorro una pagina dopo l'altra su Internet e alla fine sento che gli occhi cominciano a bruciare un po'. Sono le 19:00 passate e vorrei andarmene e leggere un libro o fare altro, ma non posso, ovviamente, devo andare fino in fondo. E alla fine trovo quello che mi serve. Basta scorrere un numero sufficiente di pagine e Internet ti svela il passato di chiunque. Non c'è più niente che resti nascosto.

Si tratta di un articolo di un piccolo giornale locale. Controllo la data e calcolo che risale a sette anni dopo che era uscito dalla mia vita. Usava ancora lo stesso nome, perciò qualunque cosa sia successa nella scuola successiva alla mia, deve averlo indotto a cambiarlo.

Leggo le parole lentamente, ci rifletto sopra: non ci sono riferimenti precisi a meno che non si conosca già la sua identità. In tal caso diventa facile leggere tra le righe, è facile leggere il laconico messaggio del preside della scuola come qualcosa di diverso da un affettuoso saluto. Ma senza sapere nulla di lui, che lui ti ha ingannato, truffato, raggirato, allora sembra solo un breve articolo che augura a un insegnante che lascia una scuola le migliori fortune per il futuro. Quello che ha, che lo rende quello che stavo cercando, è la foto di lui che sorride, soddisfatto di sé, mentre parla a un gruppo di studenti. È sempre stato molto soddisfatto di sé.

La fotografia è un po' sgranata e risale a parecchio tempo fa, ma non ci sono dubbi che sia lui. Non è cambiato molto nel corso degli anni. L'ho riconosciuto subito e so che anche sua moglie lo riconoscerà; quindi salvo il link e poi cerco il suo indirizzo e-mail. Non ha risposto al mio messaggio, ma forse risponderà a questa. Cerco anche il suo profilo Facebook, ma non riesco a trovarlo. Dovrà bastarmi la sua e-mail di lavoro. Preparo un messaggio con lentezza e attenzione, cancellando e riscrivendo le poche parole più volte. Ma non lo invio. Un consiglio che mi ha dato mia madre - uno dei pochi consigli veramente validi - è quello di aspettare prima di fare qualcosa che poi non si può cancellare. Devo pensare a quello che sto facendo, a quali conseguenze porterebbe inviare il messaggio. Mi ricontatterà, ne sono certa, e allora sarò trascinata fuori dal mio spazio sicuro, nel mondo, sotto i riflettori del pubblico, e dovrò raccontare quello che mi è successo e dovrò spiegare quello che ho fatto. Non sono sicura di essere pronta per questo. Mi si stringe il cuore al pensiero di dover lasciare questo spazio, di essere guardata, di essere vista. Ci riuscirei?

Mi viene voglia di mangiare qualcosa e così mi preparo una cena a base di zuppa di pollo e pane tostato. Mentre aspetto che la zuppa si scaldi, torno altre due volte nella mia vecchia camera d'infanzia dove non è cambiato nulla. Tutto è ancora ordinato e sicuro. Anche se decido di farlo, avrò sempre la mia camera, la mia casa dove tornare. Lo spero. Rovescio rapidamente una pila di mazzi di carte da gioco e le impilo di nuovo. Lo faccio per tre volte in modo da riacquistare la calma, per poter pensare con lucidità.

Torno in cucina, mangio lentamente la mia zuppa, rifletto sulle conseguenze dell'invio dell'articolo. In verità, credo di aver scritto un messaggio così criptico perché non sono del tutto sicura di essere pronta per quello che succederà. Ma non posso più aspettare. Ho un dovere nei confronti di questa bambina. Ho il dovere di cambiare il modo in cui scorre la vita di questa donna perché, quando sua figlia tornerà a casa, lui non dovrà più esserci. Immagino le sue mani furtive e scaltre, il modo in cui la toccherebbe davanti agli altri senza battere ciglio, il modo in cui gli altri vedrebbero e non vedrebbero.

Mi siedo davanti al computer, il dito su "invia". Faccio un respiro profondo. Schiaccio il tasto e non c'è più niente da fare. È troppo tardi per ripensarci.

Mentre mi preparo una tazza di tè, penso di nuovo di chiamare la polizia. Potrei porre fine a tutto questo adesso - puntare il dito, dire cosa è successo - ma non ho ancora voglia di avere i riflettori puntati su di me, e quando la bambina verrà ritrovata, quando potrà tornare a casa, ho bisogno di sapere che lui non ci sarà più. È questo che sto aspettando. La madre leggerà l'articolo e mi contatterà, e allora le racconterò tutto.

«Io non capisco.» immagino che dirà, e allora io glielo spiegherò in modo che capisca.

Una volta ho visto un programma in televisione in cui un avvocato faceva pressione su un uomo affinché testimoniasse contro un assassino, dicendo: «Non vorrà che questo accada a qualcun altro, vero?» Non voglio che quello che è successo a me accada a nessun'altra ragazza, eppure ho lasciato che accadesse, per decenni, non c'è dubbio. Ho permesso che continuasse a fare del male ad altre ragazzine perché mi sono lasciata mettere a tacere.

In salotto mi avvicino alla mia pila di libri blu, che ho scelto perché il blu è un colore rilassante. Sono tutti con la copertina rigida, alcuni rigati e ruvidi, altri lisci e lucidi, altri ancora morbidi per l'usura. Spingo la pila finché i libri non cadono e dopo inizio a impilarli di nuovo. Mi contatterà presto. Ne sono certa.

DICIANNOVE

LESLIE

Leslie è nella sua camera da letto, in piedi davanti alla finestra, con le mani avvinghiate alle tende di seta color tortora, stropiccia la stoffa in modo distratto.

Presta tanta attenzione al tessuto costoso: sta attenta a toccarlo solo con le mani pulite, per far entrare la luce al mattino apre delicatamente le tende, si assicura che Millie non ci si nasconda dietro, avvolgendosi nel morbido tessuto. Ma ora cosa importa se il tessuto è stropicciato e sgualcito, unto dal sudore delle sue mani?

Alle tende è abbinato un tappeto color "cenere" a pelo lungo, meraviglioso per affondarci le dita dei piedi alla fine di una lunga giornata. L'arredamento nella stanza è tutto coordinato e spesso sente Randall sospirare quando ci entra, come se venisse avvolto da un senso di pace.

Stasera c'è la luna piena, che proietta un bagliore inquietante sulla strada, facendo ombra alle stelle. Leslie pensa a Millie che guarda il tramonto e aspetta che le stelle appaiano, se non è distratta da una partita o dalla televisione. Ripete una piccola filastrocca che lei e Millie cantano spesso insieme.

«Stella lucente, stella brillante, prima stella della stasera. Un desiderio avrei stasera, Un desiderio da realizzare che solo tu puoi avverare.» Sussurra le parole e, ogni volta che arriva alla fine, sussurra il nome di sua figlia ed esprime il desiderio che torni presto a casa, nella sua cameretta, al suo letto a baldacchino rosa e al tenero unicorno con cui dormire.

Leslie è sola e dovrebbe riposare, ma la conversazione con Randall l'ha resa nervosa. Sta nascondendo qualcosa, qualcosa che potrebbe spiegare ciò che è successo oggi? Forse sta nascondendo qualcosa su Shelby? Lo nasconde a Leslie, lo nasconde a se stesso? Ha la schiena rigida e dolorante per la tensione, ma riposare significherebbe arrendersi, rinunciare. È lì di guardia, aspetta il ritorno della sua bambina, aspetta che qualcuno si presenti portando Millie in braccio, aspetta che un'auto della polizia entri stridendo nel vialetto con lei a bordo. Aspetta. Nella sua testa continua a rivivere la giornata, cercando di farla finire in modo diverso. Se avesse detto a Graham che sarebbe stato meglio incontrarsi in un giorno di scuola, quando Millie era al sicuro in classe sotto l'occhio vigile di Mr. Jackson, il suo geniale maestro della scuola materna, non sarebbe a questo punto. Se non fosse arrivata alla cassa prima di accorgersi di aver dimenticato i pomodori e non fosse tornata a prenderli, perdendo il suo posto in fila, non sarebbe a questo punto. Se avesse portato Millie con sé e le avesse preso un frullato al cioccolato mentre parlava con Graham, non sarebbe a questo punto. Ci sono tanti modi in cui avrebbe potuto cambiare questa giornata. Ma non è la prima madre che chiede a una dodicenne di fare da babysitter o che ci mette troppo tempo a fare la spesa. Non è nemmeno la prima madre ad avere un incontro un po' clandestino, per quanto innocente, con una persona. Ci sono genitori che lasciano giocare i figli per la strada, che li ignorano per abbandonarsi a droghe e alcol, che li trascurano o li picchiano, e che raramente subiscono un colpo dalla mano del destino. Perché proprio a lei? Perché adesso? Perché la sua bambina, che è solo dolcezza e luce, e una gioia da avere al mondo?

Bussano alla porta della camera da letto e lei sospira, perché non ha le forze per un'altra conversazione estenuante.

«Avanti.» dice.

L'agente Dickerson entra nella stanza, seguito dall'agente Willow e da Randall, e Leslie capisce, con assoluta certezza, che l'hanno trovata. Il suo cuore si risolleva, ma subito dopo è terrorizzata, perché non sono gioiosi, non sorridono. Al contrario, tutti e tre gli uomini hanno un'aria abbattuta, goffa, portatrice di cattive notizie.

«Cosa?» chiede con urgenza. «Che c'è?»

«Pensiamo di avere una pista credibile e volevamo farglielo sapere. Abbiamo mandato degli agenti della zona a dare un'occhiata.» La voce dell'agente Dickerson è morbida, ma Leslie sente qualcosa. Speranza? Paura? Disperazione?

«Quale zona?» chiede Randall.

«West Hills, è a circa quaranta minuti da qui. La conosce?»

«È...» esita Randall, «vicino a dove gioco a golf.» L'agente gli rivolge un sorriso forzato e Leslie vede che l'agente Willow si annota qualcosa sul suo piccolo taccuino. Sente la nausea partire dalla bocca dello stomaco.

«Bene, allora mentre aspettiamo, volevo farvi ascoltare la registrazione della telefonata, nel caso in cui riconosciate la voce della donna.»

«Ma non dovremmo andare a verificare?» chiede Leslie, guardando in giro per la stanza per trovare la sua giacca. «Andiamo e basta.»

«La polizia locale ci arriverà a momenti, Leslie. È inutile, se non trovano qualcosa, e non siamo del tutto sicuri di cosa troveranno. Per favore, può ascoltare la registrazione?»

Ma Leslie non è pronta a rinunciare a correre in macchina.

«Quanto ci metteranno ad arrivare? Quando ci chiameranno? Ci chiameranno non appena l'avranno trovata?» Spara domande a raffica, senza riuscire a fermarsi.

«Ci trasmetteranno il video quando arriveranno, così la potrete identificare, se si tratta di Millie. Ma per favore, può ascoltare la telefonata?»

Leslie trattiene le altre domande mentre incrocia le braccia e si allontana di un paio di passi da Randall. *Vicino a dove gioco a golf. Suo marito non è chi dice di essere.*

Sente la tensione diffondersi in tutto il corpo. Randall si toglie gli occhiali e li pulisce, mentre l'agente avvia la registrazione dal suo telefono: uno scoppio di elettricità statica, forte nella stanza silenziosa, e poi una voce femminile allegra dice: «Pronto, Crime Stoppers, posso aiutarla?»

Si sente una voce di donna che la identifica immediatamente come una persona anziana. «Beh, sì, può aiutarmi, grazie. È solo che non ho mai visto gente in quella casa, vede. Voglio dire, non c'è mai stato un cartello di vendita, niente. Sono stata a casa di mia figlia per una settimana nel Queensland, a casa della mia Marie, e sono tornata solo oggi.»

«Sì, signora, e di quale casa si tratta?»

«È quella accanto, accanto alla mia, e io vivo al 270 di Clementine Road, a West Hills, vicino a quel grande campo da golf che non avrebbero mai dovuto costruire, secondo me. Troppo traffico.»

«Certo, e lei dice che ci sono persone nella casa accanto?»

«Beh, sì. Stavo disfacendo le valigie e avviando la lavatrice... sa, dopo un lungo viaggio c'è sempre qualche cosa da lavare, no? Anche se la mia Marie insisteva per farmi il bucato ogni giorno. Sa che mi piacciono le cose pulite.»

«Sì, e ha detto che c'erano delle persone nella casa accanto?» Leslie sente che la donna che ha risposto al telefono di Crime Stoppers sta cercando di avere pazienza. Immagina che molte persone sole chiamino il servizio semplicemente per fare due chiacchiere. Ma ovviamente non si tratta di una banale chiacchierata. «Beh» dice l'anziana donna tirando su col naso, chiaramente un po' irritata per essere stata richiamata all'ordine. «Come stavo dicendo, ero a fare il bucato e avevo il notiziario acceso, e ho visto la storia di quella povera creaturina, sa, la bambina scomparsa, una piccola gemma. Ho pensato a quanto doveva essere triste la sua mamma e poi, non so, ho sentito un rumore fuori dalla finestra della mia camera da letto e sono andata a vedere, perché non si sa mai, no? C'è un gatto che viene a farmi visita ogni tanto e speravo fosse lui, perché gli do sempre un piattino di latte e a lui piace, e mi chiedevo se avessi del latte fresco, solo che non era il gatto.»

«Ah, e cosa ha visto?« chiede l'altra donna, con la voce ora un po' più stridula.

«Beh, ho visto che c'era qualcuno nella casa accanto. La finestra della mia camera da letto si affaccia direttamente sulla finestra di una delle stanze della casa di fianco, e nell'ultimo anno, da quando Betty se n'è andata, è rimasta vuota; quindi, sapevo che non era stata venduta. Ho visto una persona, credo un uomo, che teneva in braccio una bambina che era come accasciata, e ho notato che aveva lunghi capelli neri proprio come quella scomparsa in televisione, e ho visto che l'uomo indossava una specie di camicia rosa, e poi si è girato, mi ha visto ed è corso fuori dalla stanza, scappando come se fosse stato colto sul fatto. Insomma, lì non dovrebbe abitarci nessuno, quindi ho pensato: "Che strano". Stavo per andare a bussare alla porta, ma poi ho pensato: "Sono sicura di non averlo visto davvero. Probabilmente è solo perché sono stanca". Così sono tornata a guardare di nuovo dalla finestra e la stanza era vuota, come sempre. Poi ho fatto un pisolino, ma ora ho guardato di nuovo il notiziario e la bambina è ancora scomparsa e ho pensato: "E se fosse lei?"».

«Certo, e a che ora è successo?»

«Da un po'. Credo di aver visto quell'uomo verso l'una o forse nel tardo pomeriggio. Ho chiamato la mia Marie per chiederle cosa dovevo fare; dopo averle raccontato la storia, lei mi ha detto di non andare alla porta accanto per nessun motivo, ma di chiamare la polizia. Avevo visto il numero di Crime Stoppers sullo schermo del televisore, sa, in basso, così ho chiamato lei. È la bambina scomparsa. So che è così.»

«Grazie, signora, può dirmi il suo indirizzo? Mandiamo subito qualcuno.»

«Subito... Santo cielo, avrei dovuto chiamare oggi pomeriggio. Era accasciata tra le sue braccia, non sembrava affatto una bambina addormentata. Voglio dire, sembrava... non vorrei dirlo, ma sembrava che fosse... morta.»

«Stiamo mandando qualcuno in questo momento. Può confermarmi il suo indirizzo?»

L'agente Dickerson interrompe la registrazione. «Bene, riconosce la sua voce? Ha idea di dove sia questo indirizzo?»

«No» risponde Randall rapidamente, Leslie si limita a scuotere la testa. Si è allontanata un po' alla volta da Randall mentre ascoltavano la telefonata, si è allontanata man mano che sentiva quello che diceva la donna. *Vicino a dove gioco a golf... camicia rosa. Suo marito non è chi dice di essere.*

Quanto sa davvero di Randall? Lo conosce solo da cinque anni. Prima che lei lo incontrasse, lui aveva tutta un'altra vita, con una moglie e una figlia, aveva un lavoro diverso, o perlomeno ne aveva avuti parecchi. Aveva insegnato un po', per tenere il lupo fuori dalla porta come diceva lui, e aveva lavorato all'Apple Store nei fine settimana per arrotondare le entrate, cosa che faceva arrabbiare Bianca perché voleva che sfruttasse la sua laurea in informatica per trovare un lavoro migliore e più remunerativo. Ma lui si era dedicato a portare a termine il suo software, incurante delle esigenze della sua famiglia. Leslie capisce perché Bianca gli aveva detto di arrendersi: aveva dovuto lavorare fin da quando Shelby era piccola per poter pagare il mutuo e tutto ciò di cui avevano bisogno come famiglia.

Il telefono dell'agente Dickerson squilla. «Dickerson. D'accordo, bene. Grazie.» Gira il telefono verso di loro in modo che possano vedere. «Eccoci, sono entrati nella casa.»

È un video disorientante da guardare e Leslie si rende conto che deve essere perché uno degli agenti di polizia ha in mano un telefono con il quale riprende la scena per mostrare a loro se si tratta di Millie. Il cuore le batte forte nelle orecchie e si stringe tra le sue stesse braccia mentre guarda una mano che bussa a una porta con la vernice bianca scheggiata e un battente a cerchio arrugginito.

E poi vede la porta aprirsi, la vede aprirsi lentamente...

VENTI
SHELBY

Si sveglia sul letto e si chiede come sia riuscita ad addormentarsi. La sveglia le dice che sono le 21:00 passate. Si ricorda che Millie è scomparsa. Si sente male quando immagina che abbia freddo e stia piangendo. Deve alzarsi e correre in bagno, ha la vescica che sta per scoppiare, e le viene in mente che probabilmente Millie non ha freddo e non sta piangendo. Millie potrebbe essere morta. Certo che è morta. Altrimenti l'avrebbero trovata.

C'è una poliziotta seduta in salotto sul divano di pelle consumata: è piuttosto giovane, porta i capelli castani legati in una coda di cavallo e ha begli occhi verdi. Continua a passare davanti alla sua stanza per chiederle se si è ricordata di qualcos'altro e se sta bene, cosa che a Shelby sembra una domanda stupida. Come può stare bene? Le risponde ogni volta scuotendo la testa, ma non sa per quanto tempo ancora potrà resistere. La poliziotta, che ha detto loro di chiamarla Kate, ha intuito qualcosa. Shelby ne è sicura.

Esce dal bagno, con l'intenzione di tornare in camera sua, perché non c'è modo di andare a sedersi in salotto con la poliziotta dagli occhi da rapace. Ha la netta sensazione che finirà col raccontarle tutto senza volerlo. La sua stanza non è grande come quella nella casa di suo padre, ma non le è mai dispiaciuto. Sua madre le ha permesso di dipingere una parete di un azzurro-verde brillante e ha un piumone e una coperta in tinta.

Deve lasciare la porta aperta, perché Kate le ha detto: «Lasciala leggermente socchiusa, se non ti dispiace. Così, se ho bisogno di qualcosa, posso guardare se stai dormendo.» Voleva sembrare gentile, ma Shelby sa anche che lo fa perché vuole essere sicura che non faccia qualcosa di sospetto.

Quando passa davanti alla porta della sua camera prende il telefono e lo accende, sperando che Kate non scelga di venire a controllarla proprio in quel momento.

Il primo messaggio è quello che si aspettava, quindi non si sorprende, ma il battito del suo cuore accelera e si sente sudare sotto le ascelle. Non la sconvolge, perché l'unica cosa di cui è certa è che per quanto qualcuno ti voglia bene, dica di esserti amico o di tenere a te, alla fine tutti pensano solo a se stessi. È solo un numero, perché non ha mai voluto dare un nome al mittente.

Devi mantenere il silenzio su questa faccenda, legge. Subito dopo cancella il messaggio e spegne il telefono. Non può più resistere. Non ci riesce proprio.

VENTUNO

RUTH

Guardo l'orologio. Sono quasi le 21:00. Perché non ha ancora risposto? Sicuramente l'avrà già vista ormai. O forse no. Le ho scritto all'indirizzo e-mail di lavoro ed è assai improbabile che in questo momento la stia controllando. Vorrei guardare il notiziario, ma so che se lo vedessi accanto a lei mi bloccherei. Sento già arrivare l'attacco di panico.

Sto cominciando a diventare nervosa. Pensavo che sarebbe tutto finito e che sarei potuta tornare alla mia vita solitaria e sicura, con la certezza di aver fatto la cosa giusta. Ma ho fatto la cosa giusta? Smascherarlo rimedierà a quello che è successo a me e alla sua bambina?

Guardo di nuovo il computer, ricarico la pagina della posta in arrivo, ma non è arrivato niente. Mi alzo e vado nella mia camera d'infanzia, dove ho lasciato una collezione di sessanta orsacchiotti. Li prendo dai negozi di beneficenza, perché so che con molta probabilità ciascuno di loro è stato amato in passato. Di tutti i negozi in cui mi costringo a entrare, sono quelli di beneficenza che trovo più facili da frequentare. Spesso sono pieni di gente strana in cerca di un affare o di qualcosa che ha perso. In questi negozi in genere le persone si ignorano e in quello più vicino a casa mia c'è sempre una vecchietta che sonnecchia dietro alla cassa e si sveglia solo quando il cliente si schiarisce la voce davanti a lei. Prende i miei soldi senza dire una parola e io me ne vado con il mio acquisto e un rapido "grazie", esco all'aria aperta e torno a casa. Porto a casa gli orsacchiotti e li pulisco con cura, perché non sopporto l'idea che ci siano germi su una delle mie collezioni. Sono disposti su una libreria, stipati negli scaffali e accatastati in cima. In silenzio, li prendo tutti. Di solito li metto sul letto mentre li conto, ma sono troppo agitata per sistemarli con pazienza. Respiro un po' più facilmente ora che sono in questo spazio sicuro, inspirandone l'aria protetta.

In silenzio, prendo in mano il primo morbido orsacchiotto, con la sua rigogliosa pelliccia marrone, gli occhi neri scintillanti, la bocca rossa cucita e le grandi orecchie rotonde. Lo stringo a me e poi lo rimetto sulla libreria. «Uno» sussurro. Poi mi abbasso e prendo il successivo.

Mentre la notte si fa più fonda e la mia convinzione su ciò che ho fatto si affievolisce, sento il suono della notifica sul mio telefono che indica l'arrivo di un'e-mail. Ascolto con attenzione, mentre conto sottovoce gli orsi, trovando conforto nella loro morbidezza e nell'amore che ancora custodiscono nella loro pelliccia.

VENTIDUE

LESLIE

Ore 21:15

La porta d'ingresso si apre e Leslie si sente male al pensiero di ciò che sta per vedere. La persona che vive in quella casa fatiscente ha preso la sua bambina? Chi è? Cosa le ha fatto? *Oh Millie, oh tesoro, non avrei dovuto abbandonarti, non avrei mai dovuto, perdonami.*

Una luce si accende sopra la porta d'ingresso e l'ambiente si illumina. Sulla porta appare un uomo, alto, con indosso una camicia rosa, e alle sue spalle Leslie intravede una bambina con un pigiama ricoperto di cuori rossi, proprio come quello di Millie. Il respiro le si blocca in gola quando la poliziotta alla porta dice: «Ci dispiace disturbarla, ma ci hanno segnalato la possibile presenza di una bambina scomparsa in questa casa...»

«Come sarebbe?» risponde l'uomo, che ha una folta barba marrone, mostrandosi subito aggressivo. La poliziotta deve aver fatto un passo indietro, perché la telecamera si è allontanata leggermente.

«Papà, papà.» dice la bambina, allungando le braccia verso

di lui per farsi prendere in braccio, e in quel momento Leslie la vede bene.

Ha lunghi e fini capelli neri, proprio come Millie, ma ha la pelle più scura e i suoi grandi occhi, contornati da lunghe ciglia, appaiono marroni alla luce della fotocamera del telefono.

L'uomo si abbassa e la prende in braccio. Lei tiene in una mano un piccolo coniglio di peluche e si accoccola su di lui, infilando il coniglietto tra sé e il padre.

«Ma di cosa sta parlando?» chiede lui. «Stella è qui, non è vero, amore? Cosa intende dire che c'è una "bambina scomparsa"? Mi sono già preso un bello spavento questo pomeriggio, quando quella vecchia della porta accanto mi ha scrutato dalla finestra. Credevo che quella casa fosse vuota, ma lei era là. Chi state cercando esattamente? Stella è qui e sua madre sa che è con me. È lei che vi ha chiamati? Vi ha chiamati la mia ex moglie?» La sua voce si alza di un tono, gli occhi si restringono. Leslie capisce che dietro alla sua aggressività c'è la paura che gli venga portata via la figlia e ipotizza che un brutto divorzio sia la causa di tanta diffidenza. Ma lui non ha in braccio la figlia di Leslie.

«No, signore. Ci scusi, stiamo cercando Millie Everleigh, ha tre anni ed è scomparsa. Ha visto il notiziario?»

«Oh» dice l'uomo, e Leslie lo vede stringere la figlia un po' più forte, tenendola al sicuro come Leslie non è riuscita a tenere al sicuro Millie. «Sì, l'ho visto, ma stavo disfacendo i bagagli e non ho prestato molta attenzione. Mi sono appena trasferito. Potete smetterla di filmare la mia bambina? È davvero inopportuno.»

«Lei è una poliziotta.» dice la bambina, e si capisce subito che ha un paio d'anni in più di Millie. È piccola, ha i capelli scuri come Millie, ma non è affatto Millie.

Leslie abbassa le spalle, sente la tensione della mascella allentarsi e ascolta l'agente Willow che parla al telefono. «Non è lei.» dice.

«Va bene.» dice l'agente Dickerson, chiudendo il video. «Mi dispiace, ma sembrava plausibile.» Abbassa lo sguardo sul tappeto e Leslie non riesce nemmeno ad arrabbiarsi con lui.

«Capisco» dice mestamente. «Capisco.»

Randall non ha portato la loro bambina in una casa vicino al campo da golf. La sola idea di aver pensato che suo marito sarebbe stato capace di fare una cosa del genere la sconvolge e la inquieta. Non è lucida in questo momento.

La loro bambina è ancora scomparsa e forse non riusciranno mai a scoprire dove si trova e cosa le è successo. Leslie si volta e appoggia la testa contro il vetro freddo della finestra, fissando la luna. «Stella lucente, stella brillante, prima stella della stasera.» sussurra, e non si accorge che gli altri se ne sono andati finché non si volta indietro.

VENTITRÉ
SHELBY

Chiude la porta quasi completamente, lasciando solo uno spiraglio abbastanza grande affinché Kate non possa dire che sta cercando di nascondere qualcosa. Quando inizia ad allontanarsi dalla porta, sente sua madre che parla al telefono sottovoce.

«Ora torna a casa. Sta diventando ridicolo.» dice, e Shelby capisce che è a Trevor che sta parlando. Non torna a letto, ma resta dietro la porta, trattenendo il respiro.

«Cosa?» la sente rispondere a voce più alta prima di abbassarla. «Non ho detto questo. Non te l'ho mai detto. Ho bisogno di te qui. Smettila di cercare di fare sempre il bravo ragazzo. C'è abbastanza gente che la sta cercando e la troveranno, quindi torna a casa.» Sembra molto arrabbiata. «Avresti dovuto stare più attento. Se vuoi essere l'eroe, devi essere in grado di ragionare. Torna a casa e lasciali fare. Tutto questo si risolverà con o senza di te.»

Shelby espira molto lentamente, con cautela, per non allarmare la madre, poi inspira a lungo e trattiene l'aria di nuovo. Sua madre è irritata, se non addirittura arrabbiata. Questa giornata non sta andando come lei vorrebbe. È egoista, pensa. È solo un'egoista.

«No, no.» si lamenta Bianca. «Voglio un po' di tempo, solo per noi due. Senti, lascia perdere, vieni a casa. Torna subito a casa. Non voglio dovertelo ripetere. A loro non importa che tu stia cercando di aiutare. Tutto il mondo sta cercando di aiutare e la troveranno. Ho bisogno di te qui.»

Bianca gli parla come se fosse un bambino, come se avesse l'età di Shelby. Ma non è così. Non ha affatto la sua età, per quanti sforzi lui faccia a parlare con lei di Snapchat, Instagram e TikTok.

Sua madre chiude la telefonata e Shelby si rituffa nel letto, avvolgendosi la coperta intorno prima che lei entri nella stanza. «Speravo che avresti dormito un po' di più.»

«Ci sono novità, allora?» chiede Shelby con apprensione.

«No» risponde bruscamente Bianca. «Altrimenti te lo avrei detto.»

«Di cosa stavi parlando con Trevor?» chiede Shelby, e si sorprende di sentirsi nervosa nel fare questa domanda.

«Niente di cui tu debba preoccuparti.» risponde la madre, ma sembra un po' triste. «Niente di importante.»

VENTIQUATTRO

RUTH

Apro il telefono e trovo il sito di notizie che seguo.

C'è un articolo sulla bambina scomparsa e un'altra sua foto in alto. In questa foto è ovviamente in spiaggia, perché dietro di lei si vede la linea blu del mare. Indossa un grande cappello rosa floscio e l'immagine è un primo piano del suo viso. Non sorride, ma è concentrata su qualcosa e i suoi occhi azzurri sono grandi e bellissimi, le labbra impercettibilmente dischiuse. Mi chiedo cosa stesse guardando o ascoltando esattamente.

Ci sono state segnalazioni non confermate sul ritrovamento di Millie Everleigh in una casa a West Hills. La polizia non ha ancora rilasciato una dichiarazione, ma secondo alcune fonti, gli agenti avrebbero ricevuto la segnalazione di una casa in cui era stata avvistata la bambina scomparsa. Ulteriori aggiornamenti seguiranno appena disponibili.

Sussulto. Trovata. L'hanno trovata. Ma poi scorro un po' più in basso e vedo che risulta ancora dispersa, ancora smarrita. Lo sapevo che non poteva essere così semplice.

Aggiornamento: le notizie non confermate sull'ubicazione di Millie Everleigh sono risultate false. Millie Everleigh risulta ancora scomparsa, le autorità invitano a tenere alta l'attenzione.

Non proseguo nella lettura perché la pagina non fa altro che ripetere ciò che è già stato detto.

Perché non mi contatta? Perché non possiamo chiudere questa storia? Guardo gli orsacchiotti ordinatamente impilati sulla grande libreria di legno, poi mi alzo e in silenzio li butto di nuovo tutti per terra. Non finirà mai. Ho la sensazione che non finirà mai.

VENTICINQUE
LESLIE

Ore 22:00

Nel suo letto, con il piumone rimboccato intorno alle gambe, Leslie sente la testa che le cade sul petto anche se è seduta dritta. Scivola in un sogno e sente Millie che grida: «Mamma, vieni, mamma, sono pronta, cercami.»

Alza di scatto la testa e si guarda intorno freneticamente ispezionando tutta la stanza, ma ad accoglierla trova solo silenzio. Aveva sentito la sua bambina nella stanza, aveva sentito l'odore del suo bagnoschiuma frutta mista, dolce fino alla stucchevolezza, ma che produceva grandi e rotonde bolle di sapone.

Ma la sua bambina non c'è e l'odore che ha riempito il suo sogno viene immediatamente sostituito dalla più tenue fragranza al legno di sandalo del dopobarba di Randall che permane nell'aria.

Prende il portatile dal comodino e lo apre, cliccando sul file in cui ha memorizzato un'infinità di foto di sua figlia, a partire da cinque minuti dopo la sua nascita, con la faccia scarmigliata e i capelli neri. Clicca su una foto di quando era più grande, con una mano paffuta che si allunga per afferrare la torta al cioccolato che Leslie aveva preparato. Scorre col dito su una foto di Millie a due anni, mentre abbraccia una spatola, che per qualche settimana è stato un bizzarro oggetto di conforto. L'aveva portata ovunque, persino a letto, finché un giorno aveva perso interesse. Scorre su una foto di Millie alla festa del suo terzo compleanno, mentre guarda il clown che avevano ingaggiato per intrattenere la sua classe di scuola materna. Aveva portato una bacchetta gigante per le bolle di sapone e Millie non aveva voluto che smettesse di produrre le bolle iridescenti nemmeno per poter tagliare la sua torta di compleanno a forma di unicorno rosa.

Leslie si porta una mano al petto, lottando contro la sensazione di una stretta al cuore. Come può essere finita così? Come può essere questo l'ultimo anno di immagini di sua figlia?

Chiude gli occhi e fa alcuni respiri. La sua casella e-mail di lavoro è piena di messaggi, ma dovranno tutti aspettare, forse per sempre. Il suo desiderio di essere più che la madre di Millie, di ritagliarsi uno spazio nel mondo professionale, la punge con il senso di colpa. Come ha potuto desiderare di più della sua bambina?

Guarda la finestra, le tende sono aperte e a tratti da fuori entrano le luci dei giornalisti e delle troupe televisive in attesa di notizie. È sicura che i vicini non sopportino questa situazione. Le famiglie su entrambi i lati della strada hanno figli adolescenti che portano sempre con sé il telefono e sono sempre rintracciabili. Ora vorrebbe aver comprato a Millie uno di quegli orologi che permettono ai genitori di rintracciare i figli, ma Millie non è mai uscita di casa senza di lei, è sempre con un adulto o con una babysitter. Era sempre al sicuro. Tranne oggi.

Le lancette si avvicinano alla mezzanotte, a un altro giorno, e presto Millie sarà scomparsa da ventiquattro ore. Ogni volta che guarda il telefono o l'orologio e il tempo passa, Leslie sente il panico e l'ansia salire a livelli altissimi. I bambini che non vengono ritrovati nelle prime ventiquattro ore vengono mai ritrovati? Significa che sono... Non vuole pensare a quella parola, non riesce a sopportarla.

Cambia schermata sul suo portatile e digita "Quanti bambini sotto i cinque anni scompaiono in Australia?" Ma i risultati sono inutili. I bambini vengono portati via dai genitori in caso di divorzio o separazione, ma non è certo quello che è successo a Millie. I casi storici di bambini scomparsi la fanno rabbrividire nel caldo della stanza. Un bambino scomparso, un bambino che non viene mai ritrovato, diventa parte della storia. Un ammonimento per tutti i genitori. Non riesce a immaginare come le madri possano andare avanti dopo un fatto del genere.

Senza volerlo, clicca sulle e-mail di lavoro e sta per chiudere lo schermo quando vede l'intestazione del primo messaggio: *Si tratta di tua figlia*. Il cuore le rimbomba nel petto. È la stessa persona del messaggio? Probabilmente sì, e forse anche uno spam contenente un virus. Non c'è un limite al peggio che la gente non voglia raggiungere, ma lei deve sapere cosa c'è scritto. Fa un respiro, le dita le tremano leggermente, e poi apre l'e-mail.

Viene da un indirizzo che non riconosce. *Dà un'occhiata a questo*, legge nel messaggio e c'è un link, che lei clicca, pur sapendo che non dovrebbe farlo perché potrebbe danneggiare il suo computer o condurla a un sito orrendo e raccapricciante, ma non riesce a fermarsi. Si scosta la coperta dalle gambe, il sudore le imperla il viso. È un articolo scritto per quello che le sembra un giornale locale, *The Alex Heights Gazette* di Perth. Leslie non ha mai sentito parlare di quel quartiere, e non è nemmeno mai stata a Perth.

L'articolo è breve e si intitola: *Insegnante locale passa ad altro e lascia l'incarico.*

I caratteri sono piccoli e un po' difficili da leggere, ma riesce a leggere la data. Venerdì 18 novembre 2005. Dove si trovava così tanti anni fa? All'epoca aveva poco più di vent'anni, era piena di speranze per il futuro e aveva appena iniziato a lavorare nella pubblicità dopo aver conseguito la laurea in graphic design. *Tony Richardson (31) ha lasciato la Alex Heights High School dopo tre anni come insegnante di informatica. Il signor Richardson era un insegnante popolare che gestiva anche il club teatrale della comunità locale. L'anno scorso hanno messo in scena un'emozionante produzione di* Sogno di una notte di mezza estate. *Il preside della Alex Heights, Carl Donnelly, ha dichiarato: «È sempre triste vedere un insegnante che se ne va, ma certe volte le persone hanno bisogno di passare ad altro.»*

Leslie sbuffa per la risibilità dell'articolo, accompagnato da un'immagine sgranata di un uomo con le braccia evidentemente alzate a metà frase mentre gesticola verso un'altra persona. Deve essere una foto dell'insegnante che dirigeva la recita o in un momento analogo. Perché mai qualcuno avrebbe dovuto mandarle quella robaccia? Fa per per cancellare l'articolo prima che le infetti il computer con un qualche tipo di virus, anche se forse è già troppo tardi, ma poi guarda di nuovo la foto che accompagna l'articolo. Quell'uomo le è familiare, anche se l'immagine non è di buona qualità. Viene attaccata da una sensazione di nausea quando inizia a riconoscere il volto dell'uomo. È passato molto tempo, ma vede più di una somiglianza fugace. Leggermente sfocato, ma più lo guarda e più è evidente che si tratta di lui. Si porta la mano alla bocca. È lui, ma non è il suo nome. Più la fissa, più ne è certa. Perché ha cambiato nome?

Questo ha qualcosa a che fare con Millie, ne è certa. Deve trovare l'agente Dickerson e mostrargli, dirgli, spiegargli che è tutto collegato. Si alza in piedi, mossa da una scarica di adrenalina, e proprio in quel momento la porta della camera da letto si apre ed entra Randall.

«Leslie, stai bene?» le chiede. «Sei molto pallida.»

VENTISEI

SHELBY

È tardi e sente il mormorio sommesso della televisione in salotto. Kate, la giovane poliziotta, se n'è andata dicendo che domattina verrà un altro agente. Devono aver convenuto che di lì all'indomani Shelby non ricorderà niente altro.

Sua madre sta aspettando che Trevor torni a casa, ma lui vuole rimanere a dare una mano alle ricerche, e Shelby sa che questo la fa arrabbiare. Guarda il telefono, ha paura di ricevere un altro messaggio eppure lo aspetta. Forse chiuderà la faccenda se risponde e dice che confesserà. Forse il suo intero mondo andrà in frantumi, ma almeno sarà tutto finito. Le persone postano messaggi pieni di cuori sul suo Instagram, le dicono che la pensano e che le sono vicini se ha bisogno di parlare. È famosa, orrendamente, dolorosamente famosa. Non è mai successo niente di simile a nessuno dei suoi amici.

I messaggi di Kiera hanno continuato ad arrivare, alcuni lamentosi, altri cattivi.

Mi dispiace per oggi.

A questo Shelby non aveva proprio creduto.

*Per favore, non dire a nessuno che sono stata da te. Spero
che dopo tutto questo saremo ancora migliori amiche.*

L'ultimo messaggio dovrebbe spaventarla, ma la rende solo
molto, molto triste.

*È stata colpa tua, Shelby. Se non rispondi, lo dirò a mia
madre. Che problemi hai? Ti odio!*

Kiera non è chi pensava che fosse. Sembra che nessuno lo
sia. Tutti nascondono il loro vero io, e questo viene fuori solo
quando le cose vanno male. Lei è una brava persona che racconterà a tutti quello che è successo, o è una persona terribile che
racconterà a tutti quello che è successo? Qual è la Shelby giusta
da essere, se sono in realtà uguali?

Kiera ha paura di quello che le faranno quando tutti scopriranno che era presente e che è successo proprio perché era
presente.

Shelby rivede mentalmente i fatti di quella mattina, quello
che ha tenuto nascosto a tutti, e cerca di trovare un modo per
spiegarlo senza che nessuno si faccia male. Mette giù il telefono
e fissa il soffitto, tracciando con gli occhi alcune delicate crepe
nella vernice bianca.

La paura terrificante mentre Millie scappava e lei e Kiera le
correvano dietro riaffiora prepotentemente. Era così veloce. È
uscita dalla porta d'ingresso, ha attraversato il cortile ed è uscita
dal cancello aperto. Shelby aveva aperto a Kiera quando era
arrivata e Kiera non aveva richiuso il cancello una volta entrata
nel giardino. Se solo Kiera avesse richiuso il cancello, sarebbe
bastato che lo avesse richiuso... ma non l'aveva fatto. Era
successo tutto così in fretta, eppure Shelby aveva sentito le
gambe pesanti, come se non riuscisse a muoversi abbastanza
velocemente, come se andasse piano mentre correva dietro alla
sorellina, che era sfrecciata fuori, aveva attraversato ed era finita

in mezzo alla strada, dove un'auto si muoveva verso di lei, dritta nella sua direzione. «Millie, no!» pensa di aver gridato. Lo pensa, ma forse lo ha gridato solo nella sua testa.

E poi l'auto era lì, proprio in mezzo alla strada, diretta verso Millie, troppo piccola per essere vista dalla persona alla guida. Si stava dirigendo proprio verso di lei. Nella sua camera da letto, Shelby mugola sommessamente per l'angoscia che l'aveva pervasa quando si era resa conto che non avrebbe raggiunto sua sorella abbastanza in fretta e che aveva capito cosa stava per accadere.

Ma non era successo. Non è successo.

Millie avrebbe potuto essere investita dall'auto... avrebbe potuto essere scaraventata in aria e uccisa, perché era così piccola... ma l'auto si era fermata, con i freni che stridevano, gli pneumatici che bruciavano, l'odore di gomma che riempiva l'aria della strada tranquilla.

Si era fermata.

VENTISETTE

RUTH

Completo la conta dei miei orsacchiotti, assaporando il modo in cui li percepisco al tatto. È tardi, sono quasi le undici, più tardi di quanto abbia fatto in tanti anni. Ma non posso andare a dormire. Devo andare fino in fondo.

Guardo il letto della mia infanzia. Il luogo dove giacevo e sognavo, dove mi preoccupavo e piangevo, dove pensavo a come sarebbe stata la mia vita se non fosse stato per un certo insegnante. Alcune ragazze, alcune donne escono solo appena un po' scalfite da qualcosa come quello che è successo a me. Rimangono ferite, traumatizzate, ma sono in grado di andare avanti. Forse, se avessi seguito una terapia più efficace, se avessi avuto qualcuno con cui parlare, qualcuno di cui fidarmi, anche solo qualcuno che mi avesse creduta... ma così non è stato. Era così bravo in quello che faceva.

«Che cosa ti succede?» urlava mia madre quando mi rifiutavo di andare a scuola.

«Perché fai così?» mi implorava quando mi chiudevo in camera mia e mi rifiutavo di cenare.

«Come andrai avanti?» mi chiese poco prima di morire, dopo che le sigarette avevano fatto quello che tutti i medici promettono che faranno. I suoi polmoni danneggiati non riuscivano a prendere abbastanza aria. È un modo terribile e crudele di morire e, alla fine, tutto ciò che potevo fare era contenere il suo dolore. Le piaceva che cantassi per lei, soprattutto gli inni come "Amazing Grace". Le piaceva ascoltarmi parlare di alcuni dei suoi comportamenti più stravaganti. «Ti ricordi quando, a dieci anni, mi hai fatto uscire da scuola e siamo andate dritte all'aeroporto per andare nel Queensland?»

«Non facevi altro che agitarti e lamentarti che non avevi avuto il tempo di pianificare e fare i bagagli.» mi aveva risposto annuendo e sorridendo al ricordo.

«E ricordi quando per colazione mangiammo una torta intera per una settimana di fila... una diversa ogni giorno?»

Aveva ridacchiato, poi aveva ansimato e tossito. «Mi dicesti che ti avrebbero fatto marcire i denti.»

Ho sempre apprezzato la routine e la pianificazione, anche da bambina. C'erano delle regole per vivere la propria vita ma mia madre non sembrava interessata a nessuna di esse. Non avevo mai un orario per andare a letto e non le importava se facevo o meno i compiti. Ma mi voleva bene, lo so. Solo che non mi ha creduto quando avrebbe dovuto farlo. Questa è stata la sua più grande mancanza.

Non so nemmeno cosa mi succederà in futuro, ma sento che questo è l'inizio di qualcosa. Una volta che sarà stato smascherato, una volta che tutto si sarà risolto, potrò andare avanti. Forse, magari, eventualmente, potrò andare avanti. Guardo di nuovo il letto. Probabilmente non succederà. Ma almeno avrò detto la verità, l'avrò denunciato al mondo, avrò fatto capire a tutti che bisogna diffidare di lui. Almeno questo l'avrò fatto, e qualunque cosa accada, sarà sempre meglio di quello che sto facendo ora. Quando avrà pagato per quello che ha fatto, la mia mente potrà dimenticarlo. È tutto ciò che voglio davvero: che la mia mente si liberi di lui.

VENTOTTO

LESLIE

Ore 22:45

Leslie gira il computer verso il marito. «Hai una spiegazione per questo?» gli chiede.

Lui scruta lo schermo, poi si toglie gli occhiali e li pulisce con un angolo della camicia, senza incrociare il suo sguardo. Li rimette sul naso e la guarda. «Chi è quello?» le chiede.

«Dillo tu a me.» ribatte lei.

Lui guarda di nuovo la foto. «Oh, giusto... oh sì, ora lo vedo. Ma che cosa c'entra con tutto questo?»

«Devo parlare con Shelby.» dice Leslie. «Devo dirlo alla polizia e andare a parlare con Shelby. Chiamerò l'agente Dickerson.»

Si alza in piedi e prende il portatile, carica di energia ora che ha trovato qualcosa, qualcosa che può essere d'aiuto, che può essere un indizio su dove si trova Millie. Non sa come, ma sembra che ci sia qualcun'altro che ha delle informazioni in più e che vuole farle sapere che la scomparsa di Millie non è il semplice caso di una bambina che è scappata.

«Aspetta... aspetta, per favore.» dice Randall. «Dammi solo

un minuto, solo un minuto.» Starlo a guardare mentre fa qualche passo avanti e indietro, mormorando su quello che pensa occorra fare, la fa scoppiare di irritazione. «Dov'è mia figlia, Randall?» sibila. «*Lei* non ce l'ha un minuto. È scomparsa, sparita. Dov'è? Mi stai dicendo che non dovrei dirlo alla polizia? Shelby è stata strana negli ultimi mesi, si è comportata male... infatti... tu e Bianca non avete parlato d'altro, e Bianca lo attribuisce al fatto che passa troppo tempo con noi. Ma può darsi che non sia questo il motivo.»

«Leslie, fammi... fammi riflettere.» Si passa le mani tra i capelli. «Prima andiamo a parlare con Shelby. Se lo diciamo alla polizia e poi lei si spaventa e si chiude a riccio... Voglio dire, se lui ha qualcosa a che fare con tutto questo, allora lei è spaventata per un motivo, lei... Questa faccenda mi sta facendo sentire male. Shelby e Millie erano qui, a casa nostra, insieme. E lui cosa potrebbe mai avere a che fare con questa storia?»

«Voglio dirlo alla polizia. Devono rintracciare l'e-mail, trovare questa persona, scoprire che cosa sa.»

«No» risponde quasi in un urlo, «no... prima Shelby. Ti imploro. Penso. Penso che ce lo possa spiegare, e poi...»

«Poi cosa?»

«Non lo so.» dice scuotendo la testa. «Non lo so. Non ci lasceranno uscire, lo sai, e probabilmente Shelby sta dormendo. Dobbiamo affidarci alla polizia.»

Leslie si alza e va verso l'armadio, si infila un maglione pesante perché ha freddo, trema mentre cerca invano di mettere insieme i pezzi.

«Dirò agli agenti che dobbiamo fare una passeggiata, una semplice passeggiata all'aria aperta. Andiamo da Shelby e così capiremo se si tratta di una coincidenza, perché magari lo è davvero, e allora non c'entra niente.»

Leslie annuisce, perché non ha senso discutere con lui: sta ancora proteggendo sua figlia.

Dieci minuti più tardi scendono al piano di sotto, infagottati nei cappotti. «Vogliamo uscire qualche minuto.» dice Randall. «Per prendere un po' d'aria.»

«È tardi per una passeggiata.» dice l'agente Dickerson. «E abbiamo ancora bisogno di voi.» Ha l'aria stanca e si vede che sta mangiando della cioccolata per tenersi sveglio. La cucina odora di caffè preparato a ripetizione e della dolcezza del cioccolato al caramello che tiene aperto accanto a sé.

«Mia moglie...» inizia Randall. «In questo momento Leslie ha bisogno di distrarsi un attimo, di prendere un po' d'aria, giusto il tempo di fare un giro dell'isolato. Ci portiamo dietro i telefoni. Saremo a pochi minuti di distanza.» Si mostra convincente, sincero, affidabile. Un uomo di cui non si dubiterebbe; eppure, lei ha dubitato di lui. Per tutto il giorno ha dubitato di lui.

L'agente alza una mano. «Cinque minuti.» dice. «Uscite dal retro, perché ci sono ancora dei giornalisti davanti all'ingresso. Sono piuttosto ostinati, glielo concedo.»

Una volta in strada, camminano velocemente e Leslie si sorprende di quanto presto si ritrovino avvolti in un'oscurità silenziosa dopo essere rimasti immersi tra le luci e i rumori dentro casa.

Le parole *Tuo marito non è chi dice di essere* tornano a tormentarla. Perché mai aveva ricevuto quel messaggio?

Quando intravedono un'auto, Randall alza la mano. Ha già chiamato un Uber e gli ha detto di raggiungerli a due strade da casa loro.

Perché le è stato inviato quel messaggio? Non è suo marito quello nella foto. Non lo è. Perché qualcuno avrebbe dovuto pensare che lo fosse? Ripensa alla giornata. C'erano telecamere ovunque a riprendere. Forse qualcuno lo aveva visto in piedi accanto a lei? Forse qualcuno...

«Mi ha abbracciata.» dice poi mentre salgono sull'Uber.

«Scusami?» chiede Randall, che si sporge in avanti e controlla che l'autista sappia dove andare; l'uomo, grande e silenzioso, si limita ad annuire. Leslie si chiede quanto spesso venga chiamato in periferia verso mezzanotte. Si chiede se abbia seguito le notizie, se abbia idea di chi siano.

«Mi ha abbracciata.» ripete lei. «Sono in tanti che mi hanno abbracciata oggi e lui è stato sicuramente uno di loro. È venuto da me subito dopo la conferenza stampa e mi ha abbracciata. Forse stavano ancora filmando; forse la persona che ha inviato il messaggio e l'articolo l'ha visto e ha fatto un errore.»

«Ma che significa, Leslie? Ha cambiato nome. E allora?»

«Non lo so.» dice lei. «Ma significa qualcosa, per forza, e deve avere a che fare con quello che è successo oggi. Deve avere a che fare con quello che è successo oggi.»

L'auto si allontana, avvolgendoli all'interno, tenendo fuori il freddo e il rumore delle ruote sulla strada e lei osserva le case che passano, dove solo poche luci sono ancora accese. È tempo di dormire. È proprio la fine della giornata e lei dovrebbe essere a letto addormentata con sua figlia nella stanza accanto. Dovrebbe, ma non lo è, e non è colpa sua. Ora ne è certa. Non è non è colpa sua, ma è colpa di qualcuno. È sicuramente colpa di qualcuno.

VENTINOVE

SHELBY

Shelby si rigira nel letto mentre il giorno le si abbatte addosso con la stessa velocità con cui l'auto era piombata su Millie. Ricorda le vertigini per la paura. Ma l'auto si era fermata. Non aveva investito Millie, si era fermata.

Aveva sentito un sussulto allo stomaco, il sollievo le aveva dato la nausea.

Millie era rimasta congelata davanti al paraurti, con gli occhi azzurri spalancati, ma Shelby sa che non poteva capire che era stata letteralmente a un passo dalla morte. Leslie le aveva sempre insegnato a stare lontana dalle strade, ad attraversare solo con un adulto o con Shelby e a tenersi sempre per mano. Lei non poteva capire, non ancora.

Sul marciapiede, Kiera e Shelby erano rimaste entrambe immobili, a guardare, mentre la portiera si apriva e lui scendeva. Shelby sapeva che era lui, aveva riconosciuto subito la sua auto. Non aveva idea del motivo per cui fosse lì, perché avrebbe dovuto essere impegnato altrove, ma in quel momento non ci aveva pensato.

«Che diavolo sta succedendo qui?» aveva chiesto lui, con voce furiosa.

«Devo andare.» aveva detto Kiera, salutando con un cenno del capo e avviandosi a piedi. «Ehi, aspetta.» aveva detto lui, e Kiera si era messa a correre, lasciando Shelby a occuparsi del pasticcio che aveva combinato. Shelby si era precipitata in strada e aveva preso in braccio Millie.

«È scappata.» aveva risposto lei. «È scappata e non riuscivo a prenderla.» Dentro di lei la paura era stata sostituita da una nuvola di felicità quando la sorellina le aveva stretto le braccia intorno al collo. Voleva urlare e ridere e saltare perché Millie era al sicuro. L'auto non l'aveva investita. Shelby era nei guai, lo sapeva bene, ma Millie era al sicuro e questo era tutto ciò che contava.

«Poteva rimanere uccisa.» aveva urlato lui. «Dovresti prendertene cura.»

«Lo so.» aveva risposto Shelby. Millie le aveva stretto le braccia intorno al collo, il suo corpicino tremava, per la paura o per la tristezza per colpa di Kiera che le aveva urlato contro o per entrambe le cose. Shelby si era messa a correre lungo il marciapiede, cercando disperatamente di rientrare in casa. «Scusa, Millie, scusa, Millie, scusa, Millie.» ripeteva mentre le braccia della sorellina la stringevano e il suo corpo rimbalzava a ogni passo. Voleva riportarla dentro e al sicuro, lontano dalla strada e da tutti i terribili pericoli che la insidiavano, lontano da tutto ciò che poteva farle del male.

Una volta entrate, con il calore del termosifone che la faceva sudare, si era concessa di riprendere a respirare. Aveva messo giù Millie.

«Perché mi ha urlato?» le aveva chiesto Millie.

«Vai a sederti.» le aveva risposto Shelby con fermezza. Si era voltata per chiudere la porta, per chiuderlo fuori, ma lui era già lì. «Mi dispiace...» aveva cominciato a dire.

«È assolutamente inaccettabile. Ha solo tre anni. Cosa ci faceva Kiera qui? Hai chiesto a Leslie se potevi invitare un'amica?» La fronte aggrottata, gli occhi blu cupi e pieni di rabbia.

Shelby tremava mentre l'adrenalina l'abbandonava, ora che Millie era al sicuro, e non era riuscita a trattenere qualche lacrima. Ma era soprattutto sollevata dal fatto che non fosse successo nulla a sua sorella.

«Va bene.» aveva detto lui. «Non preoccuparti. Sta bene. Siediti ora che vi porto qualcosa da bere.»

«No, stiamo bene. Leslie starà per tornare. Come mai sei qui?»

Millie si era seduta al suo tavolino e aveva cominciato a usare un grande pastello nero.

«Non mi piace Kiera, è cattiva.» aveva detto la bambina, disegnando un cerchio e colorandolo con spessi tratti neri. Non immaginava quanto fosse stata vicina a morire. In un attimo, in una frazione di secondo, avrebbe potuto rimanere investita, ma Shelby non aveva la forza di spiegarglielo, di farglielo capire.

«È un bene che sia arrivato qui io, a giudicare da quello che ho appena visto. Immagina come sarebbe sconvolta Leslie. Voglio dire che sei stata molto irresponsabile, Shelby. Magari posso restare per un po', solo per assicurarmi che stiate entrambe bene. Non avevi il permesso di invitare un'amica e non ho idea di cosa possa essere successo per indurre Millie a scappare. Tutto questo è molto grave.» Shelby odiava quando si metteva a farle la lezione, quando cercava di dirle che stava sbagliando. Più glielo faceva notare, più lei si sentiva male e dubitava di se stessa. Voleva solo che se ne andasse.

«No, va tutto bene.» aveva ripetuto. Voleva che se ne andasse, solo che se ne andasse, e poi si sarebbe seduta al tavolino di Millie e avrebbe disegnato con lei. Avrebbe detto a Millie che la visita di Kiera era un segreto tra loro due e che non avrebbe mai più permesso a Kiera di tornare. Le avrebbe promesso che se Millie avesse mantenuto il segreto e non avesse detto a Leslie della macchina e della strada, Shelby avrebbe smesso di essere amica di Kiera. In quel momento non aveva capito che non sarebbe stato necessario chiedere a Millie di mantenere il segreto.

«Siediti.» le aveva detto lui. «Dobbiamo discuterne. Non voglio davvero dover raccontare a Leslie e a tuo padre quello che ho appena visto.» La sua voce era un po' più acuta, vagamente minacciosa. «Vado a prendere un po' di succo.»

«Kiera è stata cattiva con me.» aveva detto Millie, mentre faceva scorrere il pastello sul foglio, riempiendo di nero tutti gli spazi bianchi. Shelby sapeva di essere nei guai. Non solo per aver lasciato scappare Millie, non solo per averla quasi lasciata investire da un'auto. Era nei guai perché ora c'era lui e si era chiesta cosa ci facesse lì e come avesse fatto a sapere che era sola. Si era stupita della spaventosa coincidenza del suo arrivo proprio mentre Millie usciva di corsa sulla strada. E alla fine si era resa conto di come aveva fatto a saperlo, di chi era stato a dirglielo, e le era venuto un rigurgito in gola che aveva trattenuto deglutendo. Era nei guai e non poteva farci nulla perché doveva proteggere Millie.

Shelby voleva tanto che Leslie tornasse a casa. Aveva lanciato un'occhiata speranzosa alla porta della cucina, dove sperava di vederla arrivare dal garage, aveva pregato di sentirla chiamare: «Vieni ad aiutarmi con le buste, se vuoi un dolcetto.» Così Leslie lo avrebbe visto in cucina e tutto sarebbe stato semplice e amichevole. Ma Leslie era stata via più dell'ora che aveva promesso. Shelby aveva guardato il telefono e aveva visto che erano passate le 13:00. Aveva pensato di mandare un messaggio a sua madre, ma poi lui era tornato da loro con due bicchieri di succo di frutta. «Non mi piace il succo di mela.» avrebbe voluto dire, ma non lo aveva fatto. Nessuno sapeva più nulla di lei, a nessuno importava cosa le piacesse o meno.

«Ecco qua.» aveva detto a Millie, mettendo il succo sul tavolino.

«Grazie, grazie, grazie.» aveva cantato Millie.

«Sei una brava bambina.» le aveva detto accarezzandole la

testa, e lei gli aveva rivolto un sorriso. Aveva passato il bicchiere a Shelby e aveva detto: «Bevi, Anche tu sei brava.»

Shelby aveva stretto il bicchiere con la mano chiedendosi se potesse romperlo, così il succo di mela sarebbe schizzato dappertutto e lei sarebbe stata costretta a correre a prendere uno straccio. Millie era troppo piccola per sapere chi fosse lui veramente, ma del resto era circondata da adulti che non avevano idea di chi fosse.

«Siediti.» le aveva detto di nuovo, e alla fine lei si era seduta, appoggiando il bicchiere intatto sul tavolino a lato del divano, spingendolo lontano da sé. Non sapeva cos'altro fare. Lui si era seduto accanto a lei. Avrebbe voluto correre, alzarsi e scappare, ma doveva badare a Millie. Si chiedeva se sarebbe riuscita a prenderla in braccio e poi correre al piano di sopra per chiudere entrambe nella stanza di Leslie e suo padre. Sarebbe riuscita a correre così velocemente?

Sapeva che, se Leslie fosse entrata in quel momento, avrebbe semplicemente detto: «Oh, ciao, che ci fai qui?» e lui avrebbe risposto qualcosa come «Stavo solo facendo un salto a controllare Shelby.» e lei gli avrebbe creduto, perché lo facevano tutti.

«Devo andare in bagno.» aveva detto lei, cercando di alzarsi, ma lui l'aveva afferrata per il braccio e l'aveva tirata perché si rimettesse sul divano accanto a lui.

«Siediti.» l'aveva ammonita. «A Millie piace disegnare, non è vero, Millie? Io e Shelby faremo quattro chiacchiere.»

«Chiacchiere, chiacchiere, chiacchiere.» si era messa a canticchiare Millie, alzando lo sguardo su Shelby prima di tornare a disegnare su un nuovo foglio di carta e con un pastello viola acceso. Il rancore verso Kiera era dimenticato, la corsa sulla strada un ricordo, l'infelicità sparita.

E poi...

Shelby chiude gli occhi, detestando che quell'immagine sia

proprio lì, l'immagine di ciò che è successo è ancora presente e sa che non se ne andrà mai.

La porta della sua stanza si apre e appare sua madre, in piedi. «Tuo padre e sua moglie vorrebbero parlarti.» dice, spaventando Shelby, che si affretta a nascondere il telefono sotto il cuscino, con le mani che le tremano. Non aveva sentito che fosse arrivato qualcuno, ma può intuire che fuori dalla sua stanza deve esserci stata un'intera conversazione, con sua madre che cercava di impedire a suo padre e a Leslie di entrare per parlare con lei e loro due che insistono. Hanno tutti e tre il viso un po' paonazzo, Shelby capisce che hanno discusso sottovoce. A cinque anni, quando sentiva che i suoi genitori abbassavano la voce, si sentiva sempre più ansiosa anziché meno perché significava che qualsiasi fosse il motivo del litigio, era grave. La sera prima che le dicessero che stavano divorziando, la casa sembrava avvolta nel silenzio, ma se ascoltava con attenzione riusciva a sentire il sibilo rabbioso del loro scontro.

Leslie e suo padre si stringono nella sua stanza; Shelby vede che Leslie si guarda intorno, e si vergogna un po' del disordine. A Leslie piacciono le cose ordinate e Shelby cerca di tenerle in ordine a casa sua, ma da loro c'è così tanto spazio per riporle tra armadietti e cassetti che hanno montato nella sua stanza che in un certo senso si diverte a rimetterle in ordine. Ma qui è dove vive, e qui è dove la sua vita è disordinata e complicata. Tanto disordinata, tanto complicata.

«Non sei obbligata a parlare con loro se non vuoi.» dice la madre, e Shelby sente che la stanza è troppo affollata, troppo soffocante. Sua madre vuole che si rifiuti, lo sa bene. Il cuore le batte forte e cerca di fare un respiro profondo. In qualsiasi altro sabato sera, a quest'ora dormirebbe già. Tutti in casa starebbero dormendo.

«Abbiamo davvero bisogno di parlare con te, Shelby.» dice suo padre, e la sua voce sembra disperata, è un po' come se la stesse implorando di rispondere alle loro domande. Sia Leslie che suo padre sembrano più vecchi di quanto non apparissero questa mattina, quando a colazione c'era una torre pericolante di pancake e suo padre si era vestito per la sua sciocca giornata di golf, ridendo mentre combinava un pasticcio nel preparare la colazione in modo che Leslie potesse dormire fino a tardi.

«D'accordo.» dice. Si accorge che sua madre scuote la testa con indignazione. «Va bene.» ribadisce, per essere sicura che la madre sappia che è una sua decisione.

«Bene.» sospira Bianca, prende una pila di biancheria pulita dalla sedia a dondolo che si trova nella stanza di Shelby da quando era piccola e la mette sul pavimento, si siede e rivolge lo sguardo a Leslie e a Randall.

«In realtà, preferiremmo...» inizia a dire Leslie, poi sembra perdere il coraggio e guarda verso Randall.

«Puoi lasciarci un po' di tempo da soli con lei, per favore, Bianca?» dice il padre e Shelby vorrebbe piangere per lui perché sembra così triste ed è tutta colpa sua e non riesce a trovare un modo per sistemare le cose.

«Assolutamente no. Non intendo allontanarmi da lei se volete parlarle, grazie.» risponde Bianca, sputando fuori le parole. È preoccupata per lei e Shelby lo sa, ma odia il modo in cui parla a suo padre e odia il modo in cui a volte guarda Leslie, come se fosse una persona sporca. Non può dire di voler bene a Leslie, per niente, ma a volte è... più facile parlare con lei che con sua madre.

Bianca la guarda, con gli occhi ridotti a due fessure, e Shelby improvvisamente capisce, come si intuisce alle volte, che non è preoccupata per lei, ma per quello che sta per dire. È preoccupata per quello che sta per dire. Si sente pervasa da una strana sensazione e si strofina il viso, caldo e pruriginoso. Si sente come una ragazza in un film dell'orrore che ha appena capito di non avere un altro posto dove scappare.

Era sua madre che gli aveva detto che stava facendo la baby-sitter; lei gli aveva detto che era rimasta sola con Millie. *Chi sei tu?* vorrebbe chiederle Shelby. *Non sembri mia madre, quindi chi sei? Chi sei diventata? Quale dei tuoi veri io si trova davanti a me in questo momento?* Sua madre vuole che stia zitta, non perché è preoccupata per Shelby, ma perché è preoccupata per qualcun altro.

Si mette a sedere più dritta sul letto e cerca di fare un respiro profondo, ma si blocca e tossisce. Nella sua testa sente come un ronzio e poi incontra lo sguardo di sua madre, con un pensiero orribile che le alberga nel cervello: sua madre sa esattamente cosa è successo.

Ma può essere? Come può esserne al corrente ed essere rimasta indifferente?

Bianca scuote di nuovo la testa, confermando a Shelby che deve tacere.

Mentre cerca di assimilare la terribile idea che sua madre sappia qualcosa, che l'abbia sempre saputo mentre l'intero quartiere era alla ricerca di Millie, sente crescere dentro di sé un'ondata di tristezza. Sua madre ne è al corrente eppure ha scelto di rimanere in silenzio, per proteggere la persona che ama di più. E, cosa ancora peggiore, è possibile che sua madre abbia capito quello che Shelby sta cercando di dire ma non dice già da qualche mese.

E ora Shelby ha paura.

Bianca sa dove si trova Millie, dove si trova il corpo di Millie? E cosa farà se Shelby dirà la verità? Non può dire niente. Dovrà mentire se sua madre se ne sta lì a guardarla. Non può pronunciare quelle parole se ha puntato addosso lo sguardo feroce di sua madre.

«Bianca» dice suo padre, raddrizzandosi, «Leslie e io vogliamo parlare da soli con Shelby. Questo non puoi cambiarlo. Non ho pazienza per le tue stronzate. Esci da questa stanza e lasciaci soli.»

Shelby non riesce a impedirsi di rimanere a bocca aperta: suo padre non ha mai, mai parlato a nessuno in quel modo, e quando rivolge lo sguardo a Leslie e a sua madre, può vedere lo stesso stupore sui loro volti. La madre si riscuote per liberarsi dalla sorpresa.

«Shelby vuole che io rimanga, non è vero, Shelby?» dice.

Anche se sa che fuori fa freddo, Shelby scende dal letto e va ad aprire uno spiraglio nella finestra della sua camera, in modo da far entrare un po' d'aria fresca. Gli adulti sono tutti in silenzio mentre aspettano che lei risponda, e lei vorrebbe solo tornare a due giorni prima, quando tutto questo non era ancora accaduto. Vorrebbe aver parlato con suo padre, avergli detto la verità su ciò che sta affrontando, vorrebbe essere in qualsiasi altro posto tranne che qui, essere chiunque altro tranne Shelby. Ma ora è qui e non cambierà niente se non dirà la verità. Non può rimanere in questo orribile limbo e non può continuare a nascondere la verità a Leslie e a suo padre.

Si rimette a sedere sul letto. «Non voglio che tu rimanga.» sussurra, con gli occhi abbassati sulla coperta blu pelosa del letto per non dover guardare la madre.

Bianca non aggiunge altro. Si alza e lascia la stanza, sbattendo la porta dietro di sé come a Shelby non è mai permesso di fare.

«Senti, Shelby» dice suo padre quando la madre si è allontanata, anche se Shelby non escluderebbe che stia tenendo l'orecchio premuto contro la porta, «dobbiamo chiederti una cosa riguardo a questo pomeriggio.»

«Okay» dice Shelby, diffidente, stanca e triste. «Si tratta di Trevor.» dice Leslie.

«Di Trevor.» ripete Shelby, con voce piatta.

«Sì» risponde il padre.

Shelby annuisce lentamente, una lacrima le scende lungo la guancia.

«Oh, tesoro» dice Leslie, sedendosi sul letto. «Che cosa è successo? Che cosa è successo?»

TRENTA

RUTH

Non riesco più a stare sveglia. Sono nella mia vecchia camera da letto, mi raggomitolo sul pavimento con una coperta che ho preso dal divano. Mi rannicchio piccola piccola e aspetto con il telefono in mano. Ho fallito in quello che mi ero prefissata. Lei non leggerà l'e-mail e non lo esporrà al mondo per me. Dovrò andare da lei domattina. Dovrò andare a casa della bambina e dire a tutti la verità. Guardo di nuovo il letto, poi mi raggomitolo sul pavimento e dormo.

TRENTUNO
LESLIE

Più Leslie guarda la figliastra rannicchiata sul letto, con le lacrime che le scorrono sulle guance, più sente crescere dentro di sé la frustrazione. Se urlano, se insistono, non otterranno le risposte di cui hanno bisogno; percepisce che è successo qualcosa di terribile e teme che Trevor si faccia vivo prima che Shelby riesca a dire qualcosa.

Adesso non è in casa, il che significa che potrebbe essere ancora alla ricerca di Millie oppure che starebbe tornando a casa; ma lei non riesce a farsi un'idea di come possa essere coinvolto nella scomparsa della sua bambina. Cosa sa Trevor? E Shelby cosa sa?

Pensa all'articolo che ha letto su di lui, ricorda che prima era una persona completamente diversa. Perché un insegnante avrebbe dovuto lasciare la sua scuola, trasferirsi e cambiare nome? Da cosa stava scappando? E poi il pensiero che ha cercato di non ammettere la investe come un colpo alla testa.

«Shelby» dice a bassa voce «Trevor...» intreccia le dita mentre cerca di trovare un modo per dire quello che vuole dire, un modo per dire qualcosa che non avrebbe mai pensato di dover dire, per fare una domanda che non avrebbe mai pensato di dover fare, e mentre ci pensa, guarda la figliastra e intravede qualcosa sul suo volto. Shelby vuole parlare. Vuole dire loro la verità, ma ha bisogno di aiuto, perché è ancora solo una bambina.

Smette di torturarsi le dita e si stringe le mani in grembo per evitare di strapparsi i capelli, poi si schiarisce la voce e dice piano: «Trevor ti ha fatto qualcosa che non ti è piaciuto? Ha fatto qualcosa a te o a...» e fa una pausa mentre deglutisce, l'acido le sale in gola, «Millie?»

Dietro di lei, Randall è in piedi con le mani in tasca; mentre lei pronuncia quelle parole, si sente avvolgere da una vampata di calore, come se la rabbia lo stesse letteralmente incendiando, ma non dice una parola, perché anche se non vorrebbe sentire che è capitato qualcosa alla sua bambina, alle sue bambine, è necessario saperlo.

«Lui...» comincia Shelby «lui... dice che non fa niente, che è solo gentile e... che sta cercando di farci diventare una famiglia vera e propria, in modo che la mamma possa essere felice. Dice che... mi sto immaginando le cose e che faccio la difficile.»

«Cosa?» chiede Randall. «Cosa significa?»

La porta si spalanca e Bianca irrompe nella stanza: come c'era da aspettarsi, era rimasta in ascolto dietro la porta.

«Ma che sta succedendo qui?» urla. «Cosa stai cercando di farle raccontare?»

«Per favore, Bianca» la prega Leslie «per favore, lasciala parlare.»

«No» grida Bianca. «Vi voglio fuori da casa mia, subito. Ora. Andatevene e basta. Non è colpa di mia figlia se la vostra è scomparsa, se avete lasciato Shelby da sola tutto il pomeriggio con una bambina indisciplinata che ora è scappata, e non posso credere che abbiate cercato di far ricadere la colpa su Trevor per un qualche folle motivo. Cosa mai potrebbe avere a che fare con tutto questo? Siete impazziti tutti e due? Perché è quello che sembrate e la state obbligando a dire quelle cose, state cercando di metterle le parole in bocca. È disgustoso, siete disgustosi.» Il suo viso è rosso vivo e Leslie può vedere che sta iniziando a sudare, nonostante l'aria fredda che entra dalla finestra aperta da Shelby. Il tranquillo controllo che ha su ogni aspetto della sua vita sembra essere scomparso. E Leslie sa che lo fa perché teme che quello che ha sentito dire da Shelby sia la verità. Leslie crederebbe prima a sua figlia e poi a suo marito, ma Bianca ha deciso di testa sua senza nemmeno ascoltare veramente.

«Andatevene tutti e due, subito, prima che chiami la polizia.» grida Bianca.

«Ehi, Bianca, sono a casa.» sentono quando la porta d'ingresso si apre. Sul letto, Shelby si blocca, gli occhi sono l'unica cosa che riesce a muovere, spostando lo sguardo tra la madre e il padre. «Dove siete?»

Leslie può sentire la paura della bambina attraversare il suo stesso corpo. Shelby ha paura di Trevor. Ha paura e, poiché è stata messa a tacere, non sapranno mai cosa le ha fatto.

«Shelby, ti prego.» sussurra.

«Mi tocca.» dice Shelby, con la voce roca, come se l'avesse persa. «Dice di essere mio amico, ma non è così che gli amici si toccano. Lo fa e poi dice che non è mai successo o che me lo sto inventando. Ma io so cosa sta facendo e ieri...»

«Ieri cosa?» dice Trevor. È entrato nella stanza con un sorriso malato sul volto.

Randall si gira verso di lui e Leslie capisce che sta per colpirlo.

«Non starà raccontando di nuovo delle bugie, vero?» chiede Trevor scuotendo la testa con tristezza, mentre si mette alle spalle di Bianca in modo che Randall debba passare attraverso la sua ex moglie per arrivare a lui. È un uomo dal convenzionale bell'aspetto, ma il suo viso ha qualcosa di blando e semplice.

Potrebbe essere chiunque e nessuno. Ma non è nessuno, Leslie ora lo sa: è il patrigno di una ragazzina che ha molestato. Shelby non sta mentendo, non sta esagerando. Leslie sente l'angosciosa verità nelle parole della bambina e vorrebbe sputare in faccia a Trevor.

«Non vorrei davvero dover dire a tuo padre e a Leslie quello che hai fatto, Shelby. Di' loro che ti stai inventando tutto, che stai mentendo. Devi capire, Randall, che Shelby non voleva che sua madre si risposasse. È stato già abbastanza difficile per lei avere una matrigna; di conseguenza non voleva nemmeno un patrigno. Ma questo non è un buon motivo per dire delle brutte bugie, giusto, Shelby? Non c'è motivo di rendere infelice tua madre dicendo delle bugie.» Al volto banale blando e liscio si affianca una voce liscia e piatta che sembra non sottintendere alcuna minaccia, eppure Leslie la può sentire.

«Non è una bugia.» sussurra Shelby.

Randall si avvicina a Bianca ringhiando: «Ti ammazzo.»

Trevor fa un passo indietro con le mani alzate e una leggera sfumatura di panico nella voce. «Sai cosa succede ai bugiardi, vero Shelby? Ora di' la verità. Di' loro cosa hai fatto a Millie, o lo dirò io e finirai in prigione. Finirai in prigione per molto tempo.»

Shelby scoppia in rumorosi singhiozzi.

«Andatevene, tutti e due.» urla di nuovo Bianca. Poi si rivolge a Trevor. «Te l'avevo detto di tornare a casa. Te l'avevo detto di tornare per sistemare le cose. Perché non mi hai ascoltato?» urla.

«Zitta, Bianca. Ora uscite entrambi da casa mia insieme alle vostre luride accuse.» dice Trevor, agitando le braccia e stringendo i pugni.

Leslie vorrebbe afferrare la figliastra e scuoterla fino a farle battere i denti purché lasci uscire le risposte. Ma vorrebbe anche prenderla e scappare, lontano da questa casa dove la stanno rovinando e nessuno sembra preoccuparsene.

Si gira e si pianta davanti a Bianca e Trevor. «Chiamo la polizia. Se ne occuperanno loro.»

Mentre estrae il telefono dalla tasca, Trevor si lancia verso di lei, Randall si lancia verso di lui e Bianca lancia un urlo. Trevor è più svelto e spinge Leslie con forza all'indietro, facendola cadere. Quando sbatte la testa contro lo spigolo del comodino di Shelby avverte un dolore acuto e intenso che la costringe ad accasciarsi a terra, stordita e con le orecchie che fischiano.

Attraverso le urla acute nella sua testa, sente il rumore della pelle contro la pelle e capisce che Randall ha tirato un pugno a Trevor.

«Trevor... aspetta.» urla Bianca, e poi tutto diventa nero.

TRENTADUE

SHELBY

Shelby si spinge ancora più indietro sul letto. Non riesce a credere a quello che è appena successo, di trovarsi qui, nel bel mezzo di un incubo. Non è così che si comportano gli adulti. Che cosa gli è preso a tutti quanti?

Leslie è accasciata sul pavimento, distesa su un fianco, e Shelby può vedere un rivolo di sangue che le cola lungo la nuca. Il padre si guarda intorno freneticamente e poi si accovaccia accanto alla moglie.

«Leslie, Leslie, stai bene?» chiede toccandole la spalla. La tira a sé per farla sdraiare a terra. «Credo che ci serva un'ambulanza.» dice e guarda la porta. Bianca e Trevor si sono dileguati: Trevor è scappato e Bianca lo ha seguito.

«È andata con lui.» dice Shelby con amarezza. «Sceglie sempre lui.» Da qualche parte dentro di sé sa già che un giorno ci ripenserà e si renderà conto che è stato in questo momento che ha capito che sua madre non la amava come avrebbe dovuto, come Leslie amava Millie, come pensava che ogni madre amasse i propri figli, e non sarà meno doloroso di com'è adesso.

Ma in questo momento è sopraffatta e impaurita, esausta e triste, e non riesce a ragionare.

Tutte le cose che avrebbe voluto dire a suo padre si accumulano dentro di lei, tutto ciò che ha tenuto nascosto perché all'inizio pensava di essersi sbagliata e poi pensava che fosse un malinteso e poi lui le aveva detto che se lo stava immaginando.

Per mesi si era interrogata, chiedendosi se fosse stupida o una persona cattiva. Ogni volta che aveva detto qualcosa, anche solo vagamente negativa, su di lui a sua madre, si era sentita rispondere: «Non pensi che io meriti di essere felice come lo è tuo padre?»

Non ha mai detto a sua madre tutta la verità. Al contrario, le ha detto cose di nessuna importanza, sondando il terreno per capire se l'avrebbe ascoltata e creduta.

«Trevor si arrabbia spesso con me.» le aveva detto una volta che lui l'aveva sgridata perché parlava durante il notiziario in televisione.

«Devi imparare a rispettare i suoi tempi. Se sta guardando la televisione, stai zitta.» le aveva risposto la madre.

«Trevor bussa sempre alla porta del bagno quando faccio la doccia. Puoi chiedergli di smettere?»

«Non è colpa sua se non possiamo permetterci una casa con due bagni. Lavoriamo tutti e due il più duramente possibile. Non ho il lusso di essere sposata con un uomo ricco come tuo padre. Rispetta il fatto che Trevor debba andare al lavoro o ovunque vada. Sei una bambina, Shelby, conosci il tuo posto.»

«Non mi piace che Trevor mi abbracci così tanto.»

«Cerca solo di essere gentile, di far parte di questa famiglia. Sono sicura che non ti dispiace abbracciare Leslie. Smettila di metterti al centro dell'attenzione. Sii gentile con lui. Non voglio ritrovarmi sola perché hai problemi che non hanno nulla a che fare con Trevor.»

Tutto quello che sua madre le aveva risposto aveva insegnato a Shelby che non le avrebbe creduto; del resto anche lei stessa ha finito per mettere in dubbio ciò che sta accadendo. Niente di ciò che lui fa è abbastanza significativo da poterlo additare e dire: «È stato lui a fare questo.» Semmai, sembra tutto molto insignificante, qualcosa che lei potrebbe anche ignorare se volesse, qualcosa che forse dovrebbe solo ignorare; ma non può farlo, ed è diventato estenuante. Si sente braccata in casa sua. Si assicura di fare la doccia quando lui è fuori e di cambiarsi con la sedia a dondolo contro la porta, perché lui non crede che sia sicuro chiudere a chiave le porte delle camere da letto, visto che potrebbe sempre scoppiare un incendio. Qualche mese fa, quando faceva ancora un caldo torrido, lei era andata a dormire con un pigiama corto e si era svegliata nel cuore della notte con il piumone sul pavimento e lui in camera sua. «Fa freddo» le aveva detto quando lei aveva trasalito e si era ritratta da lui. «Temevo che ti saresti congelata con quel pigiamino.» Provare a convincersi che cercasse solo di essere gentile, che si stesse solo dimostrando premuroso, stava diventando sempre più difficile. Era disgustoso e la faceva sentire disgustosa.

Era come se avesse fatto una specie di incantesimo a sua madre e lei non riuscisse a vedere ciò che aveva di fronte. O forse era vero che Shelby stava facendo un dramma per niente, che era solo troppo sensibile e che cercava un modo per attirare l'attenzione.

Ogni volta che andava a stare dal padre e da Leslie, aveva pensato di dire loro cosa stava succedendo, ma Trevor le aveva sempre fatto credere che non stava succedendo nulla.

«Non mi piace quando mi abbracci così a lungo.» gli aveva detto una volta, pensando che forse bastava semplicemente che glielo facesse presente.

«A quale ragazza non piacciono gli abbracci? Tua madre continua a dirmi di cercare di andare d'accordo con te, e io ci sto provando, ma tu lo rendi così difficile. Perché vuoi che siamo tutti infelici, Shelby? Cosa c'è di sbagliato in te?»

«Smettila di entrare in camera mia senza bussare.» aveva provato un'altra volta.

«Stavo cercando un caricabatterie. Non è colpa mia se hai preso l'unico che funziona. Di cosa mi stai accusando?»

Questo era il problema: lei non lo sapeva; non riusciva a spiegarlo bene. Leggendo di questo genere di cose su Internet, apparivano sempre come situazioni gravi e brutte, con ragazze che si facevano davvero male, ma lui non stava facendo nulla che lei potesse definire sbagliato. Solo piccole cose, che la mettevano a disagio, e cercava di convincersi che doveva ancora abituarsi a stare in casa con lui.

Ma questo pomeriggio tutto è cambiato. Questo pomeriggio, finalmente, lui ha fatto qualcosa e la persona che ha visto, la personcina preziosa, troppo piccola per capire cosa stesse vedendo, è intervenuta per difenderla.

«Chiama un'ambulanza!» sbraita ora il padre, facendola sobbalzare. Prende il telefono e compone il numero di emergenza, ma prima ancora di premere il pulsante di chiamata, Leslie apre gli occhi e dice: «No, niente ambulanza. Sto bene.»

Shelby vede che non sta affatto bene. Il suo viso è pallido e le sue labbra si stanno tingendo di blu. Ma mette comunque giù il telefono.

Leslie cerca di mettersi a sedere. «Raccontaci cos'è successo, Shelby» dice. «Dov'è Millie?»

TRENTATRÉ

RUTH

Mi sveglio un'ora dopo e prendo il telefono, guardando ansiosamente lo schermo in cerca di una qualche risposta da parte sua, di un qualche tipo di riscontro, ma non c'è niente. È mezzanotte, ma so che non c'è modo di tornare a dormire.

Guardo il letto della mia infanzia, con sopra la coperta fatta a maglia da mia nonna. È formata da quadrati di diversi colori, ma lei non ha scelto solo pochi colori, ne ha scelti molti. Ho guardato la coperta per anni e, ancora oggi, a volte scorgo un colore tra il blu e il verde, o tra il rosso e il rosa, e mi rendo conto di non averlo mai visto prima. Amo questa coperta. Mi ha fatto sentire al sicuro quando poco altro ci riusciva. Ma non mi serve più così tanto. Non ora che ho le mie pile.

Esco dalla stanza e vado in bagno, poi apro il computer e guardo un video delle prime conferenze stampa sulla bambina scomparsa, sforzandomi di guardarlo fino alla fine. Non distolgo lo sguardo e non lo spengo. Cerco qualcosa, anche se non so bene cosa. Forse qualche indizio sul perché la madre non mi abbia contattato. Non voleva scoprire la verità? Le ho detto che l'articolo riguardava sua figlia. Avrebbe già dovuto contattarmi, a meno che non le importasse, e so che è una possibilità. A mia madre non importava. Mia madre è stata ingannata, incantata e manipolata da quell'uomo.

Mi disse che ero io a sbagliarmi, che ero io quella in errore. Non era la prima donna a cui succedeva, ne sono certa. Quando avevo tredici anni, lui ne aveva ventiquattro. Mia madre era troppo vecchia per lui, ma non è mai stata lei a interessargli. Ora è molto più vecchio e la sua nuova moglie sembra avere meno di quarant'anni, ma lei non sa che lui non è interessato a lei. Si concentra invece sulla bambina con i capelli neri e fini come sua madre. Aspetterà che diventi un po' più grande e poi...

Guardo la prima conferenza stampa, dal momento in cui l'agente di polizia alza le mani e dice: «Grazie a tutti.» La guardo una volta e poi la guardo di nuovo, con l'orrore che mi scorre nelle vene, perché mi rendo conto che non sto guardando quello che pensavo all'inizio. Avrei dovuto accorgermene la prima volta. Avrei dovuto guardarlo bene, perché non sto guardando quello che avrei creduto di vedere.

L'uomo in piedi accanto alla madre – l'uomo che ora individuo come il padre della bambina scomparsa – non è Tony Toccatina. Non è lui.

TRENTAQUATTRO
LESLIE

Ore 00:00

Leslie si lascia aiutare da Randall a tirarsi su per mettersi a sedere sul pavimento accanto al letto di Shelby. Con lo sguardo cerca Bianca e Trevor, ma non ci sono più. Ogni oggetto su cui fissa lo sguardo luccica e ondeggia. È più facile se chiude gli occhi. Deve andare in ospedale, lo sa. Sente il sangue caldo sulla nuca e alza una mano per toccare il punto in cui ha battuto la testa, sentendo i capelli bagnati e incrostati.

«Dobbiamo portarti da un medico.» dice Randall con fermezza.

«Va bene, ma lasciala parlare, ti prego, Randall. Lascia che ci dica dove si trova Millie.» La sua voce è debole, il suo respiro è affannoso e sente una strana sensazione in tutto il corpo, ma ha bisogno di sapere.

«Non lo so.» dice Shelby, con la voce che le si blocca in gola. «Non so dove l'abbia portata.»

«Se n'è andato.» dice Bianca.

Leslie si rende conto che è tornata nella stanza di Shelby e che la sua voce proviene dall'ingresso. Gira la testa per guardarla, appoggiata allo stipite della porta. Bianca ha un aspetto vecchio, spossato. Ha i capelli in disordine e le guance macchiate da striature nere di mascara. Ha pianto, ma Leslie sa che ha pianto solo per se stessa. È la donna più egoista che Leslie abbia mai conosciuto e prova una terribile tristezza per Shelby che l'ha come madre. Le madri proteggono i loro figli, ma Bianca non ha protetto Shelby e per questo Leslie ha dubitato tutto il giorno del suo ruolo di madre.

«L'hai cacciato via. Se n'è andato e non tornerà. Non doveva finire così...»

«Cosa vuoi dire, Bianca? Cosa vuoi dire?» grida Randall. «Sai dov'è Millie? Lo sai? Perché se lo sai... non ti immagini...» Stringe un pugno e lo alza verso la sua ex moglie.

Nonostante abbia la vista confusa e lo stomaco contratto, nonostante la debolezza nelle gambe, Leslie balza in piedi, spinta dall'adrenalina. Si lancia verso Bianca e la afferra per le spalle, premendo con forza le dita nella sua carne grassa.

«Maledetta egoista. Dicci quello che sai, diccelo subito. Ha preso mia figlia, ha preso mia figlia e ha fatto del male alla tua, e a te non importa, non ti importa affatto. Che razza di persona sei? Che razza di madre sei?»

Bianca non reagisce, resta lì in piedi, con un'espressione scioccata.

«Di' qualcosa.» urla Leslie. «Di' qualcosa.»

La pelle di Bianca è umida, il suo petto si gonfia. Leslie la strattona con più forza, per farla parlare, per farla reagire, per farle dire qualsiasi cosa.

Ma Bianca si divincola dalla presa di Leslie. «È tutta colpa tua.» dice, fissando la figlia con l'odio negli occhi. «Tutta colpa tua.» Si gira ed esce dalla stanza e, nel silenzio, sentono la porta d'ingresso sbattere e l'auto di Bianca allontanarsi stridendo.

«Oh mio Dio.» dice Randall. Si accascia sul letto di Shelby. «Mi dispiace tanto, tesoro. Non avevo idea, non avevo idea di quello che stavi affrontando. Non resterai qui. Verrai a casa con noi.Roba da pazzi, Roba da pazzi. Come ho fatto a non accorgermi di quello che stava succedendo?»

«Non te l'ho mai detto, papà.» dice Shelby.

Leslie guarda la figliastra e vede che ora la bambina è seduta sul letto. Sente le ginocchia afflosciarsi e scivola sul tappeto, con la schiena contro il muro. «Ti prego, Shelby...» sussurra.

Shelby si alza in piedi. «È meglio che chiami l'agente Dickerson, papà. Deve sentirlo anche lui.» La voce è forte, le spalle dritte e l'espressione determinata. A Leslie sembra più grande di questa mattina. Qualcosa è cambiato. Qualcosa si è rotto o qualcosa è stato riparato, non sa bene cosa.

Randall annuisce, prende il telefono e chiama l'agente. «Dickerson» sentono tutti mentre mette la chiamata in vivavoce.

«Agente Dickerson.» dice Randall. «Sono a casa della mia ex moglie. Trevor se n'è andato e credo che Bianca sia andata a cercarlo. Leslie ha ricevuto un'e-mail da... qualcuno, non abbiamo idea di chi sia, ma mostrava un articolo e parlava di Trevor. Guardi sul suo computer. Ha qualcosa a che fare con quello che è successo a Millie. Leslie è ferita ma sta bene e Shelby vuole raccontarci cosa è successo. Dobbiamo ascoltarla... Per favore, dobbiamo ascoltarla.»

«Questa non è la procedura. Vi stiamo cercando da mezz'ora. Nessuno di voi due ha risposto al telefono e ora ci sono persone che stanno cercando sia voi due che vostra figlia. Avete causato un sacco di problemi e...»

«Ha ragione, agente Dickerson, ha assolutamente ragione, ma la prego di ascoltarmi e forse questo l'aiuterà a trovare la mia sorellina.» lo interrompe Shelby. Incrocia le braccia e fissa il telefono come se il poliziotto potesse vederla.

«Va bene, parla pure. Sto mandando delle unità a raggiungervi in questo momento. Raccontaci cosa è successo, Shelby.»

«Ieri pomeriggio...» inizia Shelby.

TRENTACINQUE

SHELBY

«... La mamma deve avergli detto che ero sola con Millie.» continua Shelby.

«Ma come faceva la mamma a saperlo?» chiede Randall.

«Mi chiama sempre un milione di volte quando sono da voi.» spiega lei, passandosi una mano sulla fronte in segno di frustrazione. «Mi fa un centinaio di domande su cosa mangio, dove siete tu e Leslie e cose del genere, e quando le dico che sto facendo la babysitter, mi dice sempre che ti stai approfittando di me. In un certo senso la penso come lei, ma non perché sono davvero d'accordo. Non le piace sentire che sono felice di stare con te e lo capisco. È difficile per lei. Ero molto contenta quando ha conosciuto Trevor. Quando uscivano insieme, lui era gentile, ma non mi parlava mai. È iniziato solo quando si sono sposati. Continuavo a pensare che mi stessi sbagliando, ma ora...» Si morde le labbra e sospira, una lacrima le scende dal viso al collo.

«Vorrei che me lo avessi detto.» dice suo padre. «Vorrei che me lo avessi semplicemente detto. Ti avrei creduto, Shelby, ti avrei aiutata.»

«Scusatemi.» si intromette l'agente Dickerson. «Quindi, stai dicendo che ti tocca, che lo fa in modo inopportuno?»

Shelby rabbrividisce e si asciuga bruscamente il viso. «Sì, lui... non so come spiegarlo.» dice.

«Bene, non preoccuparti, continua.» La voce dell'agente è ferma, e lei sente che lui la rende tale affinché lei continui a parlare, affinché chiarisca i fatti e non si sciolga in una pozza di lacrime imbarazzate, perché potrebbe benissimo farlo. Sorgono sentimenti di rabbia, di dolore, di tristezza, ma su tutti domina una terribile umiliazione. Sta rivelando qualcosa di disgustoso a suo padre e a Leslie e, cosa ancora peggiore, c'è un altro uomo che sta ascoltando al telefono. Un poliziotto, ma pur sempre un uomo, e se Shelby ne avesse la possibilità, si tirerebbe le coperte sulla testa e sparirebbe. Ma ora non può farlo. Questa faccenda non riguarda solo lei.

«Mi ha fatto credere che stavo sbagliando tutto e io gli ho creduto per la maggior parte del tempo, gli ho creduto, ma io...» Le sue guance sono bagnate di lacrime, ma non può abbandonarsi al pianto proprio ora. Deve spiegare. «Sabato, mentre facevo da babysitter a Millie, è arrivata Kiera...»

«Kiera?» chiede l'agente.

«È un'amica di Shelby.» spiega il padre, «ma io non...»

«Bene, lasciamo che Shelby finisca di parlare.» dice il poliziotto. Randall annuisce e rimane in silenzio, come se l'agente fosse nella stanza con loro.

«Millie voleva che disegnassimo con lei, ma Kiera non ne aveva voglia e...» Shelby agita le mani. Ci sono troppe cose da spiegare e le sembra di non riuscire a parlare abbastanza velocemente. «Millie si è arrabbiata e ha detto che sarebbe scappata, Kiera ha aperto la porta e le ha detto di andarsene, lei l'ha fatto e noi l'abbiamo inseguita e poi è finita in strada...»

«Oh mio Dio.» si lascia sfuggire Leslie.

«Ma non è stata investita» si affretta a dire Shelby «non è stata investita. Stava bene, ma la macchina davanti alla quale è corsa era quella di Trevor, che è sceso e mi ha urlato contro e Kiera è scappata, e poi ci ha seguite in casa. Millie stava bene. Stava bene, ma poi lui ci ha portato del succo di frutta e... si è seduto accanto a me...»

«Shelby, ti prego, dov'è? Dov'è la mia bambina?» sussurra Leslie, e Shelby capisce che la matrigna sta davvero male. È accovacciata sul pavimento, la sua pelle bianca come il latte contrasta con i suoi capelli neri, i suoi occhi marroni sono spalancati, con ombre scure sotto le orbite.

Deve spiegare tutto in ordine, quindi continua. «Mi ha messo un braccio intorno alle spalle e poi ha guardato Millie e ha detto: "Sarà una bellezza quando sarà più grande, non è vero?" Questo mi ha fatto sentire male perché... solo perché l'ha detto in modo un po' inquietante. Mi sono alzata per allontanarmi da lui, stavo per portare Millie di sopra, ma lui mi ha afferrato il braccio e mi ha detto: "Vieni qui. Siediti e fai la brava." Mi ha tirato sul divano e mi sono seduta perché non volevo che Millie si spaventasse. Aveva smesso di colorare e ci guardava con attenzione.»

«Millie, Millie, Millie...» geme Leslie sommessamente tra sé e sé, e Shelby è piena di rammarico e di tristezza per quello che sta per dire, per quello che sta per dire a questa donna di sua figlia.

Non riesce a stare seduta un attimo di più. I nervi le saltano dentro. La biasimeranno. Non la biasimeranno. La rimprovereranno. Non la rimprovereranno. Si alza e inizia a camminare per la stanza, parlando, ma guardando i calzini a righe rosa e viola che indossa. Non può sopportare di guardare nessuno mentre racconta quello che è successo. «Mi ha abbracciata e mi ha accarezzato la spalla...» Smette di parlare, ricordando come ogni punto in cui lui la toccava fosse improvvisamente caldo e appiccicoso, ricordando il suo alito caldo che odorava di caffè sull'orecchio, ricordando il modo in cui il cuore le batteva nel petto.

«Ti prego, Shelby, dicci... dicci...» sussurra suo padre. Lei lo guarda e capisce che sta per piangere, che sta per piangere per lei. Non ama solo Millie, ama anche lei.

«Mi ha detto qualcosa del tipo: "Tua madre è così felice da quando ci siamo sposati". E io ho risposto: "Lo so" ma poi ha scosso la testa e mi ha detto che c'era una cosa che la rendeva ancora infelice, e io gli ho chiesto quale fosse e lui ha detto... ha detto: "È che sembra che io e te non andiamo d'accordo, che non abbiamo legato molto, e questo la rende molto triste".

Teneva una mano sulla mia gamba, come se la accarezzasse, e mi ha chiesto se ricordavo quanto fosse triste prima di conoscerlo, e mi ha detto che non voleva che lei si sentisse di nuovo così solo perché io e lui non riuscivamo ad andare d'accordo.»

«Bastardo, bastardo, bastardo.» sussurra suo padre. Vorrebbe fermarsi ora, ma non può, deve raccontare tutto.

«Gli ho detto: "Ti prego, smettila" ma la sua mano continuava a salire sulla mia gamba. Ho cercato di allontanarmi, ma lui mi ha stretta a sé. "Non spaventare la tua sorellina" ha detto. "Rilassati. So che vuoi che tua madre sia felice". Mi ha detto che stava cercando in tutti i modi di trasformarci in una vera famiglia, in modo che la mamma potesse essere sempre felice, e che io rendevo le cose difficili per entrambi perché ero così intrattabile.»

Il suo viso è così caldo che brucia. È così disgustoso, così sbagliato, così orribile, ma ormai è quasi fatta, quasi finita. Le parole continuano a uscire mentre lei fissa sul pavimento di legno i calzini, rosa e viola, rosa e viola. È quasi finita. È quasi finita. È quasi finita, è quasi finita.

«Ho iniziato a piangere perché la sua mano mi toccava... mi toccava, ed era disgustoso» racconta, «e gli ho detto: "Fermati, ti prego, fermati. Smettila!"» Si mette a tremare come quando lui si è seduto accanto a lei, tenendola per le spalle, con la mano vicino a posti dove non dovrebbe stare. E la cosa peggiore è che anche se gli aveva chiesto di smettere, anzi lo aveva implorato di smettere, si preoccupava già che lui dicesse a sua madre che se ne andava perché Shelby non era gentile con lui, e sapeva che allora sua madre sarebbe stata triste per sempre.

«Millie si è alzata dalla sedia» continua, e la sua voce è bassa perché si sente così triste, così triste che il suo corpo le sembra pesante, «e ha detto: "Shelby ha detto di fermarti e Shelby è il capo perché la mamma non è a casa, quindi devi fermarti".»

Rivede il volto della sorellina, pieno di determinazione, mentre agita un ditino verso Trevor. E sa che in quel momento, in quei pochi secondi di tempo, l'ha amata più di qualsiasi altro essere umano al mondo, perché Millie la stava ascoltando. La stava davvero ascoltando quando sembrava che nessuno la ascoltasse più. Nessuno tranne Millie. Ma poi... ma poi...

RUTH

Ho sbagliato. Ora me ne rendo conto. Ho visto la fine solo oggi pomeriggio perché prima non riuscivo a guardare. Mi sono sbagliata di grosso. Ho commesso un terribile, terribile errore. «Oh no.» gemo, dondolandomi sul divano. «Oh no.»

Non so cosa fare adesso. Non so come risolvere questo problema. Torno nella mia camera d'infanzia, dove tutto è silenzioso e sicuro, silenzioso e sicuro, e tiro fuori tutti gli orsacchiotti dalla libreria. Comincio a contare mentre li rimetto a posto, aspettando che il mio cuore rallenti, che il mio respiro si regolarizzi, aspettando che si presenti un modo per risolvere la situazione.

TRENTASETTE

LESLIE

Ore 00:30

Leslie prova un groppo in gola quando sente le parole che usa sempre quando lascia Shelby con Millie. «Shelby è il capo, Millie, quindi finché non torno a casa devi fare quello che dice.»

«Sì, mamma, sì.»

La sua bambina era eccitata questa mattina. Le piaceva rimanere da sola con Shelby. Leslie cerca di limitare il cibo spazzatura, come fanno tutte le madri, ma sa che quando Shelby e Millie rimangono in casa da sole, Shelby permette a Millie di avere più dolcetti del dovuto. Lo sa, ma fa finta di niente, perché le sorelle hanno bisogno di avere dei segreti, di legare per battere gli adulti nella loro vita, anche se si tratta di una cosa piccola come mangiare cibo spazzatura di nascosto. Da quando è nata Millie, spera che la sua bambina e Shelby siano così vicine che un giorno, quando lei e Randall non ci saranno più, Millie avrà qualcuno a cui rivolgersi.

«Ho detto a Millie di sedersi.» continua Shelby, la voce che si addolcisce mentre guarda i suoi calzini. Leslie trattiene il fiato, non vuole sentire quello che sta per raccontare, non vuole sapere, non vuole provare quello che dovrà provare. «Ma non si è seduta. Si è avvicinata, proprio accanto a me e teneva in mano quelle piccole forbici per il pongo, sapete, quelle del set che le hai comprato...»

Leslie annuisce, sapendo esattamente di quali forbici sta parlando Shelby. Sono di un colore tra il rosso e l'arancione e possono tagliare solo la pasta del pongo che a Millie piace modellare e plasmare. Millie sa che le forbici, quelle vere, possono essere pericolose. Non le è permesso toccare le forbici vere in cucina. Shelby prosegue. «Gli ha detto: "Basta, lascia stare Shelby" e ha cercato di salire sulle mie ginocchia. Trevor le ha urlato di scendere e l'ha spinta, l'ha spinta e lei è caduta sul pavimento; è rimasta sdraiata lì, ma aveva gli occhi aperti e mi guardava. Stava bene, ma poi lui ha spinto la mano molto in alto e mi ha fatto male e io ho gridato: "Ahi", e Millie è saltata su e lo ha afferrato per i capelli.»

Randall, con il volto pallido per l'orrore, si avvicina alla figlia e la abbraccia. «Shh» dice, «shh, va tutto bene... va tutto bene.»

Ma non va bene. Shelby smette di parlare e li guarda. «Ho cercato di fermarlo.» dice. «Mi dispiace tanto.» E poi sprofonda sul pavimento, singhiozzando. «L'ha sbattuta a terra e la sua testa...» Si tocca la nuca e Leslie sente un dolore acuto nel punto in cui sa che la testa di Millie ha sbattuto. «C'è stato un rumore sordo, come uno schioppo, e lei è caduta sul pavimento, ed è rimasta sdraiata lì.» sussurra Shelby. «Era lì con gli occhi chiusi e non si muoveva.» continua più piano Shelby.

Leslie osserva i due e si sente lontana, isolata e sola, e anche se sa che questo dovrebbe turbarla, non è così. È sola. Completamente sola, ed è così che deve essere.

Millie non c'è più. Leslie lo sa con certezza. La sua bambina, la sua adorata bambina, se n'è andata.

TRENTOTTO

SHELBY

Smette di piangere, si alza e si allontana dal padre per prendere un fazzoletto dal comodino.

«Bene, Shelby, e poi cos'è successo?» chiede l'agente. Shelby sussulta al suono della sua voce: aveva dimenticato che era al telefono. Fa un respiro profondo.

«L'ha presa in braccio e lei era... riversa tra le sue braccia, con gli occhi chiusi. E lui ha detto: "È colpa tua. È tutta colpa tua, stupida e maledetta. Sei stata tu a fare questo, Shelby. Tu". Si è guardato intorno come se non sapesse cosa fare e poi ha detto: "Lascia la porta d'ingresso aperta. Digli che è scappata. Digli che sei scesa dal... dal bagno e lei non c'era più; non dire una parola di più. Ti avverto, tieni la bocca chiusa". Poi se n'è andato.»

Lascia che le ultime parole di Trevor rimangano sospese nell'aria, nel silenzio in cui può sentire la profonda disperazione della matrigna, la totale incomprensione del padre, il suo stesso terribile senso di colpa.

Ricorda com'era rimasta in piedi, congelata, nel soggiorno una volta che Trevor era uscito di corsa dalla porta d'ingresso, con l'aria fredda che soffiava dentro. Non aveva idea di come fosse successo quello che era appena successo, ma mentre i suoi muscoli iniziavano a contrarsi, sapeva con certezza una cosa. La colpa sarebbe ricaduta su di lei. Era colpa sua e anche se avesse cercato di raccontare di Trevor, nessuno le avrebbe creduto. Nessuno. Chi crede a un bambino piuttosto che a un adulto?

Avrebbe voluto sprofondare sul divano, piangere per la sorellina, urlare e infuriarsi, ma era corsa al piano di sopra, con la vescica che stava per scoppiare per l'ansia e la paura, e aveva usato il bagno, poi era tornata giù e per qualche motivo aveva chiamato Millie, aveva chiamato la sorellina come se non fosse successo nulla e lei potesse, potesse essere lì, seduta al suo tavolino, con il pastello in mano e un sorriso sul viso.

Aveva preso i bicchieri di succo e li aveva portati in cucina, pensando che Millie potesse essere lì, con la mano nel barattolo dei dolcetti. Poi aveva sciacquato i bicchieri e li aveva messi nella lavastoviglie e si era fermata in mezzo alla cucina silenziosa dove Millie non c'era, nella casa dove Millie non c'era, nello spazio dove Millie non sarebbe mai più stata. E solo quando tutto ciò che provava, tutto ciò che udiva era il terribile, silenzioso vuoto della casa, aveva iniziato a piangere, e poi aveva chiamato Leslie mentre l'isteria l'assaliva e accettava ciò che era successo.

«Mi dispiace.» sussurra alla fine, quando sembra che il silenzio possa durare all'infinito.

«Okay» dice la voce dell'agente, e tutti nella stanza fissano il telefono come se lui avesse la risposta, sapesse cosa fare. «Mentre parlavate, ho detto al mio collega che dobbiamo trovare questo Trevor Richards, o Tony Richardson, chiunque sia. L'agente Willow ha trovato l'indirizzo e-mail di cui Leslie ci ha parlato e lo stiamo rintracciando. Dovete tornare qui, per favore. L'auto dovrebbe essere arrivata a questo punto.»

Dalla finestra di Shelby, si vedono lampeggiare le luci rosse e blu mentre l'auto della polizia entra nel vialetto.

«Abbiamo bisogno di una dichiarazione da parte di Shelby.

Diramerò subito la segnalazione. Devo trovare la targa della sua auto e poi lo prenderemo. Vi prometto che lo prenderemo. Per favore, tornate a casa.»

«Va bene» dice suo padre. «Va bene.» La sua voce è piatta e triste, le sue spalle sono curve. Ha un aspetto... distrutto. Shelby ha distrutto suo padre e la sua matrigna, ora accasciati sul pavimento. Li ha annientati.

TRENTANOVE
RUTH

Mentre ripongo l'ultimo orsacchiotto sullo scaffale, so cosa devo fare. È quasi l'una di notte, un altro giorno, ma so cosa devo fare.

Prendo un orsacchiotto dallo scaffale e lo metto sul letto, coprendolo con la coperta di mia nonna. «Al sicuro.» sussurro. Poi mi vesto a strati, prendo la borsa piena di pietre ed esco di casa, lasciando le luci accese, ricordandomi che devo fare molto, molto in fretta. Salgo in macchina e mi avvio a rimediare al mio errore, a dire la verità: a raccontare tutto alla madre, a raccontarle tutto.

QUARANTA

LESLIE

Ore 00:45

«Come faremo a trovarla?» chiede Leslie. «Come faremo a trovarla... anche solo il suo...» Non pronuncia la parola, si rifiuta di pronunciare la parola "corpo", anche se ora è certa che ormai è questo che stanno cercando tutti i ricercatori e la polizia.

«Dobbiamo tornare a casa.» dice Randall e tende una mano a Leslie per fargliela afferrare, lei la prende, e lui la tira su dal pavimento e l'abbraccia per un breve istante. Lei appoggia la testa contro il suo petto, sente il battito costante del suo cuore e sa che anche il suo batte, anche se sicuramente ora dovrà fermarsi. Se la sua bambina non c'è più, è impossibile che lei sia ancora qui. Eppure, è qui.

La mente le si è schiarita, anche se il mal di testa la attanaglia. Si sente come ubriaca, con il trauma che le fa passare la sbornia. È una persona ferita, resa sobria dalla disperazione.

Riesce a percepire, più che a vedere, Shelby che si avvicina a loro; volta lo sguardo verso la figliastra, verso questa ragazzina che fa parte della sua vita da soli cinque anni.

Shelby se ne sta ingobbita, è pallida e si stringe tra le braccia come se non avesse speranza di essere confortata da nessun altro. È una bambina che è stata tradita in un modo in cui un bambino non dovrebbe mai essere tradito. Sua sorella è probabilmente morta e sua madre ha scelto di seguire l'uomo che l'ha torturata negli ultimi sei mesi anziché stare con lei.

Leslie non sa chi diventerà Shelby dopo questo e in cosa si trasformeranno tutti loro. Lascia andare Randall, fa qualche passo indietro, poi si gira e apre le braccia alla figliastra.

«Non è stata colpa tua.» sussurra. «Non è stata colpa tua.»

Shelby le si avvicina e si abbandona tra le sue braccia, con la testa sulla spalla di Leslie; poi le braccia di Randall le circondano entrambe. Leslie si rende conto in questo momento di aver perso sua figlia, ma anche di averne ancora una. Ha ancora Shelby.

Alla fine i tre si sciolgono e Randall si asciuga gli occhi con la camicia. «Adesso dobbiamo tornare.» dice. «Prepara un po' di roba, Shelby. Qualunque cosa accada, non tornerai mai più qui. Torneremo a prendere il resto più tardi, ma per ora portati dietro solo quello che ti serve.»

Shelby annuisce e infila rapidamente le sue cose nello zaino, prende alcuni libri e dei vestiti di ricambio. Il campanello suona e l'agente Willow è lì in piedi. Non parla, annuisce soltanto. Poi salgono in macchina e tornano a casa, dove c'è la polizia, i vicini e chi cerca di aiutare, ma niente di quello che fanno sarà sufficiente. Millie se n'è andata. Se n'è andata per sempre.

QUARANTUNO

SHELBY

È così tardi, è tutto così tranquillo, le strade sono così vuote. L'auto della polizia attraversa strade buie dove vivono altre persone. Altre persone che stanno al caldo e al sicuro nei loro letti. Lei non dovrà mai tornare indietro e se cercheranno di costringerla, si rifiuterà.

Non riesce a pensare al tradimento di sua madre, non riesce a credere che abbia scelto di correre dietro a Trevor. Tutto ciò che conta è trovare Millie, trovare sua sorella.

Penserà più tardi a ciò che ha fatto sua madre... a ciò che sua madre sa.

«Credo» dice ad alta voce, «credo che la mamma sappia cosa è successo. Credo che lo sappia. L'ho sentita al telefono con lui e credo che lo sappia.» Ne è convinta ora, com'è terribilmente convinta che la sua sorellina se ne sia andata, com'è orrendamente convinta che sua madre abbia preferito un uomo malvagio a lei. Ne è assolutamente convinta.

«Sì.» dice Leslie, sottovoce, con tristezza. «Credo che tu abbia ragione.»

Shelby fissa i lampioni, e strizzando un po' gli occhi crea un'unica lunga scia di luce gialla, come faceva quando era molto più piccola. Avrebbe insegnato a Millie a farlo. Avrebbe insegnato a Millie a mettersi lo smalto sulle unghie con attenzione e con calma. Avrebbe insegnato a Millie come affrontare i bulli, come fare i cupcake, cosa dire a un ragazzo o a una ragazza che le fossero piaciuti. Avrebbe fatto tante cose con la sua sorellina, perché lei è, era, la sua sorellina; non la sorellastra, solo la sorella. E ora questo le è stato tolto e sente le sue mani farsi a pugno. Vorrebbe uccidere Trevor. È una sensazione terribile, bruciante e violenta che le cresce dentro.

Quando entrano nel vialetto di casa, Shelby è sorpresa che non ci sia la stampa, ma solo l'agente Dickerson che cammina avanti e indietro.

L'agente Willow ferma l'auto e Dickerson apre la portiera dove è seduto il padre. «Abbiamo ricevuto una telefonata dalla sua ex moglie.» dice.

«Sa dove si trova Millie.» dice il padre, con voce piatta.

«Esatto. Come ha fatto a...?» sta per dire l'agente. «Ha chiamato dicendo di aver raggiunto il marito e di essere riuscita a convincerlo a dirle dove ha lasciato la bambina.»

«Non è vero.» dice il padre. «Sapeva dov'era Millie fin dall'inizio.»

Shelby vorrebbe intervenire per difendere la madre, per dire che non avrebbe mai fatto una cosa del genere, ma sa che è la verità. Che tipo di persona è sua madre? E che tipo di persona è Shelby?

Suo padre scende dall'auto e Leslie lo segue. «Dov'è? Dov'è?» chiede.

«Nel parco.» risponde l'agente Dickerson. «Ha detto che è nel parco e ora sono tutti andati là. Sono tutti al parco.

Ma devo dirglielo, abbiamo perlustrato di nuovo tutta l'area, l'avevamo già controllata per tutto il giorno e tutta la notte, ma Millie non è dove Bianca ha detto che sarebbe stata. Non c'è. Ci ha detto esattamente dove sarebbe stata e ci sono persone che cercano con le torce, ma non è là. Continueremo a cercare, ma dobbiamo rassegnarci al fatto che forse ci hanno mentito. Mi dispiace molto, continueremo a cercare.»

«Dobbiamo andare al parco.» dice Leslie.

«Per favore» replica l'agente. «Per favore, aspettate qui, aspettate qui adesso.»

Shelby guarda la matrigna afflosciarsi contro l'auto, le ginocchia che cedono, e in un attimo è fuori dall'auto, con le braccia che la circondano e la sostengono. Leslie è poco più alta di lei e così, finché il padre non si gira per aiutarla, è Shelby a sorreggerla.

QUARANTADUE

RUTH

Corro per le strade con il mio piccolo Maggiolino giallo, diretta alla casa dove sono stata solo ieri, alla casa dove l'ho seguito.

Era in tenuta da ginnastica, con gli aloni di sudore sotto le braccia e un forte odore di deodorante quando è entrato nel caffè. Non mi ha mai notato, non l'ha mai fatto. Ormai sono troppo vecchia per Tony Toccatina, troppo vecchia, ma avevo bisogno di sapere se c'era un'altra ragazzina a cui faceva del male. Volevo sapere con chi viveva e dove abitava, sapere se aveva una moglie o una fidanzata e finalmente, sabato, ho trovato il coraggio di seguirlo.

Ma ho sbagliato alcune cose. Pensavo di aver visto qualcosa, ma avevo visto qualcosa di completamente diverso. Tony Toccatina adesso si chiama Trevor e non è il padre della bambina. Ho commesso un terribile, terribile errore. L'ho seguito dal caffè, ho seguito la sua auto ed ero a poca distanza da lui quando la bambina è uscita in strada e lui ha frenato bruscamente. Sono riuscita a fermarmi anch'io e ho guardato, con il cuore in gola, mentre scendeva dall'auto e si metteva a urlare contro la ragazzina che stava seguendo la piccola. Mi sono accostata al lato della strada e loro non mi hanno notata, perché erano troppo assorti nella loro discussione. Non mi aspettavo che le seguisse in casa. E ho pensato che l'avesse fatto, che avesse accostato l'auto al vialetto e le avesse seguite dentro perché era casa sua, la sua grande e imponente villa.

Si era arrabbiato così tanto con la bambina più grande che ho pensato: forse è suo padre o forse è il padre di entrambe, anche se non sembravano sorelle.

Ho aspettato che il mio corpo si rilassasse per lo shock di vedere la bambina per strada. Ho aspettato a lungo, mentre studiavo la casa con il suo giardino ordinato; si era sistemato molto bene, aveva tutto, comprese due figlie. Il karma non aveva punito Tony Toccatina, anzi lo aveva ricompensato. Era fuggito ancora e ancora e ogni volta era stato premiato. Mi chiedevo, con lo stomaco contratto, se avesse fatto a loro quello che aveva fatto a me, a tutte le altre ragazze a cui aveva insegnato.

Sono rimasta lì per un po' di tempo e stavo per fare inversione, per portare a casa la mia frustrazione per la sua fortuna, quando l'ho visto uscire di nuovo con la bambina, la bambina più piccola, afflosciata tra le sue braccia. Avevo capito, era chiaro che aveva fatto qualcosa di terribile, qualcosa che non poteva essere smentito, e io l'avevo visto. Il mondo è pieno di brutte coincidenze.

Sebbene lo avessi seguito e osservato, aspettando e sperando di vederlo fare qualcosa che mi permettesse di denunciarlo, ora che era accaduto, tutto ciò che riuscivo a provare era l'orrore per il corpo inerte tra le sue braccia.

L'ho guardato risalire in macchina e scaricare la bambina con noncuranza sul sedile posteriore, con movimenti disperati e frenetici.

«Oh» ho esclamato ad alta voce, «oh no.» Aveva fatto del male alla bambina, era evidente.

L'ho seguito, tenendo gli occhi sulla sua auto argentata, gli sono stata dietro mentre percorreva tutto l'isolato e poi si dirigeva verso il parco.

L'ho visto scendere in una strada parallela al parco e mi sono messa a seguirlo, ma ho visto che finiva in un vicolo cieco, così ho accostato.

Ho parcheggiato accanto a una casa dall'altra parte della strada rispetto al parco, dietro una fila di auto, e ho notato i palloncini legati al cancello della casa. Qualche bambino stava facendo una festa. Sono scesa dall'auto, sono rimasta in strada e ho sentito le voci gioiose che provenivano dal giardino sul retro. «È l'ora della torta.» diceva una voce maschile. Non riuscivo a vedere niente. Mi sono allontanata velocemente dalla casa e mi sono diretta verso il punto in cui l'avevo visto parcheggiare l'auto.

Man mano che mi avvicinavo, riuscivo a sentire la sua voce.

«Stammi a sentire, ascoltami e basta. Non è stata colpa mia. Stavo andando a controllarla. Tu non vuoi che vedano Shelby e io sono d'accordo.» Ha continuato a parlare, accennando alla necessità di andare in tribunale e di trovare qualcosa di cui accusarli. Non avevo idea con chi stesse parlando, ma sentivo che nella sua voce si alternavano il panico, con parole veloci ed esplosive, la calma e la lentezza, mentre convinceva la persona con cui stava parlando che doveva credergli quando diceva che non era colpa sua, quando le diceva che era un brav'uomo che cercava solo di renderla felice. Era chiaro che era una lei, una donna, quella con cui stava parlando. Ricordo il modo in cui parlava alle donne, alle ragazze, c'era una speciale cadenza nella sua voce.

«Sai che farei qualsiasi cosa per renderti felice. È l'unica cosa che conta per me.» ha detto e, mentre lui ascoltava la donna al telefono, io mi sono avvicinata. Riuscivo a vederlo camminare su e giù accanto alla sua auto. Si era fermato sul ciglio della strada vicino al parco.

«Non so perché. Mi sono fatto prendere dal panico e l'ho presa in braccio. E adesso che cosa faccio?» ha domandato alla donna al telefono,e mi sono chiesta se stesse parlando con la madre della bambina, ma poi ho capito che non poteva essere così. Una madre non avrebbe permesso che una cosa del genere accadesse a sua figlia. Le madri dovrebbero proteggere i propri figli, a meno che... non lo facciano. Quando ho visto la madre in televisione, ho visto il suo dolore e la sua paura, e allora ho capito che non poteva essere lei la donna con cui l'avevo sentito parlare al telefono, perciò non aveva solo fatto del male alla propria bambina; probabilmente aveva anche una relazione con un'altra donna. Tony Toccatina: bugiardo una volta, bugiardo per sempre.

Ho trattenuto il respiro e ho fatto qualche passo in più. Non mi aveva notato. Ero vicina, ma in quel punto del parco era pieno di cespugli ed era abbastanza facile accucciarsi un po' per non farsi vedere. Il cielo era grigio e pesante e l'aria fredda, e l'unica cosa che riuscivo a sentire era qualcuno che chiamava quello che supponevo fosse un cane: «Baxter, Baxter, vieni, vieni, andiamo, vieni a cercare la palla, andiamo.»

«Sì, d'accordo.» stava dicendo Tony. «Sono vicino al parco. La lascio qui, proprio qui, buona idea. Sta... non so... sì, respira. Cioè, è stata solo una piccola botta in testa... Giusto, giusto. La lascio qui e poi la cercheranno. La troverò io. La troverò per primo... D'accordo. Ti amo. Devi ricordarti che ti amo più di ogni altra cosa al mondo e tutto ciò che voglio è che tu sia felice... Sì, va bene.»

A quel punto ho capito cosa stava per fare e mi sono accucciata ancora di più fino a mettermi praticamente seduta sul terreno freddo, nascosta da un cespuglio con foglie verdi e pungenti. L'ho guardato prendere il corpicino dall'auto e posarlo a terra, con delicatezza e attenzione. Le ha dato una carezza sul viso e mi è parso di vedere dell'affetto nel modo in cui la toccava, qualunque fosse l'amore di cui era capace. Ho pensato che fosse suo padre.

«D'accordo» continuava a ripetere, «d'accordo, va bene.»

Mi sono portata una mano alla bocca e mi sono morsa un

dito per assicurarmi di rimanere in silenzio. Che razza di padre era? Era così piccola. Non era mai stato interessato a una persona così piccola prima d'ora. Era disgustoso, era un uomo malato e perverso. Amava sua figlia, ma le aveva fatto del male. Non ha la minima idea di cosa sia l'amore.

Ho aspettato che salisse in macchina, guardandomi intorno, per vedere se qualcun altro stesse osservando la scena. E poi si è allontanato, ha fatto inversione e se n'è andato. Tony Toccatina, Trevor Richards, l'avrebbe fa franca di nuovo.

Avrebbe denunciato la scomparsa della propria figlia, si sarebbe unito alle ricerche per trovarla e sarebbe stato un eroe. Avrebbe manipolato il mondo intero.

Non avrei permesso che accadesse.

Mi sono alzata dal mio nascondiglio e sono andata verso di lei. Stivali Ugg rosa, un visetto pallido, ciglia scure, capelli neri e un corpicino perfettamente immobile.

Ma non sua figlia. La figlia di qualcun altro. Avrei dovuto capirlo. Ha sempre fatto del male ai figli degli altri.

Ora sto raggiungendo la grande e bella casa, la grande casa che non gli appartiene. Parcheggio e scendo. È quella strana ora del mattino in cui sembra che manchino pochi minuti alla luce ma in realtà saranno ore. Mi avvolgo nel cappotto per proteggermi dal vento pungente e mi dirigo verso la casa, dove tutto tace. Non c'è la stampa adesso, non c'è nessuno che guardi, nessuno che mi veda.

Ci sono solo io. Io e quello che ho visto e che ho fatto, e quello che devo fare adesso.

QUARANTATRÉ

LESLIE

Ore 1:30

È seduta in cucina con una tazza di tè freddo. Davanti a lei, lo schermo del suo telefono segna le 1:30. Che strano essere svegli a quest'ora, anche se ricorda bene le poppate notturne di non molto tempo fa, solo lei e la sua bambina sulla sedia a dondolo nella sua stanza, tutto il mondo addormentato tranne loro due, o almeno così sembrava. Per molte madri, la fase del neonato è la peggiore, perché si ritrovano una creaturina bisognosa che non è in grado di comunicare ciò che la preoccupa.

Ma Leslie l'aveva adorata, aveva amato l'idea di essere tutto per quella creaturina, di averla messa al mondo creata e di poterla tenere in braccio, nutrirla e sentire la sua pelle contro la sua.

Randall è sdraiato sul letto e l'agente Dickerson sonnecchia sul divano del soggiorno. Aspettano tutti che l'e-mail venga rintracciata, nella speranza che la persona che l'ha inviata possa aver visto qualcosa, possa sapere qualcosa.

«Non le è permesso di tornare a casa?» aveva chiesto all'agente un'ora fa.

«Tecnicamente ho finito il turno, ma ho chiesto di restare. Devo restare.» le aveva risposto lui, e poi le aveva toccato delicatamente il braccio e lei aveva percepito la sua preoccupazione e la sua attenzione. «Il parco è già stato perlustrato a fondo, accuratamente e senza sosta. Ma non smetteranno di cercare.»

Il televisore è spento, ma sa che stanno cercando Trevor. Bianca non si è fatta più sentire da quando ha chiamato la polizia, nemmeno per parlare con Shelby; l'agente Dickerson le ha preso il telefono nel caso Bianca provasse a contattarla. La polizia sa che ha taciuto su quello che ha fatto Trevor, anche se lei potrebbe tentare di sostenere che lo ha scoperto nello stesso momento in cui lo hanno scoperto tutti gli altri. Ma poi se n'era andata, correndo dietro a Trevor, rincorrendo il suo uomo. Sapeva sicuramente che lui aveva lasciato Millie nel parco. Perché altrimenti avrebbe indirizzato la polizia in quella direzione? Ma Millie è ancora dispersa, ancora sparita. Non è nel parco, non è da nessuna parte. Sembra impossibile, eppure è la realtà dei fatti. Bianca era anche a conoscenza del fatto che Trevor si comportava in modo inappropriato con sua figlia? Lo sapeva ma fingeva di non saperlo? Leslie rabbrividisce al pensiero che un uomo, qualsiasi uomo, tocchi sua figlia in quel modo. È da malati.

Si porta una mano alla nuca, sente che le sta venendo un bernoccolo. Si è ripulita dal sangue, ma si rifiuta di andare all'ospedale finché non verrà ritrovata la sua bambina. Non ha protestato o discusso, ha semplicemente rifiutato e Randall e l'agente Dickerson lo hanno accettato.

Le giunge quello che le sembra un leggero bussare alla porta d'ingresso e si irrigidisce, le si blocca il respiro, perché non è del tutto sicura di averlo sentito, però poi eccolo di nuovo e allora si alza per andare alla porta, rendendosi conto di essere l'unica ad averlo sentito perché il resto della casa è avvolto nella quiete.

Il suo cuore si solleva brevemente al pensiero che

potrebbe essere la sua bambina che torna a casa. Millie è troppo piccola per suonare il campanello. Ma sa che non è così.

Rendendosi conto che probabilmente dovrebbe svegliare l'agente in caso di bisogno, Leslie apre comunque la porta.

In piedi sul gradino c'è una donna con un ampio vestito verde, è magra, ha i capelli ricci castani striati di grigio, tenuti indietro da un grosso fermaglio.

«Sì?» chiede Leslie in tono prudente nel caso in cui si trattasse di una giornalista.

«Lei è la madre.» dice la donna, con voce bassa e morbida.

«Sì.» risponde Leslie e fa un passo indietro, pronta a chiudere la porta in faccia a quella strana donna, pronta a chiamare l'agente e a scappare.

«Le assomiglia.» dice la donna, e poi si schiarisce la gola.

Leslie sa che dovrebbe sbatterle la porta in faccia; quella donna deve aver visto quanto accaduto in televisione ed è venuta a vedere come appare nella vita reale la madre di un bambino scomparso, per una sorta di strana forma di voyeurismo. Ma forse per l'ora tarda, o per il silenzio, o perché la stanchezza la sta facendo sentire abbastanza stordita mentre si riprende dalla botta in testa, Leslie rimane lì in piedi. Si guardano.

«Posso portarla da lei.» dice la donna.

«Cosa?» Leslie sussulta.

«Mi chiamo Ruth» dice la donna, calma e controllata, «e posso portarla da lei.» Ha la mano nella borsa e sembra che stia toccando qualcosa, e Leslie teme possa essere una pistola. Perché no? Tutto è possibile. Ma poi tira fuori la mano dalla borsa e mostra a Leslie una pietra nera e lucente. «Tormalina per protezione.» dice. «Io non... Io posso portarla da lei. La prego. Posso.»

Leslie la fissa a bocca aperta, immobilizzata sul posto. Il silenzio in casa cresce fino ad avvolgerla, il cielo appena arancione fa da strano sfondo alla donna, facendo pensare a Leslie di avere le allucinazioni.

«Ha capito?» chiede Ruth, che si sporge in avanti e sfiora delicatamente Leslie sul braccio, facendola sobbalzare, come se una scarica la attraversasse. Quella donna è reale. Quello che ha detto è reale.

«Randall, Randall...» grida Leslie, ma non si muove, ha ancora paura che la donna sia un'apparizione e che stia vedendo e sentendo delle cose.

Tiene d'occhio la sconosciuta che sta sulla porta d'ingresso. Ruth sembra tranquilla, ma quando Leslie le guarda le mani, il modo in cui ne apre e chiude una in maniera compulsiva mentre con l'altra accarezza la pietra nella borsa, capisce che questa donna ha paura.

«Cosa c'è?» chiede l'agente Dickerson, avvicinandosi alla porta d'ingresso.

«Leslie, Leslie, stai bene?» dice Randall mentre scende le scale, con gli occhiali in mano e i vestiti stropicciati.

«Dice che...» inizia Leslie, ma poi si ferma, terrorizzata per un attimo dal fatto che le verrà detto che non sta fissando nulla, che non c'è nessuna donna davanti alla sua porta che le ha detto che può portarla da sua figlia.

«Bene, posso sapere il suo nome, per favore?» dice l'agente Dickerson, in piena modalità poliziesca. «Ruth.» dice la donna. «Posso portarvi dalla bambina. Lei viene in macchina con me.» dice a Leslie. «Loro possono seguirci.» Poi si volta e si allontana verso un Maggiolino giallo parcheggiato in strada.

Leslie guarda Randall e l'agente Dickerson.

«Cosa?» dice Randall.

«Aspetti un attimo.» dice l'agente.

«Voi seguiteci.» risponde Leslie, e solo dopo essere uscita di corsa dalla casa, mentre Randall cerca di fermarla, si ricorda che al posto delle scarpe indossa ancora le ciabatte rosa fluo.

«Leslie, aspetta.» sente.

«Seguiteci.» grida mentre la donna sale in macchina e aspetta Leslie. «Voi seguiteci.»

Più tardi penserà a questo momento e saprà che ciò che ha fatto è stato ridicolo e pericoloso. Ha messo in pericolo se stessa e tutti quelli che le stavano intorno.

Non sapeva con chi sarebbe salita in macchina, l'ha fatto e basta, e più tardi si interrogherà su se stessa, sulla sua scelta.

Ma in quel momento, in questo momento, è assolutamente certa che questa donna sappia dove si trova sua figlia. Non è un pensiero; è più una consapevolezza, una sensazione profonda e intensa. Questa donna la porterà da sua figlia.

Mentre percorrono le strade silenziose, in auto si sente solo il loro respiro, si rende conto che questo è ciò che ha temuto per tutto il giorno, per tutta la notte. Millie era scomparsa ma ora è stata ritrovata e se la donna non l'ha semplicemente portata alla porta è perché non è più viva. Era scomparsa, ma ora è stata ritrovata, e Leslie sarà per sempre completamente, completamente persa.

QUARANTAQUATTRO
SHELBY

È rannicchiata sul letto quando sente le grida e si alza immediatamente, sapendo che è successo qualcosa, sapendo che non è niente di buono. Si sente travolgere dallo sconforto. È così che si sentirà per sempre. Non dovrà più vedere Trevor, farà fatica a parlare con sua madre e la sua sorellina non c'è più. L'hanno trovata? Hanno trovato il suo corpo?

Scende dal letto, tremando nell'aria fredda senza la sua coperta, e apre la porta della stanza. «Va tutto bene.» dice un agente donna che deve aver sostituito l'altro agente, quello giovane. «Va tutto bene.»

«Ma cosa sta succedendo?» chiede Shelby.

«Pensano che...» inizia la donna, ma poi si ferma, evidentemente chiedendosi se deve dire qualcosa a Shelby.

«L'hanno trovata.» dice Shelby, con la voce ridotta a un sussurro, persa nella tristezza.

«Così credono.» dice l'agente. Shelby vuole correre al piano di sotto, dove tutte le luci sono accese, vuole trovare suo padre, ma si accorge che i suoi piedi sono troppo pesanti per andare lontano.

Invece, si gira e torna nel suo letto, tirandosi la morbida coperta sulla testa e raggomitolandosi.

«Ti nascondi, Shelby?» sente dire dalla sorellina. «Sì.» sussurra al fantasma. «Mi nascondo.»

Guido, stiamo in silenzio. Ho tante cose da dirle, tante cose da raccontare, tante cose da spiegare, ma non so da dove iniziare. È la prima persona che si siede sul sedile del passeggero della mia auto da quando è morta mia madre. L'unica altra persona, in effetti. Sono stata sola per tutta la vita a causa sua. Non ho mai avuto un buon amico o una persona da amare. Sono una donna di mezza età e lui mi ha tolto tutto. Avrei potuto avere una vita, lo so. Ma non è stato solo lui. Erano tutti quelli che lo circondavano e il modo in cui mi facevano dubitare di me stessa.

«Come l'ha trovata?» sussurra. È una bella donna, delicata e piccola, con bei capelli, proprio come la sua bambina.

«L'ho visto.» dico.

«Lui?» mi domanda.

«Tony... cioè Trevor. È una lunga storia, ma lo stavo seguendo e l'ho visto uscire da casa vostra, e la stava portando in braccio.»

«Perché lo stava seguendo?»

«Lo conosco da quando ero adolescente.»

«Giusto, era un insegnante.» dice lei, con la voce priva di qualsiasi interesse, limitandosi a constatare un fatto.

«Sì» continuo io «ma c'è dell'altro. Eccoci qua.». Entro nel vialetto della mia piccola casa e provo un breve momento di preoccupazione per quello che ne penserà, ma poi mi rendo conto che non le interesserà affatto. C'è solo una cosa che vuole vedere.

L'auto della polizia con a bordo il marito si ferma dietro di noi. «Presto.» dico, dobbiamo entrare prima che cerchino di fermarci.

Lei scende e sfrecciamo entrambe lungo il vialetto fino alla porta d'ingresso.

Quando apro la porta, mi giro verso di lei e le dico: «Mi dispiace. Pensavo che Tony... Trevor fosse suo marito. Pensavo che lei fosse sua figlia. Mi sbagliavo.»

Lei annuisce, in silenzio, impaziente, disperata.

La porto sul retro della casa e la conduco attraverso uno strano percorso tortuoso fra tutte le mie pile. La sento respirare affannosamente per ciò che vede, ma non fa commenti. Apro la porta della camera da letto, dove tutto è immobile e silenzioso. Lei rimane per un attimo sulla soglia, immobilizzata. Ha paura. Capisco. Poi entra e si avvicina al letto e si mette in ginocchio. La bambina non si è mossa da quando ce l'ho adagiata. Avrei dovuto portarla in ospedale, so che avrei dovuto farlo. Ma non potevo lasciare che tornasse da lui. Dovevo assicurarmi che tutti sapessero che era stato lui. Gli errori si sono accumulati e, mentre guardo la donna, capisco che quello che ho fatto oggi è una follia. Mi sono lasciata prendere dalla follia da quando l'ho visto al caffè, da quando ho iniziato a seguirlo, da quando l'ho visto abbandonare il corpo della bambina nel parco. Sono stata pazza e ora capisco che la mia vita, per quanto terribile fosse, sta per peggiorare. Verrò incolpata per questo. A scuola, quando provai a dirlo al consulente scolastico, lui diede la colpa a me. «Te le stai inventando queste sciocchezze.» mi disse. Una volta a casa, quando cercai di spiegare a mia madre, lei mi rimproverò. «C'è qualcosa che non va in te, Ruth.» E ora che ho cercato di dirlo al mondo, mi incolperanno per averla tenuta nascosta; in definitiva è tutta colpa mia.

Lei solleva la mano e la posa sul petto della sua bambina e la sento mormorare dolcemente: «Oh piccola, bimba mia, tesoro mio.» Le tiene una mano sul petto, cosa che io non sono riuscita a fare. L'ho avvolta nella mia coperta e le ho messo accanto uno dei miei morbidi orsacchiotti per tenerla al sicuro. Mi sono accertata che stesse al caldo, ma non riuscivo a capire se fosse ancora viva. Quando l'ho presa in braccio, ho sentito il suo respiro; quando l'ho messa delicatamente in macchina, ho sentito il calore del suo corpo. Quando l'ho portata in casa, ho sentito che riempiva l'aria con il suo spirito. Ma ho avuto paura di controllarla troppo da vicino. Avrei dovuto farlo, avrei dovuto portarla d'urgenza in ospedale e chiamare la polizia.

E se poi avessero dato la colpa a me? Quando ero più giovane avevo cercato di spiegare, di raccontare a tutti quello che lui faceva, ma mi riempivano di domande, mi facevano notare le incongruenze, me lo facevano ripetere per farmi sbagliare. Capivo che, quando si trattava di lui, la colpa sarebbe stata sempre mia. Non volevo che accadesse alla sua bambina. Ritenevo che non si meritasse una bambina. Ma lei non è la sua bambina.

Mi sento come se mi fossi svegliata all'improvviso. Che cosa ho fatto?

Gli occhi della donna si spalancano e mi guarda con orrore o qualcosa di peggio sul volto. Sento i due uomini dietro di me e lei apre la bocca e urla.

QUARANTASEI

LESLIE

Ore 2:00

«Respira ancora.» urla Leslie. «Respira ancora.» Con le mani sul petto della sua bambina, sente il leggero e quasi impercettibile gonfiare del suo torace. È molto pallida e il suo corpo è immobile, ma è viva. Respira.

Randall le è subito accanto e accarezza la figlia mentre Leslie lo guarda, desiderando che veda la stessa cosa, che noti la stessa cosa. E poi anche l'agente Dickerson è accanto al letto, con le dita sul piccolo collo di Millie, mentre controlla il polso e chiama un'ambulanza alla radio.

«Venite subito qui!» esclama.

Sembrano passati solo pochi istanti, le sirene risuonano nell'aria, le luci vorticose rimbalzano sulle finestre e i paramedici arrivano, riempiendo la stanza di un vento freddo, e Randall allontana Leslie dal letto affinché possano raggiungere la bambina.

Si mettono in un angolo e Leslie sente lo stomaco rivoltarsi, le gambe indebolirsi. «Per favore, per favore...» implora.

«Andiamo.» dice una dei paramedici, facendo un cenno a

Leslie e Randall, e Leslie può vedere che hanno coperto il viso di Millie con una mascherina per l'ossigeno. Finalmente è reale, finalmente è confermato. Qualunque cosa accada da qui in poi, sua figlia è viva, per adesso. È viva.

«La madre!» grida la donna paramedico, e Leslie si stacca da Randall e corre dietro a loro, perché lei è la madre, sarà sempre la madre, e la sua bambina è viva.

QUARANTASETTE
SHELBY

Suo padre torna dall'ospedale solo dopo che si è fatto giorno da parecchio e la casa è riscaldata dal sole invernale, mentre il giardino anteriore, con le aiuole calpestate, conserva il ricordo di tutte le persone che sono venute a vedere, a chiedere, ad aiutare.

Non ha dormito per tutta la notte, costringendosi a rimanere sveglia finché non ha saputo che sua sorella era al sicuro. La poliziotta era entrata nella sua stanza per dirle che Millie stava andando all'ospedale.

«Ma lei è...» aveva iniziato a dire Shelby, senza riuscire a pronunciare la parola "morta".

«È viva.» le aveva risposto la poliziotta, e Shelby aveva dovuto precipitarsi in bagno per usare la toilette mentre quelle parole le vorticavano nel cervello. Viva, viva, viva. Non era morta quando Trevor ne aveva sollevato il corpo floscio e l'aveva portato fuori di casa, sibilando: «Di' a tutti che è scappata.»

Quando suo padre entra in casa, la trova seduta sul divano, avvolta in una coperta, con una tazza di cioccolata calda tra le mani, preparata per lei dall'agente che è dolce e gentile e non ha fatto domande, si è solo seduta e aspettato insieme. Ora è così stanca che potrebbe piangere, ma non riesce a dormire. Non può chiudere gli occhi finché non sa se sua sorella sta bene.

Lo sente dire «Grazie.» a chi lo ha accompagnato, probabilmente un altro poliziotto, e aspetta, tesa e piena di paura, finché lui non entra e si abbandona sul divano. «Grazie.» dice all'agente, che annuisce e si alza.

Shelby si rende conto che in realtà le ha fatto da babysitter e sente le guance colorarsi al pensiero che ha ancora bisogno di una babysitter, ma allo stesso tempo è grata che la poliziotta sia rimasta con lei. È rimasta seduta in silenzio con lei dalle due del mattino, osservando Shelby mentre cambiava canale, passando in rassegna gli ultimi programmi televisivi tra vecchie sitcom e televendite di gioielli e aspirapolveri, fino ai programmi del mattino e ai notiziari, che riproponevano la storia a non finire: il volto di Millie, la loro casa, Trevor, a ripetizione.

La polizia lo sta cercando, cerca Trevor Richards, noto anche come Tony Richardson, in relazione al rapimento e alle lesioni personali gravi di una bambina di meno di dieci anni e a numerosi episodi di violenza sessuale e molestie. Hanno anche detto che stanno cercando una donna non identificata, e Shelby sa che si tratta di sua madre. Occultare un crimine è un reato.

Ricorda di aver incontrato Trevor per la prima volta dopo che sua madre lo aveva frequentato per qualche settimana. Si erano conosciuti su un sito di incontri online dove sua madre aveva sempre tenuto a precisare che era una madre single. Era per questo che a Trevor era piaciuta, che l'aveva scelta? Shelby ne era disgustata. Ma lui era sembrato così ordinario la prima volta che lo aveva incontrato, solo un uomo che faceva ridere sua madre. Solo dopo che si erano sposati, dopo il modesto matrimonio in cui il vestito di sua madre era un po' troppo stretto, aveva dato prova dell'uomo che era. Ma ogni volta che Shelby aveva pensato di dire qualcosa, di dirlo in modo diretto e chiaro, aveva guardato sua madre parlare o ridere con Trevor e aveva pensato: «È così felice. Non posso distruggere tutto questo.»

Ora la cosa peggiore è che sua madre sapesse fin dall'inizio dove si trovava Millie, sapesse cosa aveva fatto Trevor e avesse fatto una scelta, avesse preferito un'altra persona alla sua stessa figlia, alla figlia del suo ex marito, a tutti gli altri.

Sua madre non l'ha contattata e anche se l'avesse fatto, Shelby non lo potrebbe sapere. La polizia le ha requisito il telefono, nel caso Bianca chiamasse. Non avere il telefono fa sentire Shelby strana, ma anche un po' sollevata. Non vuole rispondere agli infiniti messaggi che sa che stanno riempiendo il suo telefono, e non ha nemmeno idea di cosa potrebbe dire a sua madre se la chiamasse. Non vuole parlarle, né ora né forse mai più.

Suo padre si toglie gli occhiali e li pulisce, cosa che Shelby sa che fa quando ha bisogno di tempo, e lei glielo concede stando in silenzio, con la mente che rallenta ora che lui è qui, e il corpo che si rilassa.

Quando lui appoggia gli occhiali sul tavolino, Shelby si avvicina a lui sul divano. Prende metà della coperta che ha avvolto intorno a sé e gli copre le gambe. È pallido, ha gli occhi venati di rosso e sui suoi vestiti si sente l'odore di disinfettante dell'ospedale.

«Vi lascio. Cercate di riposare.» dice la poliziotta a entrambi e il padre fa un cenno di assenso con la testa.

«Grazie.» dice di nuovo.

Aspettano mentre lei se ne va in silenzio e si chiude la porta alle spalle.

«Dimmi, papà.» implora poi Shelby. «Dimmi come sta.»

Lui sospira. «Ha una commozione cerebrale. Se fosse arrivata prima in ospedale sarebbe andata bene, ma ha una lieve perdita di sangue nel cervello. Potrebbe risolversi da sola o potrebbero doverla operare, e quindi non...» si piega in avanti, nascondendo il viso tra le mani, «non sanno se andrà bene.»

Le sue spalle sussultano e Shelby capisce che sta piangendo, e la sensazione di malessere che si porta dietro da quando è successo le sale in gola. Si copre la bocca con la mano e deglutisce velocemente. «È tutta...» inizia a dire.

«Non è così.» urla lui, tirandosi su e asciugandosi gli occhi. «Non dirlo mai più, Shelby. È colpa *nostra*. Colpa mia e di tua madre. Non ti abbiamo protetta da lui. Avremmo dovuto accorgerci di qualcosa, avremmo dovuto fare domande, ma eravamo così presi da noi stessi che non l'abbiamo fatto. È colpa nostra, Shelby. Sei solo una bambina, dovresti essere una bambina.»

Anche se il padre la sgrida, anche se sembra arrabbiato, Shelby lascia che quelle parole la confortino, che si depositino dentro di lei in modo che possa crederci. Ogni giorno degli ultimi sei mesi è stato tremendo: avrebbe voluto, voluto davvero dire a qualcuno, a chiunque, quello che stava succedendo, ma non poteva perché aveva paura. Aveva paura che non le credessero. Aveva paura che si stesse inventando tutto. Paura che fosse tutta colpa sua. Aveva paura di ferire sua madre.

Ma non era colpa sua, niente affatto, e tutto ciò in cui può sperare e pregare è che Millie si rimetta e che un giorno, tra molto tempo, tutto questo le sembrerà un brutto sogno.

Non sa se troveranno Trevor e lo metteranno in prigione per aver fatto del male a Millie e per aver fatto alle ragazze a cui insegnava le stesse cose disgustose che ha fatto a lei, ma ora è sparito dalla sua vita e questa è l'unica cosa che conta.

Quella di sua madre è un'altra questione.

Ora è troppo stanca per pensare a sua madre.

Suo padre si appoggia allo schienale e sospira, chiude gli occhi e Shelby si avvicina di nuovo a lui e gli appoggia la testa sulla spalla. Lui solleva il braccio e le cinge le spalle, stringendola forte, tenendola al sicuro, e insieme si addormentano.

QUARANTOTTO
RUTH

«Miss Thornton, so che ne abbiamo già parlato più e più volte, ma pensa di potercelo spiegare ancora una volta?» mi chiede il detective. Faccio un cenno con la testa, perché non mi dispiace raccontarlo di nuovo. So cosa stanno cercando: incongruenze. Vogliono anche sapere il perché, e io ci ho girato intorno. È la mia storia e non occorre che sappiano tutto.

Fuori è spuntato il sole e mi chiedo se sarà una giornata calda o se porterà nell'aria l'ultima sfumatura d'inverno. Sono abituata a stare al chiuso, ma ora che devo stare qui, che devo rimanere qui, desidero stare all'aperto. Ma devo rispondere alle loro domande. È giusto così. Ho fatto la cosa sbagliata. Pensavo di fare la cosa giusta, però... però...

«L'ho riconosciuto in un caffè.» dico. «Non lo vedevo da più di vent'anni e non potevo crederci. E poi...»

«Ha iniziato a seguirlo.» dice il detective, un uomo alto e magro con un grande naso aquilino. Accanto a lui è seduta una detective, che però non ha detto niente. Fa un cenno di assenso quando parlo e prende appunti anche se stanno registrando. Ha dei bei occhi marroni e vedo che prova una certa solidarietà nei miei confronti. Ogni tanto si alza e mi porta un'altra tazza di caffè con due zollette di zucchero e latte intero per aiutarmi a resistere alle infinite domande. Vorrei andare a casa e dormire per giorni, ma non sono sicura che mi sarà permesso di tornarci. Avrei dovuto portare subito la bambina in ospedale. Non avrei mai dovuto tenerla lontana dalla sua famiglia, anche se pensavo che quella famiglia fosse quella di Tony Toccatina, o Trevor come è conosciuto ora. Ma non posso tornare indietro nel tempo, quindi è inutile rimuginarci sopra.

«Mi manderete in prigione?» chiedo alla detective donna.

«Lei verrà accusata di una serie di reati, ma la decisione spetterà al giudice. Una volta che avremo finito qui, le verrà assegnato un difensore d'ufficio e potrà richiedere la libertà su cauzione. A meno che non abbia un avvocato che vuole che contattiamo...»

Un lieve sorriso. Vorrebbe che fosse diverso, forse perché è una donna e capisce quello che ho sofferto.

Avverto un bruciore agli occhi e li chiudo, sperando di non piangere. «Capisco.» dico. «Non ho un avvocato.» La verità è che non ho nessuno e ne ho fatto una mia scelta. Mi sono tenuta al sicuro tenendomi lontana dal mondo intero.

«E cosa sperava di ottenere seguendolo?» mi chiede il detective.

«Non so se speravo di ottenere qualcosa.» gli spiego. «Volevo solo... non lo so.» mormoro. Non so cosa avrei fatto se mi avesse vista, se mi avesse parlato, se mi avesse riconosciuta. Ma credo che mi sarei sentita molto simile a quando ero bambina. Sarebbe tornata la sensazione di non avere il controllo della situazione, di essere paralizzata e pervasa da una paura e da un disgusto terrificanti.

«Lo avete trovato?» chiedo invece di rispondere alla sua domanda.

«No, ma siamo fiduciosi.»

«L'Australia è piuttosto grande.» dico. «Potrebbe essere

ovunque. Quando è uscito dalla mia vita, non l'ho più visto per decenni.»

«Siamo fiduciosi.» ripete.

«Avete intenzione di interrogare tutte le sue ex studentesse? Perché dovreste. Ce ne saranno molte che...»

«Lo faremo.» dice la detective. «Da quando il notiziario ha reso pubblica la storia, sono già arrivate parecchie telefonate. Anzi, un sacco di telefonate.»

«Scusi.» dice il detective, strofinandosi gli occhi, «Quanti anni aveva quando insegnava nella sua classe?»

«Avevo tredici anni quando era il mio insegnante, tredici anni. Insegnava geografia e informatica, ma non si era mai accorto di me finché mia madre non andò a parlargli di quello che le avevo detto che faceva alle altre ragazze. Non mi aveva mai notata, ma poi lo fece.»

Era molto meglio quando non mi notava, quando ero troppo magra, troppo semplice, troppo io. Nessuno vuole essere invisibile, ma a volte l'invisibilità è il meglio che si possa sperare.

«Bene, e quindi le ha insegnato per uno o due... quanti anni?» chiede il detective.

«Solo un anno, ma avrei potuto gestirlo a scuola. Me la sarei cavata se non fosse stato per...»

«Se non fosse stato per cosa?» chiede la detective. Mi rendo conto che in tutte le mie risposte e in tutti gli scambi che abbiamo avuto, ho trascurato di menzionare questo punto, questo punto molto importante.

«Se non fosse stato per il fatto che diventai la sua figliastra.» dico, ed entrambi i detective si abbandonano sulle loro sedie.

«Scusi, sta dicendo che era il suo patrigno?» chiede la detective, che credo si chiami Marci, ma la mia mente è confusa dalla stanchezza.

«Per un breve periodo.» dico annuendo. «Dopo che mia madre andò a parlargli, tornò a casa e mi disse di smettere di dire cose terribili su di lui, di smettere di mentire. Poi mi prese da parte e mi disse che io e lui avremmo dovuto andare d'accordo e...» Smetto di parlare per un attimo, ho bisogno di mettere in ordine le idee. Ricordo il giorno in cui mi si affiancò in macchina e mi offrì un passaggio a casa. Sapevo che non sarei dovuta salire in macchina con lui, ma ero così vicina a casa e lui era il mio insegnante e non si dice di no a un insegnante. O almeno io non lo feci. E le cose sarebbero andate bene lo stesso. Mi mise una mano sulla gamba e la fece scivolare un po' in alto, io accavallai le gambe e lui tolse la mano. Era così bravo a fermarsi prima di generare una situazione difficile da descrivere. Ma quando arrivammo a casa mia, parcheggiò e mi disse che mi avrebbe accompagnata alla porta. Gli dissi di non preoccuparsi e lo ringraziai per il passaggio, ma lui mi seguì lo stesso. Mia madre mi sentì aprire la porta con la chiave e venne a salutarmi, e cinguettò di gioia quando lo vide, lo invitò a cena e tirò fuori una bella bottiglia di vino. Lui rimase per ore; alla fine io andai a letto e li lasciai alle loro battute e alle loro risate. Rimasi nel mio letto, nauseata e ansiosa, con lo stomaco contratto per tutta la notte, mentre la prospettiva di un possibile e terribile futuro mi torturava. Sentivo che stava diventando parte del mio spazio, della mia casa, della mia vita.

La mattina seguente, mia madre insistette per accompagnarmi a scuola, e sapevo che lo faceva perché sperava di vederlo, e capii allora che ero davvero nei guai. Stava ancora cercando un sostituto per mio padre e pensava che lui sarebbe andato bene, anche se era molto più giovane di lei. Aveva un lavoro fisso e la faceva ridere. Era la sua scappatoia dal grigiore quotidiano dalle nove alle cinque. Non c'era bisogno che me lo dicesse. Lo vedevo.

«Si frequentarono solo per un paio di mesi.» dico ai detective. «Poi si innamorarono, lui le chiese di sposarlo e lei era così... felice.» Smetto di parlare mentre ripenso a quei momenti. Ora so che probabilmente sono stata la sua prima figliastra. So che è sposato con la madre della ragazzina che faceva da babysitter alla bambina scomparsa. So che lei ha solo dodici anni e provo un improvviso senso di colpa.

Se mi fossi opposta al silenzio a cui mi hanno costretta tanti anni fa, forse avrei potuto salvare questa bambina. E se è così, quante altre bambine ci sono state dopo di me? Io devo essere stata la prima e posso immaginare che lui abbia pensato: *Una ragazza tutta mia, in una casa tutta mia. Che comodità non dover lasciare la mia vittima preferita a scuola. Che bello averla in casa con me.* Questo non lo dico agli investigatori, che aspettano pazientemente che io continui a parlare mentre rifletto sulla graziosa ragazzina che faceva da babysitter. Credevo che, di questi tempi, le ragazzine fossero sveglie e si rifiutassero di essere ridotte al silenzio, ma lei ha mantenuto il suo segreto, proprio come tutte noi. Indubbiamente abbiamo ancora molta strada da fare prima che le donne e le ragazze imparino a far sentire la propria voce.

«Dopo che si era trasferito da noi, lui mi... tutto il tempo. Entrava in camera mia di notte, entrava in bagno quando facevo la doccia. Non era mai... erano sempre piccole cose. Alcune volte mi svegliavo e lui mi fissava e vedevo che il mio pigiama era alzato e lui lo tirava giù, quasi come farebbe un padre, lo tirava giù per farmi stare più comoda, ma le sue mani mi sfioravano il petto. Non sono mai stata al sicuro, capite.» dico ai detective.

«Non c'era nessuno spazio sicuro per me, né a scuola, né a casa, né nella mia stanza. Finché non ho iniziato con le mie collezioni.» Entrambi i detective annuiscono ma non dicono nulla. Ormai sanno cosa c'è in casa mia e una fitta di panico mi fa tossire. Quando ha ispezionato la mia casa la polizia ha disturbato le mie pile? «Non mi ha mai lasciata in pace finché non ho cominciato a fare le pile in camera mia.» spiego di nuovo.

«Sì, abbiamo... Può dirci esattamente cosa intende? A cosa servono?»

«Pile di cose ordinarie e utili.» dico, desiderosa di spiegare cosa mi tiene al sicuro adesso. «Libri e tazze e barattoli di vetro vuoti, pietre e riviste e scatole di cartone. Impilavo tutto in modo ordinato, e poi...» Inizio a ridere. Non posso fare a meno di ricordare l'ultima notte che aveva trascorso in casa mia, sotto il mio stesso tetto. Avevo spostato una pila di barattoli di vetro, impilati in file ordinate, sempre più alte, proprio accanto al mio letto; quando lui entrò, quando cercò di raggiungermi, caddero, sferragliando, rompendosi e risuonando per tutta la casa. Il rumore del vetro che si infrangeva indusse mia madre a correre in camera mia e finalmente, finalmente, lui non poté negare quello che faceva. Stava lì in mutande, con il viso pallido nella luce gialla che inondò la camera da letto quando mia madre la accese. Non potè spiegare, né scaricare la colpa, né mentire. Non lo lasciò nemmeno parlare. Lo buttò fuori, gettando i suoi vestiti sul prato, e poi mi portò nel suo letto, dove cambiammo le lenzuola, e mi disse che mi avrebbe tenuta al sicuro per sempre. «Non è successo niente.» continuava a ripetere «Non è successo niente.»; e io le diedi ragione. Si sbagliava, perché erano successe molte cose, ma le diedi ragione perché non soffrisse per aver scelto quell'uomo. Le diedi ragione e mi isolai dal mondo per non doverle raccontare tutto. Non importava che sapesse tutto, solo così avremmo potuto andare avanti insieme. Salvai mia madre, ma sacrificai me stessa e la vita che avrei potuto avere, e lei non me lo impedì. Non era perfetta, ma mi amava e insieme custodimmo il segreto lontano dal mondo e da noi stesse, anche se mi sono circondata di sempre più collezioni per tenermi al sicuro e impedire che accadesse di nuovo.

C'è troppo da spiegare, quindi smetto di ridere e scuoto la testa. Passo dalle risate alle lacrime pensando a tutte le altre figliastre che, forse, non sono state salvate dalle loro madri.

«Tutto quello che dovete sapere è che mi ha molestata finché mia madre non l'ha beccato e che non mi sono mai ripresa del tutto. Non potevo sopportare di vederlo fare del male a un'altra bambina e per questo ho iniziato a seguirlo. Quando ho visto quello che aveva fatto, mi sono arrabbiata con me stessa per essere arrivata troppo tardi. Volevo esporlo al mondo, gridare, urlare e fare in modo che la gente finalmente ascoltasse. Sapevo che se fosse tornata a casa da lui, se Millie fosse stata rimandata a casa da lui, le avrebbe fatto del male per tutta la vita. Pensavo che fosse sua figlia. Non sapevo che ci fosse un'altra figlia. Non sapevo che stava facendo del male a un'altra figliastra.»

«Va bene, credo che per ora possa bastare.» dice la detective.

Mi portano in una cella, dove mi sdraio su un letto che ha un odore strano, nuovo e sgradevole, mi avvolgo in una coperta e cerco di riposare finché non riesco a ragionare. Sento del calore entrare dalla piccola finestra: sarà una bella giornata.

Non l'hanno trovato, quindi è libero, libero di farlo ancora, e mentre chiudo gli occhi mi chiedo a quante altre donne l'abbia fatto, a quante altre bambine e donne, e a quante altre farà del male prima che lo prendano.

SHELBY

Il sole primaverile inonda il giardino di una luce gialla e brillante, mentre il cielo blu è completamente sgombro di nuvole. Shelby si guarda intorno, osservando il tavolo coperto di cibo e i palloncini blu e oro gonfi di elio che ondeggiano sui loro fili legati a qualsiasi cosa, dalle sedie alle gambe del tavolo, ai pali di legno della veranda.

«Ci è venuto bene, non credi?» chiede.

«È bellissimo» dice Millie. «E ora possiamo mangiare un cupcake a testa.»

Shelby ride. «Aspetta che arrivino gli altri, Millie!»

«Ma è la mia festa.» piagnucola Millie. «È il mio compleanno e ho quattro anni.» Alza quattro dita paffute per assicurarsi che Shelby capisca.

«Okay, facciamo così.» dice Shelby, accovacciandosi per guardare la sorellina. «Possiamo dividerci un cupcake insieme, ma solo uno.» Le due sorelle sono in piedi sulle scale della veranda sul retro della casa.

«Evviva!» esclama Millie e salta gli ultimi gradini per atterrare sull'erba verde e soffice.

«Non si corre.» dice Leslie, raggiungendole in veranda da dentro casa con un vassoio di frutta tagliata in forme diverse.

«Speriamo che la mangino dopo tutto il lavoro che c'è voluto.» dice a Shelby.

«Probabilmente no.» risponde Shelby, «Ma domani mattina possiamo farci dei frullati con gli avanzi.»

«Buona idea.» osserva Leslie. Scende le scale per posare il vassoio sul tavolo, poi resta in piedi a guardare Millie che contempla il piatto di cupcake e si assicura di scegliere il migliore, spiegando a Leslie che lei e Shelby ne divideranno uno. Leslie prende il cupcake dal piatto e glielo porge.

«Non si corre.» ripete, mentre Millie risale le scale per raggiungere Shelby. Il cupcake è delizioso e Shelby ride vedendo la glassa blu che ricopre le labbra della sorella.

L'estate è alle porte e lei e Millie sono impazienti che comincino le vacanze scolastiche per andare alla casa al mare che il padre ha affittato per un mese intero. «Proprio sulla spiaggia, solo noi, la sabbia e nient'altro.» aveva annunciato.

«E niente lavoro.» aveva aggiunto Leslie.

«E niente lavoro.» aveva concordato lui.

Leslie le ha detto che potrebbe portare un'amica, ma Shelby non vuole stare con nessuno tranne che con la sua famiglia. Non parla più con Kiera e spera che le voci secondo cui Kiera andrà in un altro liceo l'anno prossimo siano vere. Non vuole parlarle mai più. Per il futuro intende stare più attenta a scegliersi le amicizie.

Shelby trascorrerà solo tre settimane nella casa al mare, perché ha accettato di trascorrere una settimana con la madre, che sta scontando la sua pena in comunità. Deve scontare molte ore al centro sociale locale e non le è permesso lasciare lo Stato per due anni. Deve anche fare dei controlli con la polizia, cosa che Shelby sa che non sopporta. Ma lei sapeva.

Sapeva e non aveva fatto niente mentre Leslie e suo padre

erano sconvolti e Shelby era divorata dal senso di colpa. Non aveva fatto niente mentre la gente setacciava il parco e il quartiere e un numero sempre maggiore di poliziotti veniva coinvolto. Non aveva fatto niente se non proteggere Trevor e se stessa.

Dopo aver preso in braccio Millie ed essere scappato, Trevor aveva chiamato la moglie e lei gli aveva detto di lasciare la bambina nel parco, di scaricarla lì e di andarsene. L'idea era che lui stesso l'avrebbe ritrovata e sarebbe stato acclamato come un eroe. Ma Ruth era intervenuta e aveva impedito che il piano si realizzasse.

Ruth è una donna insolita, nervosa e insicura, ma Shelby sente di essere entrata in sintonia con lei, perché Ruth capisce davvero che cosa significhi essere stata toccata in un modo che sembra sbagliato, e allo stesso tempo doversi interrogare per come ci si sente. Lei e Ruth hanno parlato un po' e spera che possano parlare di più. A Shelby piace la sua psicologa, ma solo Ruth la capisce completamente.

Troppe persone sanno cosa è successo a Shelby, ma non lo capiscono. A scuola si sente a disagio e passa molti momenti di rabbia, soprattutto nei confronti di sua madre. Non riesce a superare le bugie e gli inganni. Per quasi due mesi si è rifiutata di parlare con Bianca. Ma una sera era seduta accanto a Leslie nel suo letto e Leslie le aveva detto: «Non vorrai mica pentirti di una decisione come questa. Incontrala, lasciale spiegare o scusarsi, lasciala parlare. E poi potrai decidere. Io non riesco a perdonarla, ma non è mia madre e so che lei non si perdonerà mai. Lei era... Non so come spiegarlo, ma so che uomini come Trevor possono convincere anche la persona più forte a credergli. Era molto bravo a spiegare quello che faceva, a dare la colpa agli altri e a distogliere l'attenzione da se stesso. Era persa, tua madre, persa e triste perché era così innamorata di lui, e ha fatto qualcosa di terribile e folle. Ma so anche, da quello che ha detto in tribunale, che è piena di rimpianti. Quindi, magari, dalle la possibilità di spiegare e poi decidi se vuoi vederla ancora o meno.»

Shelby aveva accettato e aveva iniziato a vedere sua madre. Ma manca qualcosa. Mancherà sempre qualcosa. Non potrà mai più fidarsi di lei.

Tuttavia, ha sempre suo padre e ha Leslie e Millie. Ha una famiglia e questo è il meglio che può sperare. Trascorrerà del tempo con sua madre, ma Bianca non le farà mai più da madre. Ma va bene così, perché ha una matrigna ma non per questo inferiore a una madre agli occhi di Shelby, affatto.

La settimana scorsa aveva litigato con Leslie per non aver consegnato un progetto e si era arrabbiata così tanto che aveva gridato: «Smettila di dirmi cosa devo fare, non sei mia...»

«Non ti azzardare.» le aveva risposto Leslie. «Sì che sono tua madre... sono tua madre, Shelby. Tu hai due madri. Due.» E questo aveva fatto piangere Shelby, perché sentiva che era vero, era così. Leslie l'aveva aiutata a finire il progetto e il disegno era venuto così bene che aveva preso una "A".

«Guarda, guarda!» grida ora Millie, distraendo Shelby da qualsiasi altro pensiero, «Si alza il castello gonfiabile!»

Shelby solleva la sorellina e insieme guardano il castello rosa della principessa che prende forma.

«Si alza.» dice Shelby, mentre Millie le avvolge le braccia intorno al collo. «Su in alto.»

LESLIE

Quando la gente inizia ad arrivare, Leslie rinuncia a dire a Millie di non correre. È troppo eccitata mentre mostra ai suoi amici il tavolino per giocare e la postazione per farsi dipingere il viso, dove siede un'adorabile ragazza con riccioli biondi e ondeggianti, pronta a realizzare qualsiasi disegno richiesto dai bambini. Millie ha una farfalla blu e oro che le ricopre tutto il viso e continua a correre dalla truccatrice per chiederle se può dare un'altra occhiata allo specchio, assicurandosi che la farfalla sia ancora al suo posto.

Secondo i medici, Millie dovrebbe evitare di agitarsi, stare calma e tranquilla, ma non c'è modo per Leslie di dire alla sua bambina di quattro anni di smettere di fare cose che la fanno stare bene. A guardarla, sembra impossibile immaginare che sia rimasta in stato di incoscienza per tre giorni dopo un'operazione per fermare l'emorragia cerebrale, che non avessero idea di chi sarebbe stata al suo risveglio o di cosa sarebbe ancora stata capace di fare o che non avessero idea se si sarebbe svegliata o meno.

I suoi capelli sono corti ma tagliati in modo da coprire la zona in cui i medici hanno dovuto rasarli per raggiungere l'emorragia. Leslie sfoggia un sorriso per i partecipanti alla festa ma rabbrividisce al pensiero di sua figlia su un tavolo operatorio. «Farò venire il miglior chirurgo del mondo. Le faremo ricevere le migliori cure. Non mi interessa quanto ci costeranno.» le aveva detto Randall, nella disperazione di poter controllare in qualche modo una situazione incontrollabile. Ma sapeva che le cure che stava ricevendo la loro bambina erano le migliori che potesse ottenere. Sapeva che non potevano fare altro.

Leslie rimaneva all'ospedale con la bambina. Usciva solo una volta al giorno, per andare a casa a fare la doccia e a cambiarsi, lasciandola insieme a Randall. Anche mentre dormiva, stava attenta a qualsiasi cambiamento nel respiro di Millie, a qualsiasi rumore nella stanza. Si era abituata a sentirsi come se si muovesse continuamente sott'acqua, con la mente che si sforzava di capire cosa stesse succedendo. Randall continuava a cercare di non farla deperire: le portava cose per invogliarla a mangiare, ma era difficile mangiare e guardare sua figlia tenuta in vita con i tubi. Il cibo era una lotta anche per Shelby che, come Leslie aveva potuto constatare, era oppressa dal senso di colpa e dal tradimento della madre.

«Sono preoccupata per lei.» aveva detto Leslie a Randall una sera, mentre sedevano accanto al letto di Millie e l'orologio si avvicinava alla mezzanotte.

«Si sveglierà, Leslie, si sveglierà.» le aveva risposto lui, ripetendo la stessa cosa che ripeteva dal giorno dell'operazione.

«Non parlo di Millie. Voglio dire... Millie va oltre la mia preoccupazione. Sono preoccupata per Shelby. È troppo il peso che si porta appresso per essere una ragazzina di dodici anni. Dobbiamo aiutarla.»

Randall era d'accordo e Leslie pensa che la giovane psicologa con cui Shelby ha accettato di parlare sia stata d'aiuto. Spera che continui ad aiutarla.

E poi, finalmente, Millie aveva aperto gli occhi: un giorno, un momento, che Leslie non dimenticherà mai. Tra i suoi ricordi questo occuperà lo stesso spazio di quello della nascita di Millie, un momento in cui tutto è cambiato all'improvviso.

Era accaduto un giovedì pomeriggio, il vento soffiava fuori dalla finestra della calda stanza d'ospedale e Shelby era seduta accanto al letto di Millie, e le leggeva *Matilda* di Roald Dahl.

Shelby alzava e abbassava la voce per dare vita ai diversi personaggi, come se si trovasse di fronte a un intero pubblico di bambini invece che a una sola bambina, silente. Leslie sonnecchiava sulla sedia, ascoltando la storia e i tenui segnali acustici della macchina che controllava il cuore di Millie.

«E questa è la fine del capitolo dieci.» aveva detto Shelby, posando il libro e bevendo un sorso dalla sua bottiglia d'acqua.

«Anche io ho sete.» aveva detto una vocina, e Leslie aveva aperto gli occhi e si era alzata dalla sedia allo stesso tempo. «Millie» aveva esclamato, in piedi davanti a sua figlia, accarezzandole i capelli. «Millie, Millie, Millie.» ripeteva, mentre Shelby correva verso la porta.

«Per favore, venga.» aveva esclamato Shelby a un'infermiera di passaggio, con la voce piena di panico e di eccitazione. «È sveglia, mia sorella è sveglia.»

L'infermiera era entrata di corsa nella stanza e si era avvicinata al letto, toccando la testa e le braccia di Millie e poi il polso. «Solo un attimo.» aveva detto con dolcezza, e Leslie aveva fatto un passo indietro, aveva sentito Shelby accanto a sé e l'aveva abbracciata forte mentre l'infermiera chiamava il medico e visitava Millie.

«Puoi dirmi quante dita sono queste?» le aveva chiesto, alzando due dita.

Millie sembrava confusa lì per lì e Leslie aveva sentito il cuore crollare, ma poi la sua bambina aveva detto con un sorriso «Due. E Shelby mi ha detto che due più due fa quattro. Il prossimo compleanno avrò quattro anni e la mamma dice che posso avere un castello gonfiabile.»

Il dottore era scoppiato a ridere e Leslie aveva detto: «Puoi avere tutto quello che vuoi, Millie Molly, tutto quello che vuoi.»

Aveva chiamato Randall, piangendo così forte che lui aveva pensato al peggio, finché Shelby non aveva preso il telefono e glielo aveva spiegato, e Leslie aveva sentito le grida rauche di gioia del marito riempire la stanza.

E ora sono qui e Millie, che doveva aver intuito che non le sarebbe stato negato niente, ha chiesto tutto quello che voleva per la festa. Leslie la guarda mentre mostra a un'amica i diversi tipi di brillantini. Lo sa che per settimane li vedrà riapparire ovunque, ma non le importa.

Non le importa altro se non che sua figlia sia al sicuro, stia bene e sia felice. Guardando Shelby, che sorveglia severamente il tavolo del trucco, sussurra: «Non mi importa altro se non che entrambe le mie figlie siano al sicuro.»

«Oh Leslie.» dice Randall con dolcezza, avvicinandosi alle sue spalle. «Sei... sei la persona migliore che io conosca.» Le mette le braccia intorno alla vita. «Non siamo noi fortunati?» dice.

«Sì» concorda Leslie «lo siamo eccome.»

Al momento sta lavorando sul perdono, per perdonare Bianca per quello che ha fatto, ma non sta andando molto lontano. In tribunale ha visto una donna distrutta. Bianca era dimagrita e i suoi bei capelli biondi erano unti e radi.

«Lo amavo.» era tutto ciò che Bianca era riuscita a dire, e «Mi dispiace tanto, mi dispiace tanto.» Per tutto il tempo Randall aveva fissato la sua ex moglie, con le braccia incrociate e la mascella serrata.

Sono rimasti entrambi profondamente scioccati da quello che è successo. Bianca non ha mai saputo cosa Trevor stesse facendo a Shelby e, nei suoi momenti più gentili, Leslie cerca di credere che lo avrebbe lasciato se lo avesse saputo. La vita e l'amore sono complicati, e a volte una madre deve chiedersi se salvare il proprio figlio o se stessa. Per Leslie non sarebbe mai stato un dilemma, ma forse le cose erano troppo difficili per Bianca, forse questo ha alterato tutto. Non riesce ancora a perdonarla e non sente di doverlo fare. Non riesce a pensare che Trevor sia ancora a piede libero, e quando le capita di vedere nei centri commerciali un uomo con i capelli biondi e ricci e la sua corporatura, il cuore le salta in gola. Se in quei momenti Millie è con lei, la stringe forte, troppo forte secondo Millie, che si lamenta: «Lasciami, mamma.» La polizia lo sta ancora cercando e l'agente Dickerson le ha garantito che non rinunceranno a trovarlo e ad assicurarlo alla giustizia.

Leslie fatica a lasciarsi andare anche solo un po', fatica a credere che sua figlia sarà al sicuro a casa senza di lei, fatica a fidarsi di chiunque si occupi di lei, ma ci sta provando. La settimana scorsa Shelby le ha fatto da babysitter per un paio d'ore il sabato sera, e ha continuato a mandare messaggi a intervalli di venti minuti, finché Leslie non le ha detto di rilassarsi. Shelby sta lottando per fidarsi di se stessa, il che in qualche modo peggiora le cose.

Ce la faranno entrambe, ne è sicura, perché lei e Randall vogliono davvero andare avanti e vogliono aiutare anche Shelby. Vogliono che questa famiglia sia unita: loro contro il mondo.

In giorni come questo, è impossibile credere che Millie sia quasi morta. Quasi, quasi...

«Vieni a saltare, mamma, vieni a saltare nel castello con me e Shelby.» grida Millie, afferrandola per una mano. Leslie ride e segue le figlie nel castello che si estende fino al cielo, dove i bambini ridacchiano.

Quasi, quasi... e invece eccola qui. Leslie tiene per mano le sue figlie e saltano tutte e tre nel castello, i loro corpi volano nell'aria e quasi, quasi toccano il cielo.

RUTH

Sono seduta in macchina da venti minuti e guardo i bambini in arrivo accompagnati dai genitori, portano tutti un regalo per Millie. Vorrei disperatamente uscire dall'auto, ma la paura mi tiene bloccata qui.

«Ci piacerebbe molto se tu riuscissi a venire.» mi aveva detto Leslie al telefono quando mi aveva chiamata per invitarmi. Le persone possono essere creature sorprendenti. Pensavo che Leslie e la sua famiglia non avrebbero mai più voluto vedermi. Sono rimasta stupita quando Randall ha assunto un avvocato per rappresentarmi, una donna alta con i capelli raccolti in una crocchia e un bel vestito su misura.

«Volevi salvarla da Trevor.» mi aveva detto Randall quando gli ho chiesto perché l'avesse fatto. «Non è stato facile per te... non volevi farle del male.»

«Avrebbe potuto morire.» gli avevo detto. A quel punto mi ero già scusata un sacco di volte, avevo scritto e-mail e messaggi a Leslie, a Shelby e a Randall. Non sapevo cos'altro fare. Ma questa famiglia, questa meravigliosa famiglia, mi ha perdonata.

Ho ottenuto la condizionale per aver interferito con un'indagine di polizia e per aver occultato delle prove. L'accusa di rapimento è stata ritirata in fretta e la mia storia, la mia triste piccola storia, che mi ha imprigionata in casa mia circondata dalle mie pile ordinate, è stata tenuta in considerazione. La vergogna di sentire ciò che mi aveva fatto, ciò che avevo permesso che la mia vita diventasse a causa sua, mi aveva costretta ad abbassare la testa mentre l'avvocato parlava con il giudice. Non potevo guardare nessuno mentre venivano prese decisioni sulla mia vita. Ero tornata a essere una bambina e un'impotente, ma allo stesso tempo avevo sentito un brivido di sollievo dentro di me: non mi stavo più nascondendo.

Devo andare da uno psicologo una volta alla settimana e, anche se non avrei mai immaginato che parlare di ciò che è successo mi avrebbe aiutata, sembra che sia così. Non devo più mantenere il segreto. Invece, a Jenny racconto tutto, tutto, ed è proprio raccontare che mi ha aiutato.

La scorsa settimana ho sgomberato il soggiorno di casa mia. Non è stato facile. Mi sono sentita esposta, nuda e faticavo a respirare. Ho chiamato Jenny e lei mi ha parlato finché non mi sono sentita più calma, più sicura. Ho anche iniziato a cercare un lavoro, preferibilmente uno che preveda un ufficio o uno spazio sicuro. Lo sto cercando.

Ogni giorno vado al caffè dove l'ho visto per la prima volta. Devo controllare che non sia lì, che non sia tornato a terrorizzarmi di nuovo. So che non lo farà. È scappato lontano da qui, proprio come ha fatto dopo che mia madre lo ha sorpreso, e poi di nuovo dopo che qualcun altro lo ha beccato nell'ultima scuola in cui ha insegnato. Ma comunque vado a controllare.

Il proprietario del caffè, un uomo di nome Lance, mi riconosce ora e quando entro mi saluta dicendo: «Ciao, Ruth, il solito?» Mi ha dato un passaggio a casa qualche volta quando le piogge primaverili sono state intense. Guida una ridicola auto sportiva, un'improbabile Porsche viola; la prima volta che mi ha dato un passaggio ho dovuto trattenere il fiato perché il disordine sulla pedana, una collezione di involucri e di bottiglie di bibite vuote, mi faceva sentire nervosa e insicura. Quando mi ha offerto di nuovo un passaggio, volevo dire no grazie, ma ho visto quanto ci teneva ad aiutarmi per non farmi tornare a casa sotto la bufera.

L'auto era ordinata e lucida quella volta. «So che non ti piace il disordine» mi ha detto. «Lo vedo.»

«Non importa che sia anche impilato... basta che sia in ordine.» gli ho spiegato.

«Allora va bene.» mi ha risposto.

Ieri mi ha chiesto di provare una nuova torta che stava pensando di aggiungere al menù e ci siamo seduti a chiacchierare per un po'. È single, divorziato e senza figli, ma ha due cani. Mi ha chiesto di andare a conoscerli e credo che lo farò, credo proprio che lo farò.

La strada è silenziosa ora che sono arrivati tutti i bambini, ma sento le grida e le risate dal giardino sul retro della casa.

Puoi farcela, Ruth, mi dico. E prima di pensarci ancora, apro la portiera e mi dirigo verso la casa, stringendo il regalo che ho comprato per Millie. È un assortimento di smalti per unghie. Quando era a casa mia, sdraiata sul letto della mia vecchia stanza, a volte andavo a tenerle la manina, le accarezzavo la pelle morbida e passavo la punta delle dita sulle sue unghie blu lisce con la striscia dorata. Spero che le piaccia questo regalo.

La porta d'ingresso è aperta e seguo il rumore fino al retro della casa.

Per prima vedo Shelby, con i capelli biondi legati, una spruzzata di brillantini sulla guancia e un bicchiere in mano. «Ruth» grida, «vieni qui, vieni ad aiutarci con i disegni.»

Lascio il regalo sul tavolo dove sono stati messi gli altri, mentre Leslie mi saluta da dietro il tavolo con i vassoi e Randall, vicino al castello gonfiabile, mi saluta dicendo: «Ehi, ciao!»

Puoi farcela, Ruth, ricordo a me stessa mentre vado a prendere posto al tavolo dei disegni accanto a Millie, che mi rivolge il suo bel sorriso.

Puoi farcela.

TREVOR

Il piccolo caffè si trova ai margini della cittadina costiera. All'interno ci sono solo cinque tavoli, ma fuori, sotto il sole, il marciapiede è pieno di persone che si godono il caldo.

All'interno, una donna e sua figlia si dividono una fetta di cheesecake al caramello.

«Quel tizio ti sta guardando, mamma.» dice la ragazza.

La madre arrossisce visibilmente. «Sono sicura di no.» Guarda l'uomo di cui parla la figlia e vede che in effetti la sta guardando. Lui sorride e lei ricambia il sorriso, ammirando le sue spalle larghe e i suoi capelli biondi. È bello e ha gli occhi azzurri.

«Sono passati anni dal divorzio, mamma, e ora ho tredici anni. Dovresti davvero ricominciare a uscire con qualcuno.»

«Oh, non saprei.» dice la madre, allungando una mano per spingerle i capelli dietro le orecchie.

L'uomo inizia ad alzarsi, mantenendo il contatto visivo.

«Sta venendo qui, sta venendo qui.» sussurra la ragazzina, con un tono eccitato.

Mentre si avvicina al loro tavolo, due poliziotte entrano nel caffè. Vanno verso l'uomo, ma lui è concentrato sulla madre e sulla ragazzina e non le vede. Non si accorge delle poliziotte finché una di loro non gli mette una mano sulla spalla. «Trevor Richards?» gli chiede.

L'uomo si gira, con il panico negli occhi. «Non sono...» dice.

«Tony Richardson» dice l'altra agente, e lui diventa scarlatto fino alla punta delle orecchie. «È in arresto con l'accusa di violenza sessuale su minore, rapimento e lesioni personali gravi.»

La madre si alza in piedi.

«Non ho finito la torta, mamma.» protesta la figlia, affascinata da ciò che sta guardando.

«Ce la portiamo via.» dice la madre con fermezza, e conduce la figlia fuori dal caffè e sotto il sole per una passeggiata sulla spiaggia.

«Strano» dice la figlia dopo qualche minuto. «Immagina se ci fossi uscita insieme o peggio.»

«Già» le fa eco la madre, «immagina...»

UNA LETTERA DA NICOLE

Caro lettore,

vorrei ringraziarti molto per aver dedicato del tempo alla lettura di *La figliastra*. Se ti è piaciuto e vuoi rimanere aggiornato su tutte le mie ultime uscite, iscriviti al seguente link. Il tuo indirizzo e-mail non verrà mai condiviso e potrai cancellarti in qualsiasi momento.

italia.bookouture.com/subscribe/

Ruth si è aggiunta alla lista dei protagonisti che ho scritto con maggior piacere. È una donna che, da bambina, è stata danneggiata e ferita da tutti gli adulti della sua vita. Eppure sta ancora cercando di trovare un modo per stare al mondo. Il suo personaggio è semplicemente apparso un giorno – così come il suo bisogno di collezionare oggetti di uso comune. Le sue pile l'hanno protetta da tutto e, ora che si sente più sicura, spero che riesca a trovare un modo per andare avanti e magari anche a trovare l'amore.

Quando si scrive di violenza sessuale, è scioccante pensare che sono poche le donne al mondo che non ne hanno subito una qualche forma. Piccoli sfioramenti, battute sconce, mani che vagano con leggerezza possono non sembrare un grosso problema, ma siamo tutte segnate dal silenzio, dalla convinzione di dover tacere.

Il movimento #MeToo ha messo in luce cose che molte

donne sentivano di dover semplicemente accettare, e che ancora accettano. Abbiamo ancora molta strada da fare.

È inoltre sempre importante ricordare che uomini buoni si trovano ovunque, che i nostri padri, fratelli, mariti e figli sono uomini buoni in grado di cambiare il modo in cui si è agito per generazioni.

Sono davvero contenta che Randall e Leslie siano riusciti a far sentire Shelby di nuovo al sicuro all'interno di una famiglia affettuosa che la sostiene. Penso che Shelby e Millie saranno per sempre vicine e si sosterranno a vicenda durante la loro crescita.

È triste che Shelby non sia in grado di perdonare davvero sua madre, ma se non altro rimane in contatto con lei. Bianca è una donna sola, triste e arrabbiata e sta cercando di fare ammenda per i suoi terribili errori.

Se avete apprezzato questo romanzo, vi sarei grata se poteste prendervi il tempo di lasciare una recensione. Le leggo tutte e trovo meraviglioso quando i lettori si immedesimano nei personaggi di cui scrivo.

Mi piacerebbe anche sentire la vostra opinione. Mi trovate su Facebook e Twitter e sono sempre pronta a interagire con i lettori.

Grazie ancora per aver letto il mio romanzo.

Nicole x

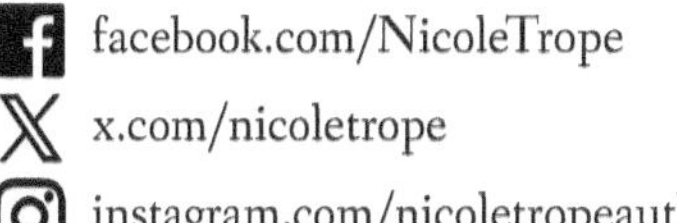

RINGRAZIAMENTI

Vorrei ringraziare Christina Demosthenous per il suo incoraggiante e gentile sostegno e per la sua incrollabile fiducia nelle mie capacità. Per quanto le cose si siano fatte difficili in questi ultimi due assurdi anni, ho sempre potuto fare affidamento sulla sua attenzione e sulla sua considerazione.

Non ho mai dubbi sulla sua volontà di ottenere il meglio per il mio lavoro e per me: mi fido ciecamente di lei. Ringrazio Victoria Blunden per la sua attenta prima revisione.

Vorrei anche ringraziare Sarah Hardy per il suo duro lavoro di promozione di questo romanzo. Ringrazio tutto il team di Bookouture, comprese Alexandra Holmes e Lizzie Brien.

Grazie a Jane Selley per la revisione e a Liz Hatherell per la correzione.

Grazie a mia madre, Hilary, per aver letto sempre e puntualmente tutte le pagine.

Grazie anche a David, Mikhayla, Isabella e Jacob, per la loro presenza.

E ancora una volta grazie a coloro che leggono, recensiscono, scrivono sul blog dei miei lavori e mi contattano su Facebook o Twitter per farmi sapere che hanno apprezzato un romanzo. Ogni messaggio significa più di quanto possiate immaginare.